两条鱼的河

安心 著

内蒙古出版集团
内蒙古人民出版社

图书在版编目(CIP)数据

两条鱼的河／安心著. -呼和浩特：内蒙古人民出版社，2014.9

ISBN 978-7-204-13124-2

Ⅰ. ①两… Ⅱ. ①安… Ⅲ. ①长篇小说-中国-当代 Ⅳ. ①I247.5

中国版本图书馆 CIP 数据核字(2014)第 234248 号

两条鱼的河

作　　者　安　心
选题策划　马燕茹　王　静
责任编辑　马燕茹　马东源
责任校对　于汇洋
封面设计　马东源
封面绘画　艾妮莎
出版发行　内蒙古出版集团　内蒙古人民出版社
地　　址　呼和浩特市新城区中山东路 8 号波士名人国际 B 座 5 楼
网　　址　http://www.nmgrmcbs.com
印　　刷　内蒙古爱信达教育印务有限责任公司
开　　本　710×1000　1/16
印　　张　12.25
字　　数　206 千
版　　次　2015 年 4 月第 1 版
印　　次　2015 年 4 月第 1 次印刷
印　　数　1—4000 册
书　　号　ISBN 978-7-204-13124-2/I·2576
定　　价　29.80 元

图书营销部联系电话:(0471)3946299　3946300
如发现印装质量问题,请与我社联系。联系电话:(0471)3946120　3946169

第一章

1

谷家一百年来一直是大户人家，从祖上传下来的老宅子——谷府，在整个县里都首屈一指，无论是它的规模、面积，还是它的设计、造型，百十年来在张家口附近一带无可比拟。据说这幢老宅子，是谷家的一位先辈自己设计并亲自监工建造的，这位先辈在大清朝廷当过差，不仅见过大世面，很有远见卓识，而且很有建筑美学、房屋设计这方面的天赋。他经过多次考察和在高人的指点下，相中了张家口附近的这块依山傍水的风水宝地，在此地建造了独具风格的里外两环相套的红砖灰瓦的四合院。不仅为自己日后退出朝廷有一体面的立身之处提前做了充足的准备，而且在有生之年践行了自己对于房屋建筑和设计的理念与酷爱。再有，使此地从独自兀立的谷府逐渐发展成具有一定规模的移民村——谷家庄。他的这一创举不落窠臼，不可一世，不可估量，为了表示对他的敬意，村民叫这个村庄为谷家庄。

鸟瞰谷家庄村落，就会发现红砖灰瓦的谷府似一个庞然大物傲然挺立在村中央。横穿村头果树林的一条大路，直通谷府的大门。四周是一些朦朦胧胧、歪歪斜斜相互挤靠着的砖瓦房、土坯房和茅草房，不仔细看，好像连成了灰蒙蒙的一片，仿佛任意泼洒的抽象派油画。更远处是烟雾缭绕的山冈和蜿蜒闪烁的溪流。

谷府的春天和秋天最好看最有味道。

春天，房子四周长满了一丛丛沁人心脾的白丁香、紫丁香，一簇簇五彩缤纷的大丽花、康乃馨，和一片片姹紫嫣红的喇叭花、海纳花，整个农舍恬静地隐蔽在繁花绿荫中。

秋天，渐变渐红的爬墙虎铺天盖地、恣意妄为地攀援、盘踞在谷府所有的墙壁上，谷府仿佛披上神秘瑰丽的披肩，惊艳着谷家庄整整一季。

谷府的人仿佛在画里往来出入。

正由于此谷氏先人的不同凡响，和他不同凡响的建筑杰作，谷家的祖祖辈辈靠着闻名遐迩的谷府这个老底子，一直理所当然地做着人上人，坐享其成地过着优越、富足、精美的生活。谷氏家族就这样一代又一代生生不息，而不必担心缺衣少食。正所谓前人栽树，后人乘凉。

谷家的十几代子孙当之无愧地接受，并且心安理得地享受着这份祖传的家业。这其中也有觉着受之有愧的主，更准确地说，就是不想在先人荣耀的光环下苟且偷生地活着，不想被人看成只是命好，一来到这世上就有一座举世闻名的豪宅等着自己享用。既然先人这么有财、有才，有胆量、有魄力，自己也差不到哪儿去，也会用自己的双手去创造属于自己的财富和不同凡响的人生，也会做出光宗耀祖的伟大创举，让一代又一代谷家人引以为荣、引以为豪。再说让自己一辈子守住这么个老房子，也太憋屈太窝囊了，外面的世界总得去看一看、闯一闯，否则不是枉活了一生？持有这种心态的人在谷家的子孙后代里可以说是凤毛麟角，几代人才出了这么一位能够反思、敢于挑战祖宗和自己的勇士。

此人就是谷满仓他爹，精力旺盛、不甘平庸、不同寻常、桀骜不驯的谷丰登。

谷丰登有此意识时，这个世界上还没有谷满仓呢！

这个世界上之所以有了谷满仓这个人，肯定跟谷丰登有着直接和必然的联系。

谷丰登第一次跟谷太太同房，就制造出了谷满仓。

那天是新婚之夜，谷丰登一而再、再而三地把谷太太折腾了一宿。

前半夜新娘子还陶醉在与新婚丈夫炽热的性爱之中，心里暗自满意并且得意身强力壮的丈夫对自己深情切切、爱意绵绵。后半夜她的体力显然不支，很快就撑不住了，除了疼痛，她再也没有美好与妙不可言的感觉。稍稍停顿片刻，丈夫又长驱直入，循环往复，她不得不强忍着，毕竟是新婚之夜，初为人妻，初次领略夫妻生活，她懵懂着、不知所措地接受着丈夫排山倒海般的激情与力量。她的身体仿佛被撕破了一般，火烧火燎的疼痛让她觉得女人的卑微、渺小和软弱，她实在忍不住了，大喊着疼。

她这么一喊，他越发来劲了，他觉得只有一往无前地做着男人的事，才能表明自己的心意，证明自己的力量。她的叫喊更加刺激着他的兴奋，他越发卖力了，他觉得只有这样才能征服女人，能够征服女人的男人才能征服世界。这位他头一次见面就被指定是自己老婆的女人，让他有使不完的劲儿，他把她的跟粽子一般模样一般大小的肥嫩的脚，陌生而又痴迷地握在手里。他觉得女人真的是有别于男人，女人的身体真是柔软得不可思议，像一堆和好的面团任他随意揉来揣去。他觉得结婚娶媳妇真是一件合算的再好不过的事情，这以后每天都有美事可做啦！天露鱼肚白时，他终于四仰八叉地瘫倒在炕上，随即，惊天动地的呼噜声响彻在婚房的每个角落。

谷太太挣扎着从炕上爬了起来，她看到身下被血浸染的褥单，和身旁赤身裸体的男人和男人的那个东西，她着实吓了一跳，赶紧用手捂住脸。她还是头一次看到男人的身体，她觉得男人的身体就跟牲口一样丑陋，而就是这个男人的身体昨晚一宿都和自己缠绕、缠绵在一起！这个男人居然是自己的丈夫！她觉得自己的洞房花烛夜仿佛是一场战争，她被莫名其妙地侵略着。她的脑子里空白一片。她到现在还没看清他的模样，她只感觉到他的外表魁梧高大、硬朗结实，浑身的肌肉梆梆得硬，内里蕴藏着不为人知的异常饱满的激情和浪漫，做事武断专行、一意孤行，从男女之事上可管中窥豹。她从指缝间悄悄地窥视着自己的男人。下身依旧是丝丝拉拉地痛。

谷丰登跟谷太太没有一天不在做云雨之事，直到一个月后，谷太太突然动辄恶心、呕吐，她的身体对他已经排斥到了极点，她实在应付不了差事了。

她对压在自己身上的丈夫半真半假地说：

“求求你找别的女人去吧，我实在受不了啦！”

他伏在她的身上，也半真半假地说：

“你要是不要我，那我就找棉花去！”

她说：“你敢！”

他说：“我咋不敢？棉花是咱家的丫鬟！我想啥时要她就啥时要她！”

谷太太以迅雷不及掩耳之势，在三天之内为自己的贴身丫鬟棉花与府里的仆人黑子结婚姻成秦晋，把他们的家也安置在谷府。

男大当婚，女大当嫁，主人都发话了，下人哪敢不从。何况男女双方都在谷府里干活，知根知底，彼此熟悉，互不讨厌，这就够了！黑子为能娶上打着灯笼都难找的棉花姑娘，而高兴得几宿都睡不着觉。更让黑子高兴的是谷太太不仅

把棉花许配给他，而且替他安排了一切，还腾出四合院后层的一间房给他们做了新房。

谷太太不顾自己已有身孕，强忍着孕后的不适反应，仍然尽着妻子的义务，让丈夫尽享鱼水之欢，直到开始了阵痛。因为她知道，以丈夫的身体，自己要是不给他，他马上就会到外面找女人，他的欲望太大太强，她已经充分领教了。与其让他找外面的女人，不如自己受累受罪，再说，她现在基本上已经适应他了。她不知道这件事对于自己是祸还是福，她真的不知道。

儿子谷满仓的出世，给谷丰登带来了巨大的成就感，他把对老婆的注意力转移到了儿子身上。他骄傲着自己的骄傲，喜悦着自己的喜悦。

半年后，棉花也生出个大胖小子，文弱腼腆的黑子给自己的儿子起了个十分强势的名字——“黑赛虎”。

从此棉花这个名字就被“赛虎娘”替代了。

2

谷满仓两岁时，谷丰登把注意力又转向了闯荡世界。为谷家续上香火，让他完成了使命，尽了最大的孝道，也让他踌躇满志，意气风发，雄心勃勃，高高在上。他被创造欲驱动着，他还有更大的抱负，他要去探求神秘未知的领域，去丰富自己的见闻和开拓自由自在的活动空间，他要让自己尽早变成勇猛的斗士，投入到远方那征服未知的战斗中去。他要展示自己的实力，他不是等闲之辈，他不仅继承了偌大的谷府，他还有能力实现自己的价值，他要在谷家庄建造一座比谷府更大的谷府！他要让所有的谷家庄人都知道，谷家有能人，而且谷家的能人一代比一代强。

主意已拿定，说走就走。黑子义不容辞地推着一辆独轮车，车上装满了衣物、干粮和干果，随谷丰登从张家口远征到口外闯天下。

三年后，谷丰登他们荣归故里，拿回很多很多的钱，只是谷丰登无暇建造另一座谷府，在家没住上半年，便魂不守舍地带着黑子又奔赴口外。说是还要给老婆、儿子挣更多的钱。

之前，谷丰登让谷太太和赛虎娘准备了很多红薯干、番茄干、葡萄干、苹果干、梨干、干红枣、干黑枣、无花果、核桃、花生、葵花子、南瓜子、西瓜子等各种干果小吃，说把这些干果拿到口外的察哈尔右翼正黄旗，那里的牧民会拿牛、马、羊、红珊瑚、绿松石、白珍珠等值钱的东西，来换这些对于他们来说稀罕的吃食。

谷丰登就是这样发财的。谷太太看丈夫挣钱心切，打心眼儿里高兴，赶紧带着赛虎娘她们制作晾晒好这些干货，尽早送谷丰登和黑子去赶路。

急着去口外挣钱是对老婆能说得出口的理由，谷丰登对老婆不能说的理由就是他在口外的察哈尔右翼正黄旗青格勒图嘎查有了女人，这个蒙古女人还为他生了个丫头，名字叫娜娃。

谷丰登的这个蒙古女人不仅不向他要名分，死心塌地地爱着他这个富有朝气、容貌俊朗、见多识广、风流倜傥的河北大汉，而且对他言听计从，百般温柔，每时每刻都把他当作自己的丈夫一样伺候着，并且很懂得欣赏和认同他的大男子主义跟大丈夫做派。在性事上很配合很讨他的欢心，在经期仍然不忘与他做爱，只有在生孩子的一个月里回避了他，其他时间只要他什么时候想要，人家一看他的眼神就明白，立马就地躺下，自己撩开蒙古袍，以满腔的热情迎合着他，在彼此身体和灵魂的舒畅与欢快抵达巅峰的那一刻，她会像母豹一样发出沙哑的撩人的低吼。他们在草地上做过那事，在马背上也做过。他觉得跟这个女人做爱才是真正的做爱，他很在意并且享受与她在一起时的酣畅淋漓的感觉。与老家的老婆在一起，充其量就是他一个人在瞎折腾。

他离不开这个女人，但他又明确地知道谷府才是他的家，他的家里还住着他的儿子。

把辛苦挣来的钱都给了老婆，自己远离家乡故土陪着心爱的蒙古女人。谷丰登认为这样做，对家里和家外的女人就都公平了。

他又让这女人怀上了孕。

这一年青格勒图嘎查疟疾肆虐，女人一家都被染上此病，谷丰登和黑子也没能逃脱、幸免。

没过多久，全家七口人都患上急性传染病疟疾，一家老小没完没了地发高烧、打摆子、脾胃不适、上吐下泻，整天昏头胀脑、头重脚轻，很快就丧失了劳动能力。没过几个月，陆续身亡，包括女人肚子里的孩子。

谷丰登全仗着身体底子厚，扛到最后，尽管老大不情愿，可最终还是随女人一家和相伴多年的黑子到阎王爷那里报到去了。

在即将升天的一瞬间，谷丰登想起他的谷府，他的老婆，他的儿子。

谷太太和赛虎娘从此便成了寡妇。那一年，谷满仓和黑赛虎只有7岁。

谷太太和赛虎娘用一辈子的时间，守住谷府、守住儿子、守住属于女人的

记忆。

谷太太到死都不知道谷丰登在口外又有了一个家。但她心里有数，丈夫连自己的宏伟大业——在谷家庄建造另一座谷府，都懒得去兑现，可想而知，他外面的女人绝非一般的女人，是能够让男人忘了自己是谁的女人！是能够把男人拴在自己裤腰带上的女人！是能够让男人背井离乡，舍弃家业、家人的女人！人已经客死他乡，再计较、嫉恨都无济于事了。认命吧，好在自己一直都是谷太太！一直都是谷府的女主人！

3

一年又一年，光阴荏苒。

眨眼之间，谷满仓和黑赛虎从嗷嗷待哺的婴孩，长成17岁的顶天立地的大小伙子。

谷太太奶少，谷满仓吃他娘的奶吃不饱，还得与黑赛虎合伙吃赛虎娘的奶。赛虎娘的奶充足，常常胀得自溢，供两个如狼似虎的小崽子享用根本不在话下。每当两个小家伙一人抱着一只奶狠狠地吮吸的时候，赛虎娘都有一种说不出的得意与满足，她无比欣慰无比自豪。吃一口奶长大的两个帅小伙却有着相同的生活和不同的生命轨迹及其命运。

他们从小形影不离，黑赛虎整天跟随谷满仓读私塾。

谷满仓读的满口之乎者也，陶醉在书海之中，上知天文，下知地理，通晓历史，爱好文学，并且兴趣广泛，勤于学习，善于思考，话从他的嘴里说出来就不同寻常了；而黑赛虎却一念书就打瞌睡，几年私塾读下来，也就是能认几个大字而已。然而要论舞枪弄棒，他一下子就来了精神头，无论刮风下雨，还是天寒地冻，他从来没拉下练功，讲义气，能吃苦，身体结实得像个小老虎。谷满仓也受黑赛虎的影响，每日早早起来，在谷府的大院子里，跟着黑赛虎一块儿练武功，强身健体。

俩后生能文能武，亦庄亦谐。

他们之间从未地位平等过，不光因为一位是少爷一位是仆人，更因为一位的智力远远超出另一位。黑赛虎阳刚气十足，容易满足，不思进取，缺少一股走出困境独闯天下的劲头。他清醒地知道自己在谷满仓面前永远矮一等，他太健康、太乐观，所以从表面很难看得出他的失望，而在他的灵魂深处却充满了沮丧，有时沮丧得近乎绝望。他不知道有种东西能使人内心强大，不是钱财，不是权势，也不是身份、地位。那种东西其实就是知识的魔力。

他们也会在春耕秋忙时到自家的地里搭把手。

土地毫无保留地向犁铧敞着胸襟，刚翻过的土地新鲜而蓬松，正在以沉甸甸的欲望攀附着他们的双脚。

而庄稼将要收获时，土地又会变得坚硬而呆板，把欲望收拢起来，把梦想收拢起来。

他们尽情地触摸着大地的脉搏和身躯。

劳累了一天的他们，身体透出一股牲畜、大地、绿树、蓝天和青春混合在一起的很男人的气味。他们盘腿坐在炕上，凝神发呆，整天的劳作使得他们的血液流动都显得有些滞缓，他们偶尔相互看一眼对方，咧着嘴巴傻傻地笑，整洁的牙齿雪白雪白。

他们下地干活，不是因为缺吃少穿，而是因为旺盛的精力无从发泄。他们从不挥霍，知道钱总有花光的时候。他们没有任何不良嗜好和不端行为。

谷府因了俩后生小子的出出进进，和他们威武雄壮的气魄，而显得生机勃勃、虎虎生威起来。谷太太和赛虎娘看着英武豪气的俩后生，这些年来孤儿寡母的一切艰辛和不如意就全忘在了脑后，而作为母亲强烈的自豪感与骄傲感油然而生。养了这么两个如狼似虎的大儿子，也是她们对自己生命价值的一份最有说服力的交代。

赛虎娘渐渐发现，黑赛虎有事没事总往伙房跑，起初，她以为正值长身体的儿子又饿了，去伙房找吃的，后来发现儿子与做饭的小菊有点儿不对劲，那闺女肤色白皙，体态丰腴，性格文静。她不动声色地观察了一段时间后，把情况告诉了谷太太。

谷太太说："我看小菊那丫头厚道、老实，模样也俊，在府里也干了几年活了，知根知底的，配咱赛虎也说得过去。你说呢，赛虎她娘？"

赛虎娘说："太太说的是理儿，我看小菊也还不错，谁让咱赛虎看上人家了！整天往伙房跑，看他们眉来眼去的样子，好像都有那个意思。这时间长了，就怕传出闲话。不过满仓少爷还没动静，赛虎他……"

谷太太说："不碍事的，满仓、赛虎各有各的命，不论大小尊卑，谁先有动静就让谁先成家，姻缘的早晚是命里注定的，咱谷府没那么多规矩，再说满仓，一门心思扎在书堆里，还不知猴年马月是个头呢！赛虎也不小了，我看这谷家庄

的闺女里顶数小菊俊呢，何况又是咱家的丫头，你若同意，我看不如找个媒人先去她家提个亲啥的，咱好也有个准备不是？”

赛虎娘说：“太太说得极是。听太太的吩咐。”

黑赛虎与小菊在谷府成了亲，次年便生出一对龙凤胎，先从娘胎里出来的是俊俏的姐姐黑枣儿，稍后一步出来的是顽皮的弟弟黑豆子。

赛虎娘高兴得合不拢嘴，她虔诚地洗手更衣，为已经客死他乡多年的丈夫黑子上了一炷香：

“赛虎他爹，你当爷爷了！我告诉你啊，咱那臭小子本事有多大，竟然一胎就让咱孙子孙女都抱上了！咱这儿子算没白养！这下你该乐和了吧？你黑家又有传人了！把这个喜讯禀告给谷老爷吧，也让他高兴高兴。太太把名字都给起好了，咱孙子叫黑豆子，咱孙女叫黑枣儿，当家的，你可记住喽，千万别给弄混了。这豆子、枣儿可是你黑家的宝！我呢，终于当上了奶奶，也熬成一把老骨头了，日后见你时，你恐怕不认得了，唉——”

赛虎娘从这一天起，又被叫成黑奶奶。

黑奶奶最喜欢“黑奶奶”这个称呼。这个称呼是对她一生的总结和肯定。她完全沉浸在三代同堂的天伦之乐当中，她乐天知命，她乐不可支。天赐的幸福一直延续到来年。

这对孪生姐弟两岁了，最是闹人的时候。要哭，可着劲得比着哭；要闹，一个赛一个闹得厉害；要饿，双双嚷着，一刻都等不及、一刻都耽误不得。

小菊被她的两个小崽子吵的脑袋瓜都要炸了，放下手中的针线活，赶紧点起灶火，给在炕上乱爬乱闹的双胞胎煮红薯吃。

锅开了，水沸了，小菊才发现红薯还没下锅，便慌慌张张地跑到屋外，下菜窖取红薯。

自从有了这对宝贝之后，小菊的生活被彻底改变了，每时每刻都要围绕一双娃转，她已经被两个小屁孩儿折腾得找不到北了，整日里昏头转向、焦头烂额、疲惫不堪。她还没有找到做母亲的真正感觉。她丧失了做姑娘时的自由和闲静，有时在俩娃睡着的时候，她不由得泪眼婆娑，她格外怀念转瞬即逝的无忧无虑的少女时光。

黑豆子饿得直流哈喇子，他看到大铁锅里咕嘟咕嘟地冒着热气，以为红薯熟了，胆大调皮的他，愣头坎脑地从炕上伸出手朝锅里捞去，整条胳膊都伸进锅里，只听一声惨叫，他挣扎着，这一挣扎不好，整个身体顺势滚进开水锅里。

炕上的黑枣儿一看黑豆子一眨眼不见踪影，顺着微弱的呻吟和时断时续的哭声，她发现黑豆子躺在锅里，她本能地伸手往起拽他，可是水烫的，手无法伸进去，她无助地趴在炕沿上，凄厉地号叫着，嗓子顿时被喊破了……

黑奶奶正在堂屋给腰酸背疼的谷太太拔罐子，听到黑枣儿凄厉的哭声，立即扭着小脚往房后跑去。待她冲进屋时，被眼前的一幕惊呆了，屋里就俩孙娃，一个无声无息地躺在沸水锅里，一个趴在炕沿上哭岔了气。她眼前一黑，当即昏死了过去。

小菊从菜窖里爬上来，听到孩子的哭嚎声，赶紧用前襟兜着几个红薯往屋里跑去，一边跑还一边大声地喊着：

“不哭，乖，娘拿来红薯啦，立马就给你们煮着吃！”

她一个健步跨进门槛。

她疯了。

她从开水锅里捞出儿子，紧紧抱在怀里，把身上的上衣一把撕扯下来，盖在已被开水烫得面目全非的黑豆子身上。任谁都拦不住，她赤裸着上身抱着她的娃，飞快地跑出谷府，一边跑一边喊：

“烫着啦，烫着啦！哪儿有凉水，哪儿有凉水？”

“哈哈哈哈……煮熟豆子了，豆子煮熟了！”

她披头散发绕着村子盲目地奔跑着，两只白嫩浑圆的奶子异常夸张地胡乱蹦跳着，一只鞋不知什么时候跑丢了，光着的脏兮兮的脚板上血渍呼啦的，她旁若无人地跑着喊着笑着，还时不时地低下头，冲着怀抱里的黑豆子眉飞色舞、柔声细气地讲说着什么，那情形实在不忍目睹。她终于跑到一口井跟前，她终于可以用凉水营救自己的娇娃了，她兴奋地大叫着：

“找到了，找到了！我娃有救了，我娃有救了！”

她释怀了，她解脱了，她紧抱黑豆子纵身跳了下去。

瞬间，黑家家破人亡。

黑赛虎一怒之下，当夜离开谷府，一直下落不明。

五口人家只剩下年迈的奶奶和年幼的孙女。

谷满仓被邻村的一姓方的大户人家相中，执意要把自己的掌上明珠二小姐天亮嫁给他。

一年后，谷满仓娶妻生子。

从此谷满仓和黑赛虎天各一方，互无音讯，不知所终。

4

黑奶奶在谷府生活了四十多年。她的称谓也随着年龄、身份的变化而变化，从棉花到赛虎娘一直到黑奶奶。

当年她不到20岁就进了谷府给谷太太当丫鬟，一当就是三十多年，直到六年前谷太太病逝。她和谷太太之间虽然是主仆关系，但谷太太一直把她当自家妹妹一样对待，再加上她一手带大了谷家两代独苗谷满仓和谷雨，并且是满仓少爷的奶妈，她在谷家的地位自然非同一般了。

谷太太在时，也是谷府人气最旺，日子过得最红火的时期。谷府曾经有五个仆人，包括谷雨娘嫁到谷家时，从娘家带来的一个丫鬟毛女。黑奶奶的角色和地位就显而易见了，她不光管理着另外四位仆人，而且管理着谷府至今。

谷府今非昔比，自从谷太太去世后，谷府日渐败落，年景也一年不如一年好，谷满仓便把仆人全部辞掉，只留下谷府的管家兼自己的奶妈，他一直叫姨娘的黑奶奶。谷府依然由黑奶奶操持打理，虽然黑奶奶年岁已大，精力体力不比从前，好在府里就谷满仓一家三口，再加上黑奶奶及其孙女黑枣儿，一共也就是五口人，黑奶奶照顾这个家还是驾轻就熟、得心应手的。

黑奶奶在生命的最后三年，有两件事像压在胸口上的两座大山，压得她喘不过气来。一件事是儿子黑赛虎在八年前离家出走后，至今杳无音讯，生死未卜。另一件事是自己百年后，孙女黑枣儿的生存问题。

自从儿媳和孙子意外地悲惨死亡后，儿子受不了突如其来的灭顶之灾的打击，而愤然离家出走，便成为了黑奶奶的一块心病。她的脑海里经常浮现出当时那惨不忍睹的场景，她一次次从噩梦中醒来，又一次次深陷梦魇。她怎么能够想得通，眨眼之间，她幸福美满的家庭竟然灰飞烟灭，毁于一旦，之前没有任何蛛丝马迹。她实在想不通，她无论如何都想不通。命运把她一家捉弄得不成样子，妻离子散，家破人亡。由此她更加设身处地地理解了赛虎的苦衷跟绝望，但赛虎无论是生还是死，八年了，总该有个音讯吧！

在黑奶奶的直觉中，赛虎还在这个世界上存活着，只不过这个地方离她很远，这个地方让她找不到。意识到赛虎还在世上，这多少也是一种欣慰与寄托。她的潜意识里，赛虎去了口外，去了他爹曾经生活过的地方，那地方人烟稀少、辽阔无边、水草肥美、胜似天堂、适宜人居。那地方是他爹升天的地方，他爹的

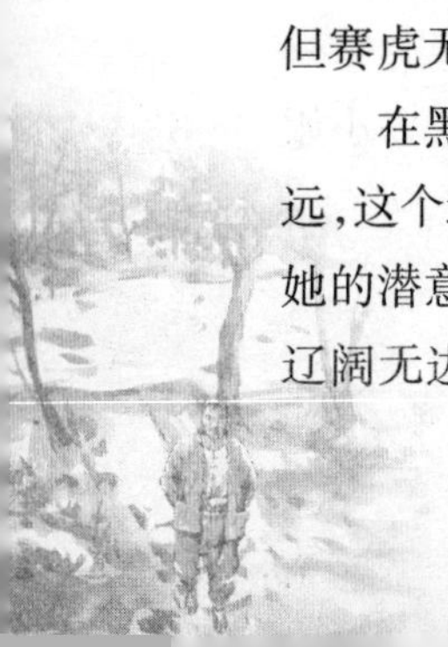

魂魄会离他很近,会为他的生命保驾护航的。黑奶奶记得赛虎小时候老缠着她,打听他爹的下落,还不止一次地表示过很羡慕、向往那种浪迹天涯、云游四方的生活状态。莫非儿子出家当和尚了?黑奶奶曾经开玩笑地问赛虎,是不是长大了也要离开她,去云游四方、浪迹天涯什么的?赛虎明确地表示一辈子都不会离开娘,他会代他爹在家陪娘一辈子的。黑奶奶很为儿子的孝心感动,她觉得她这一辈子就是为赛虎的这一句话活着的。她觉得过日子就得一家人围在一起过,不管穷日子还是富日子,只要全家人在一起才是圆满的、完美的。

黑奶奶多么希望赛虎托个梦来告诉一下他的讯息,哪怕是噩讯。这些年来忐忑不安的等待和煎熬,已经让黑奶奶练就了各种心理准备,无论什么样的结局,她都承受得了,毕竟生活阅历在这儿摆着呢!这么多年都过来了,唯独现在迫切地想知道儿子黑赛虎的下落,她也不知道自己是怎么了,她好像一天都等不下去了。

黑奶奶还有一件事在心头萦绕了很久。黑家就剩下黑枣儿这根独苗,今年才 9 岁,自己总不能照顾她一辈子,保住这根独苗,给孙女安排一个好的归宿,便成了黑奶奶的当务之急。她考虑到自己的年岁越来越大,身体也在走下坡路了,随时都会发生不测,提前把该想到的和该做到的,想了,做了,心才能放在肚子里,日后才能从容、放心地离去。

黑奶奶把自己一辈子攒下来的积蓄都交给谷满仓,让他到县城里买了一口棺材,还买了几种洋布、绸缎和相应的棉线、丝线,再加上从自家地里摘的棉花,和自家织就的土布,材料都置备齐全了。她先把自己的装老衣做好,藏在躺柜的最底层。之后就开始起早贪黑陆陆续续地缝制黑枣儿从小到大所需的棉衣、单衣若干件,以及鞋子若干双,甚至包括黑枣儿长大出嫁的新婚礼服。这一庞杂的系统工程,她差不多用了两年多的时间才完成。这些裁剪缝纫的活计,都是黑奶奶在做完家务活之后,利用空闲时间,一针一线做出来的。在为黑枣儿做衣服的过程中,她的心也随着一件比一件大的衣服,像是真切地感受体味到她的黑枣儿,从一个童真稚气的黄毛丫头出落成如花似玉的大姑娘,这个过程,让她舒心无比欣慰无比幸福无比。

期间,黑奶奶一边做着手中的针线活,一边考虑着如何才能更妥当地安排黑枣儿的未来,经过深思熟虑和反复推敲之后,她把让孙女永远都留在谷家这个想法和愿望,慎重地向由自己带大的少爷谷满仓提了出来。

“把枣儿留在谷府,一来呢,能贴心贴肺地伺候谷雨娘,照顾谷雨;二来呢,

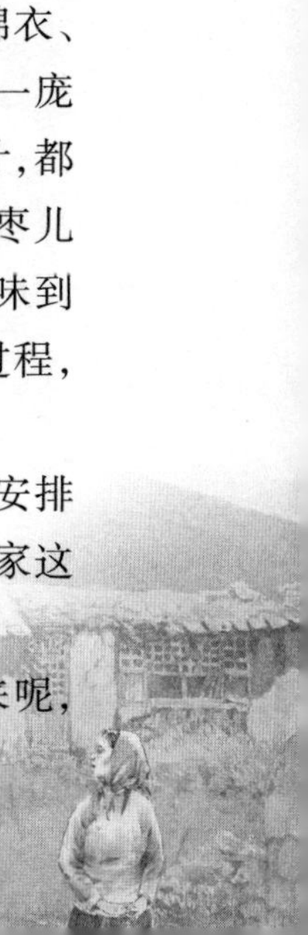

这丫头从小长在谷府，对谷府熟门熟户的，干活手脚麻利，也能帮你搭把手。我迟早是要走的，不忍心让这丫头这么小就讨吃要饭当孤儿，只要能把她留下，让她干啥都行啊！”

“姨娘，你放心，就是你不说我也会把赛虎的闺女抚养成人的！我会把枣儿当自己的闺女对待的。只是姑娘长大了肯定要嫁人，怎样才能把枣儿彻底留在家里，咱还得想个万全之策。”

“说起赛虎，八年了，这小子是死是活到现在咱都不知道，你说我心里这个堵呀！黑家好好的一大家子人就剩我们这一老一小的。姨娘老了，不知哪天就会陪你娘去喽！”

“赛虎总会有消息的。我也让人四处打听着呢！”谷满仓安慰着黑奶奶，接着说道：

“姨娘，我琢磨着，不如让枣儿嫁给谷雨，这样一来枣儿不就永远留在谷家了？”

“这不委屈了谷雨？毕竟枣儿比谷雨大三岁，又是丫鬟的命！”

“姨娘，咱谷家、黑家世代相交，早就是一家人了，哪还有什么丫鬟不丫鬟这一说。一家人不说两家话。俗话说得好，女大三抱金砖，我觉得年龄不是问题。重要的是，枣儿谷雨从小一起长大，青梅竹马，两小无猜，亲如姐弟，我看等他们到了男大当婚女大当嫁的年龄，就给他们把喜事办了。咱谷家黑家就亲上加亲啦！让枣儿嫁给谷雨是唯一行得通的办法，姨娘，你说呢？”

“那敢情好！也是枣儿这丫头福大命大，遇上这么好的人家，这么好的姻缘，老黑家可是攀高枝啦！”黑奶奶顿时老泪纵横，她用袖子抹了把眼泪，又说：

“满仓啊，姨娘肯定活不到那时候的！现在姨娘在，枣儿在谷府过活还算说得过去。这人老了呀，说走就走的，一旦姨娘哪天走了，枣儿、谷雨两个还没长大，枣儿就没理由再在谷府待着了。依姨娘看啊，干脆等我走了，你就把枣儿的身份给变了，村里不是好些人家都有童养媳嘛，咱也这样做吧。这样一来，枣儿就可以名正言顺地继续留在谷府了。你看这样行不，满仓？”

“行啊！还是姨娘考虑得周到，我咋没想到这点呢？依我看啊，这是个万全之策，就照姨娘的意思办吧！”

黑奶奶又把自己的装老衣和为枣儿准备的两大包衣服都交代给了谷满仓。

“都放在靠里面的那只躺柜里了。”

谷满仓郑重其事地点了点头。

“姨娘不到二十岁就到谷家干活了。太太没给过脸子不说，还给我找了男人办了婚事，让我全家都住在谷府。现如今满仓少爷又接着管我这个没用的老婆子和我的小孙女，还为我养老送终。谷家对我们黑家三代人恩重如山哪！这恩情，我这辈子说啥也还不起啦，只盼着下辈子当牛做马，来报答谷家的恩情……”黑奶奶眼泪一把鼻涕一把地絮叨着，这些话在她的心里存放了一辈子，积蓄了一辈子，现在一股脑地说出来，得需要怎样的情感铺垫啊！

“谷家和黑家几十年了，通过互相帮衬才走到今天，这是两家的缘分啊，彼此都很珍惜的。”谷满仓朴实的话里充满了深情厚谊这个大道理。

5

黑枣儿 12 岁那年，黑奶奶在睡梦中离开人世。

黑枣儿大清早看奶奶还没起床，这在她的记忆中还是头一次。

以往这个时候奶奶都在伙房忙上了，黑枣儿一觉醒来，自己把被褥叠好后，到伙房准能找上奶奶。

奶奶累了，让她多睡会儿！黑枣儿看了看奶奶沉静、安然的面容，在心里悄悄地说。然后穿上衣服，蹑手蹑脚下了炕，直奔伙房，替奶奶为谷家做起了这一天的早饭。尽管灶台对于她来说够高，大铁勺对于她来说够沉，她站在小板凳上不慌不忙地掌着勺，虽然是她生命中的头一次，但很是那么一回事，颇有黑奶奶的风范。

从那天开始黑枣儿的生活发生了一些变化，从一直跟奶奶睡觉，改成跟弟弟谷雨一起睡觉。做饭、伺候谷雨娘、照顾谷雨、洗衣服、拾掇家，以及给为村民看病的谷满仓打下手等一系列曾经是奶奶每一天都要做的事情，由黑枣儿接着来做了。黑枣儿的生活虽然还是在她一直以来都熟悉的生活轨迹上照常行驶，但是在性质上却发生了翻天覆地的变化，黑枣儿从那天开始在这个世界上再也看不到奶奶了，她试图找过，却无济于事，然而黑枣儿仍然执着地在找寻奶奶。她的身份也发生了变化，从谷家下人黑奶奶的孙女改为谷家的童养媳，对于新的身份，黑枣儿的理解就是，照顾谷雨生活起居的重担落在自己的肩上了，她心甘情愿地接受，她相信自己也能做得像奶奶那样好。除此之外她对于自己的新身份新生活没有更多的理解和认识。让她感触最深的还是虽然一如既往地生活在谷府的生活里，但是她却成了孤儿，除非她能把奶奶找回来。

第 二 章

6

黑枣儿发现自己后背上的疙瘩越长越大,前些天还只有黄豆那么大,不疼不痒不碍事的,可这两天一下子长到核桃那么大,还有痒、痛之感,尤其到夜里,常常被疼醒。她意识到是平躺压着的缘故,把身子侧起来躺着,疼痛好像能缓解一些。越不舒服就越想摸那疙瘩,越摸就感觉越大,鼓囊囊的、硬邦邦的,咋突然长得这么快呀?会不会过两年长得像县城上的刘罗锅那样,背上背着个巨型疙瘩,腰被狠狠地压弯且蹒跚挪步?她被自己的联想着实吓了一跳。她摸黑推了推酣睡的谷雨,11 岁男孩子的觉沉实得根本无法动摇,11 岁男孩儿还是在娘的怀里寻找庇护的孩子。

“弟,快起来!快起来,看姐后背上长了个啥?弟——”

“干啥呀,姐?干啥要把人家吵醒?烦死了!”谷雨一边揉着眼睛一边不满意地嘟囔着。

黑枣儿把谷雨的小胖手从他的脸上移到自己的后背上,“你摸……”

“这是啥呀?”谷雨隔着黑枣儿的小褂儿摸到一个很鼓很硬的疙瘩,他被彻底惊醒了,一骨碌从被窝里爬起来。

“弟,你说这个疙瘩越长越大咋办呀?去年才是小米粒那样大,我琢磨着是个粉刺而已,过段时间就会自己消掉,可没成想长成现在这个样子!弟,我害怕!”黑枣儿跪在炕上摸黑抓住谷雨的手。

谷雨两只乌溜溜的大眼睛在暗夜里熠熠生辉,只听他脆生生地说道:“不怕！爹会看病，我找爹去。”不由分说，跳下炕往屋外跑去。他踮起脚尖伸手抓住门闩打开门，黑漆漆的夜像一只巨兽沉沉地压了过来，他一只脚刚要迈出门槛，突然一个一百八十度大转弯撒丫子折回屋里，一下子跳到炕上，泥鳅一般“嗖”地钻进被窝，蚊子唱歌似的结结巴巴道：“……黑！……怕！”

黑枣儿下炕把门关上。

月光歪歪斜斜地挤进窗棂，在屋里洒了一层薄薄的清辉。就着月光，黑枣儿替谷雨掖好被角。

“露出头来呀，不怕憋死？都 11 岁了还怕黑，小屁孩儿！”

又是一个不眠之夜。

躺在炕上的黑枣儿着迷地盯着既虚无又实在的黑夜，梦魇般的夜幕在她的视线里幻化着、涅槃着、魔术着，她生命的罅隙开始出现了。她奇异地感觉到自己的灵魂疏远了自己的肉体，她仿佛看到自己骑在一根粗粗的树桩上，飘游在空中，为了防止自己掉下去，她俯下身子，紧闭双眼，用双手紧紧抱住树桩，眩晕、飘忽、兴奋、绚烂；她任树桩载着遨游在空中。有时，她也会俯瞰脚下的世界，陌生、虚妄、奇异、孤寂。

自从两年前奶奶死后，这个场景反反复复出现在黑枣儿的梦里，以至于后来在现实中，也就是在此时，梦又清清楚楚地出现在她的脑海里，在梦里还是在梦外？她常常被这个意境搞糊涂，好半天回不过神来。

唯有在黑夜她才会有如此奇异的感觉，才会让思想飞起来。在黑夜，她成为不同于白天里的另外一个自己，信马由缰、天马行空地或沉湎于追溯往事，或陶醉于遐想未来。黑夜让她感到无比亲近、自在，黑夜给了她无限的遐思和冥想。黑夜成就她完成着生命的另一种仪式。沿着黑夜走就能找到奶奶，沿着黑夜走总能抵达灵魂的家园。她穿行在每一个黑夜里，每往前靠近一步就是靠近奶奶一步，她把白昼也当成黑夜，行走、奔跑、飞翔，她不敢落下一个夜晚，不肯错过一个白日。这样的跋涉对她而言，是痛，但快乐着，因为她一步步靠近温暖、靠近亲人。

日子一天天、一月月地过去了。可是在黑枣儿看来，世界一片混沌，她简直分不清白昼和夜晚，今天和昨天，这个月和上个月，此处和彼地，什么都分不清楚，什么都认不出来。她常常整天整天地出神发呆，记不清自己做了什么，说了什么。她仿佛隔着遥远的距离，骑在树桩上，在空中俯瞰自己身边的这一切——村头洒满一地槐花的老槐树，公爹身边络绎不绝地看病的村民，婆婆屋里总是吱吱作响的纺车，窗棂上梦一样的彩色剪纸，越来越干涸、瘦削的高粱地，木讷、执拗的小毛驴，奶奶的三寸金莲，深不可测的河水，熠熠生辉的星光……

黑枣儿不管站在哪里，总是孑然一身。从她的胸膛，从她的嘴里，喷出的是一片茫茫无际的空虚与孤独，同样在她身后，在四面八方，也是一片无垠的空虚与孤独。

地旱了、荒了，村民们无事可做，端着越来越稀汤寡水的饭碗，三个一堆、五个一群蹲在村头老槐树下扎堆儿打牙祭，合计着今后的出路；孩子们用槐树枝做成花环带在头上，手拉着手，围着老槐树不停地转圈、哇啦哇啦欢快地叫嚷；却没有谁能够解除黑枣儿内心的那种绝望的空虚孤独感。她觉得身边的一切都仿佛与自己格格不入，似乎有什么东西把她从整个世界隔离开来。谷家庄上，老槐树下，一切仍一如既往地运行，可就是把她远远地隔开，使她望尘莫及。

后背上的疙瘩又在欺负黑枣儿了，疼痛的烦躁和苦恼使她无法再躺下去任遐思驰骋奔腾，她从炕上坐了起来。

夜色宽厚深沉。

黑枣儿被温柔的夜色牵引着，走出屋外。

从麦秸垛里挤出来的热烘烘的庄稼熟透了的气味，掺杂着满树槐花的清香和牲畜的粪便混杂起来的气味，迎面扑来，这种黑枣儿熟悉得不能再熟悉的谷家庄的味道，在夜深人静时更加清晰可辨、亲切宜人。这种味道让黑枣儿如梦初醒。

这个村庄能够证明她的奶奶曾经拥有生命，而现在却命丧黄泉。这个村庄能够证明她的奶奶曾经住过这个地方，现在又去了别处，任凭她怎么找都找不到的居所，任凭她怎么回都回不到的家！但她知道自己无论做什么，奶奶都在那个她找不到的地方看着她，守护着她，保佑着她，如此而已。可是不管奶奶身在何方，她的灵魂永远都不能和奶奶分开。如今奶奶去了黑暗之中，而她仍然与奶奶同在。祖孙俩形影不离，在同一片星空之下。

繁星在夜空中闪闪烁烁，像河流一样伸向远处。到处是寥廓的空旷、无垠的黑暗，永恒的黑夜把世间万物都包罗在它的沉寂和昏暗之中。

黑枣儿的世界没有时间，只有空间。

村庄一片死寂。

连看家的狗都进入了梦乡，抑或它们对黑枣儿的脚步声习以为常、熟视无

睹了,在它们的生物钟里,三更时若听不到美少女黑枣儿在村头轻盈梦幻般地徘徊踱步,它们反而会集体失眠甚至狂吠。从各家院落里争先恐后传出的狗的此起彼伏的呼噜声,让黑枣儿脆弱而敏感的心熨帖且舒坦。

一弯暗金色的新月正落向村头的那株老槐树后,月光将天空渲染为一片暗紫色。大丽花兀自陶醉,在黑夜里恣肆抒情着写意着空灵着,与幽幽的暗夜融为一体,缠绵缭绕,暗香袭人。

在黑枣儿眼里,黑夜是完美的安全的,能够让人融入、理解,也能够让人安宁、平静,她可以毫不犹豫地让自己沉浸在黑暗中,妩媚成黑夜里那朵最黑的花,暗地妖娆。

黑枣儿梦游般踱在田野上。

干枯荒芜的土地在脚下发出只有她才能懂得绝望的叹息,她不由地躺下,稚嫩的脸紧贴着一代又一代谷家庄人赖以生存的土地,它是那么旷达而强劲,又是那么脆弱而无奈。她多么希望把自己躺成一条大河横亘在冀中平原,恣意淌流,并把阳光雨露紧拥在怀。

她凝神仰望布满天空的星星,她似乎又看见奶奶,奶奶慈祥的微笑仿佛繁星一般笼罩着她、烛照着她、牵引着她。一种神秘的力量控制住她,她好像乘着夜风飞走了,越飞越远,一直飞到了黑色的天堂,飞到了原始的永恒中。

她完全进入了纯粹的黑色的完美境地。

她一动不动地躺在天与地之间,刚刚发育的身体流畅舒展,似亭亭玉立的白杨,又似天真清澈的溪流。

她不知道刚才去了什么地方,只觉得自己好像体会经历到了另一个自然世界,只觉得自己属于另一个世界。她与白天被深沉的黑夜隔开了。她与白天里的她没什么两样,只不过她还有另一个不同凡响的自我,她能看懂黑夜和黑夜的秘密。她知道,她不会与这种在干净、孤傲的黑暗中存在的与众不同的奇异力量分开,她从来没有比现在更是真正的自己,任谁都无法侵扰她内心那个恒久的自我。

星星们好像和她躺在一起,好像进入到她那通透曼妙的体内,她的血管在膨胀,她的血液在奔腾。她觉得,只有这些挂在夜幕上的星星领会了她、了解了她、席卷了她、覆盖了她。和星星在一起,她感到无拘无束,自由自在,心驰神往。

她尽情地享受着黑暗和黑暗所赋予她的自我,永无止境。

在这殷实的黑暗中她度过着自己的时光。

她的脸上流动着光彩。

她的灵魂张开了翅膀。

黑暗仍然高于一切,不可一世。

渐渐地,她被一丝睡意侵袭了。不知过了多久,她又被一丝意识苏醒了。她看到风穿着黑色的斗篷神气活现地走来走去,她听到自己和身下的黄土地和弦般惊人的心跳。

她感到一丝丝凉意,她紧紧地蜷缩着身体,她变得越来越清醒了。一种强烈的孤独感笼罩着她,让她感到悲凉难耐,也让她感到自由非常。

她知道自己必须回到白天,回到生活当中,但是她又舍不得从黑夜中离去。白天,她是谷家的童养媳,循规蹈矩、善解人意;夜晚,她是寄人篱下的孤儿,多愁善感、孤苦伶仃。这样黑白交替的双重生活,让她不知道白天的她和黑夜的她哪个更像自己,哪个更是自己?这样的生活经历,让正值豆蔻年华的她早熟、敏感、孤僻、怪异。

月亮当着她的面飞速坠落着,射出越来越红的光。月光在头顶上逐渐消失,四周笼罩着黑暗。

一丝光亮破空而出,洇了神秘厚重的一天浓黑,从深蓝到瓦蓝再到灰蓝直到鱼肚白,天空魔术般变幻、递减着颜色,她看到最亮的那颗星星渐渐隐藏到越来越白越来越亮的天幕,谢幕的那一刻仍不忘冲她眨了眨会说话的眼睛。她仿佛是这黑暗中的哨兵,虔诚地在为黎明站岗放哨。

公鸡亢奋的啼鸣,渐行渐近,正在叫醒着谷家庄。

此时,一抹嫣红甩在天空,这神来之笔招展着、演绎着,接着任性、率真的黄色横空出世,在天空这块巨大无垠的画布上恣意妄为、自由挥洒、浑然天成。嫣红和鹅黄这两种颜色,在由深变浅的蓝色天幕上,时而张扬,时而隐忍;时而冲撞,时而凝固;时而飘忽,时而安闲;时而热闹,时而孤单。突然,红彤彤、金灿灿的太阳从这两种鲜艳的色彩中脱颖而出,颤巍巍地定格在天幕上。它激越着、燃烧着、参禅着。它既狂放不羁又缠绵悱恻,既锋芒毕露又婉约矜持。大手笔、大写意、大抒情、大印象。

她被这幅旷世巨作震慑住了,屏住呼吸,凝神观望。

太阳诞生了。

顿时,宁静祥和的大地变得光芒无限,美艳无比。远处的山坡,山脚下的

树，零乱的坟墓，瘦弱的庄稼，越来越龟裂的土地，沉睡的村舍，零星的炊烟，以及她整个人都被镀上了一层神秘辉煌的金光。

一切都被弹拨，一切都被萌生，一切都被燃亮，一切都被尘埃落定，一切都显得那么诗意盎然、神采奕奕，一切都充满了生机与希望。

她的心被日出猛烈地撞击、震撼着，她的脸颊上挂满了泪水，嘴在奇怪地嚅动着。

她内心的韵律就在日出这酣畅的浓情中温暖而旷达地深邃。

她的思绪也在黎明那一抹嫣红的启示里庄严而缤纷地绵延。

黑枣儿拍了拍头发上和身上的土，昏昏沉沉往庄里走去。她要在一家人起床前把早饭做好，然后服侍下肢偏瘫的婆婆洗漱、解手；还要陪谷雨习字练武；在来看病的村民多的情况下，她要帮公公打下手，如碾药、维持秩序等。后背上被衣服摩擦的疙瘩又在折磨她的疼痛神经了。

公鸡鸣叫着，她听到她家公鸡的叫嚷声就裹挟在其中。

她加快了脚步。

第三章

7

“枣儿，看你这两天无精打采的，没害病吧？”谷雨娘坐在炕上看着正在拾掇屋子的黑枣儿，关切地问道。

“没有啊，娘。”黑枣儿一边麻利地干活，一边低声细语地应道。

“你把那个小盆子拿来。”

“哎。”

黑枣儿从犄角旮旯翻出个小铜盆递给谷雨娘。她已经谙熟谷雨娘的生活习惯，谷雨娘总是自己洗裤衩和裹脚布，还不让黑枣儿拿到太阳底下晾晒，总是让她把洗净的裤衩、裹脚布搭在隐蔽处的椅子扶手或横撑上。起初，黑枣儿还主动请缨，“娘，让我洗吧，我能洗干净的”。几次遭拒绝后，黑枣儿生发出人生中最初的挫败感，从此干活更加勤谨仔细。后来黑枣儿逐渐习惯了谷雨娘的种种洁癖，和特有的冷清、冷淡和冷漠的气息。她觉得和谷雨娘之间似乎隔着些什么，虽然谷雨娘待她亲如女儿，嘘寒问暖的，但是她就是怕她，尤其怕她看人的那种眼神，一种介于尖锐和锋利之间，令人感到有着刃口一样轻薄的寒冷，每当想到谷雨娘的那种眼神，她都会不由自主地打寒战，浑身起鸡皮疙瘩。她尽可能地躲着她。她又怎么能躲开她呢？

谷雨娘也就是 30 岁左右的样子，在黑枣儿的眼里，她更像是位大姐姐。由于长年病卧在床，谷雨娘清雅柔美的脸越发显得苍白、凄清、瘦削。乌黑的头发多会儿都挽成一丝不苟的发髻，纤纤细手多会儿伸出来都白洁绵润、葱茏修长，

说起话来多会儿都是柔声细语、不卑不亢，穿着打扮多会儿都很得体、大方、干净、雅致。这高洁、沉静的美让黑枣儿好生羡慕与敬畏，并且形成了黑枣儿对女人的最基本的审美与判定，同时也影响了黑枣儿的一生。

谷雨娘的冷艳之美让她有别于村里其他女人，尽管十一年前因生谷雨而得了产后风，导致一条腿瘫痪，只能整日坐在炕上纺线织布，然而她仍然被村里的女人们惦记着、效仿着、嫉妒着、议论着。女人们在河边聚堆儿洗衣服时，她就是她们永远说不完的话题，无论是谈天说地，无论是东扯葫芦西扯瓢，无论是谁家的婆娘刁、谁家的汉子怂、谁家的娃笨，最终总能把话题归拢在谷雨娘的身上。

一说起谷雨娘，女人们的意见总能迅速达成一致，她们在一次又一次亢奋而诡秘的声讨中，把自己的粗俗、愚钝以及警醒、渴求，暴露得一览无余。虽然谷雨娘这个参照物，对她们来说可望而不可即，然而毕竟让她们意识到，谷家庄还有像谷雨娘这样精致且别样的女人存在着，并且像一面镜子照见她们的卑微无知跟朴拙憨直。

“你说，谷雨她娘还能干那事吗?”

“谁知道呢!”

“她都瘫了，不能做女人的事了，还每天要个啥劲儿，穷臭美个啥?”

“你咋知道人家不能?”

“她要是能，咋生了谷雨之后就再也没动静了？明摆着的事嘛!”

“她当家的闲了这么多年，够憋屈得哈！男人还能憋着？打死我都不信。嘻嘻嘻……”

“可不敢胡说！人家谷先生可是个正人君子，不光有学问，心眼儿还可好。咱庄里谁家没有个头疼脑热的，哪回不都是谷先生给医好了？谁家没有个挖井盖房的，哪回不都是谷先生给定日子看风水？谁家没有个红白喜事，哪回不都是请谷先生给坐镇撑门面？谷先生是咱庄的大能人、大恩人、大好人哪!”

“这么好的男人，咋就摊上这么个瘫婆娘，老天爷太不公平啦！谷先生咋不娶二房呢？家里一个孩子也太孤单了!”

“谁说不是？一家有一本难念的经嘛!”

“话又说回来，女人家要是有谷雨娘那样的本钱，是体面也招惹男人，哈?”

“可不是！只是怪可惜的，这么年轻就……这以后的日子还长着呢，咱都替她发愁!”

“唉——”

“经看不经用的女人,哪个男人稀罕?”

“嘿嘿嘿……”

“经用又好到哪儿去?没完没了的生娃!没完没了的受罪!啥时才能熬到头啊?连年闹旱,收成越来越少,人口越来越多,我家都快揭不开锅了!”

“听说镇上的朱家兄弟到口外找出路去了,我也想让我当家的出去闯一闯,最起码能少生娃娃,还能省个口粮啥的。这世道真是难活哟!”

“说来说去,还是那女人会活!站不起来了,丈夫还不嫌弃。整天坐在屋里,风吹不着、日头晒不着,吃香的、喝辣的,还描眉涂粉、指手画脚的,看她细皮嫩肉、花枝招展的那个骚样,准保每天都跟她男人睡觉。哼!”

“眼气了吧?”

“咯咯咯……”

“哎,哎,别说了,小心黑枣儿那小丫头听得懂,回家跟她公婆学话。”

“嘘——”

“哈哈哈……”

红了脸的,捂着嘴的,弯下腰的,扬起脖的,张大嘴的,女人的笑,各具情态,肆无忌惮。

从记事起,黑枣儿眼里的谷雨娘都是坐着的。不是坐在炕上纺线织布,就是久久地盯着窗外痴痴地发呆;遇到天气好时,谷满仓会把谷雨娘抱到院子里,让她坐在早已摆放好的红木太师椅上,并把她亲手织就的一块黑灰白相间的线毯盖在她的腿上。

阳光明媚的日子,到处弥漫花树的芳香,蜜蜂嗡嗡地跌进金银花里。谷雨娘一边晒太阳、呼吸新鲜空气,一边两手忙个不停,或针绣,或缝补,手里的针在布料上有规律地闪着银光;或让黑枣儿把被褥、棉衣服拿出来翻腾、晾晒,忙个不停。偶尔谷雨娘叹口气放松一下自己,心里盘算着,如何为家人节衣缩食。有时候,她会被自家院子里的喧哗热闹吸引住,忘掉手中的活计,出神地看个没完,她的脸上流露出少见的生动表情。

那肯定是谷雨淘气地满院子在追赶、欺负四处逃遁的鸡和鸭;谷雨跟在他爹身后像模像样地习武强身,挥来舞去的藕节般的小胳膊小腿,让人忍不住想咬两口;谷雨跑来跑去帮着黑枣儿把来看病的行动不便的远村的村民安置在偏房……谷雨娘的目光被谷雨调皮、忙乱的身影拽来拽去,似乎永远没有看够的时候。七八岁的男娃淘起气来狗都嫌，谷雨的喧闹，不仅没让她这个做娘的厌烦，而且竟然让日渐冷清、衰败的谷府在她眼里热火朝天起来，仿佛院子里驻扎着熙来攘往的千军万马。

她被琐碎朴素的快乐攫住了。流彻心底一种顿悟。她脸上洋溢着喜悦的光彩，洋溢在她细致、光滑的肌肤上，洋溢在她明亮的眼睛中。她的内心变得骄傲而坚挺，就像花儿在尽量展示着自己。她把一切都抛在了脑后，好像变了个人似的，再不是她自己，成了一个全新的人，她因此激动异常。

谷雨摘了一把豌豆花丢进金银花花丛，让蜜蜂钻进去。

谷雨娘笑了。她很珍视、享受纯粹的家庭生活。

8

黑枣儿小时候听奶奶讲，谷雨娘当年是方圆百里数一数二的标致俊俏女子，有着一双玲珑美妙的三寸金莲，叫着一个非常好听的名字“天亮”，是邻村一姓方的大户人家的四个千金中最出色最有个性的二小姐，与谷家门当户对。方天亮 18 岁时被明媒正娶到谷家，成为谷家少奶奶。谷雨娘不仅女红做得好，还读过私塾，会念《烈女传》、《百家姓》，有着文雅而又怪诞的言谈。不管是多么尖刻的语词，一经她的口中说出，便不觉得刺耳。她是一个举止奇特的尤物，有着一颗孤傲的心，却时不时地要耍小性子。她那一串串冗长乏味的牢骚，不管是冲着丈夫，还是冲着黑奶奶或者其他下人，只会使听者对她更加惊奇，更加亲近。即便他们听得满腔怒火，不堪忍受，感觉仍是如此。她知书达理，温柔贤惠，冰雪聪明，名副其实的大家闺秀，与谷家大少爷谷满仓恰是天生地长得一般。用黑奶奶的话来说，就是“天生的一对，地造的一双”。谷雨娘过门五个月后有了身孕，不仅深得谷太太的器重和疼爱，而且深受下人们的敬重和拥戴。

谷雨娘生谷雨时正值十冬腊月，要强好胜的她，在月子地里不听黑奶奶的劝，执意要到茅房解手，解完，还未等把裤子提上，腿关节和胯骨一阵钻心的痛，就一头栽在地上。从此，再也没站起来，再也没生出孩子。

黑奶奶不知为谷雨娘抓过多少服药，熬过多少锅药汤，依稀记得当年那个药方子上的中草药——党参、黄芪、秦艽、桑枝、肉桂、吴茱萸、当归、补骨脂、云苓、白术、山萸肉、独活、杜仲、玉竹、白芍。虽然谷太太为儿媳换了一个又一个郎中，但每次郎中开的药方子都八九不离十，都在这 15 味当中。

“那一年，整个村子都弥漫着从谷府飘散出的中草药味儿。奶奶每天煎药

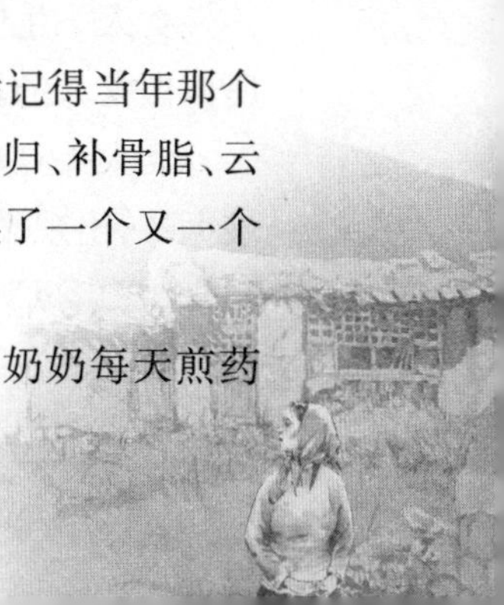

煎得,一闻到那酸酸苦苦的药味就想吐。”黑枣儿记得奶奶说这话时,眉头紧紧一皱,伸出舌头在嘴唇上舔了舔,仿佛嘴巴上还存留着品尝汤药时的苦涩难耐。

“谷雨娘真是天下少有的好女人,怕喝药喝苦了奶汁,影响雨娃吃奶,硬是撑着不喝,后来被丫鬟毛女发现了,告诉给太太,她在太太苦口婆心的劝说和逼迫下,不得已才开始喝那苦汤汤,每次都喝得眼泪、鼻涕一大把的,让人实在不忍心看,那场面才叫人揪心哩!喝了那么多的药汤汤,咋就没喝好少奶奶的腿呢?”黑奶奶泪水涟涟地唏嘘感叹着。

“可怜的谷雨,刚吃出母乳的滋味,就再也吃不上奶了,急得差一点哭岔了气,小手抓住奶奶的奶子不放,还用小嘴叼住奶头嘬个没完,那不是瞎嘬吗?臭小子的劲儿大得很,没把奶奶疼死。奶奶对付着用面糊糊、米汤喂大了这个小人人。哎,谷雨不如他爹小时候有福气,满仓少爷 3 岁多了还在吃太太的奶,9 岁了还赖着太太的奶不放,不摸太太的奶子睡不着呢!”黑奶奶看了看正在坏笑的黑枣儿,接着说:

“太太就是因为看到谷雨娘突然瘫了,才急出了后背上的疖子,不当回事儿,感染化脓后转成败血症,不到一年就要了命……奶奶伺候了太太四十来年,太太待奶奶有如自家姐妹,如今太太撇下奶奶独自走了,奶奶一个人好孤单哦!”黑奶奶拽起前襟抹去淌在脸颊上的泪水。

突然,黑奶奶双手捧住黑枣儿的脸,紧紧盯住黑枣儿的眼睛,一字一句地说:“等我枣儿生娃时,千万不能到外面解手!千万不能受风寒!千万要记住奶奶的话!枣儿啊,听清没?”

“听清了,奶奶。将来长大了,我不要生小孩儿。”

“混账!再敢胡说,奶奶撕烂你的嘴!”

黑奶奶在最后的日子里,总是对黑枣儿唠叨个不停,虽然净是些陈年往事,但都是与女人的生活、生育、生命、命运息息相关的内容。

黑枣儿迟早会成为女人。

女人一生中有几个关口,生育这一关最难过,同时也最容易过,仿佛玄机。所以做女人的最想结婚生孩子亦最怕结婚生孩子。

女人一旦患上了产后风,就很难彻底摆脱,患上产后风,就会阻碍子宫的血液循环,出现瘀血,降低生殖器官及泌尿系统的机能,影响下肢的血液循环。

“产后风”不好好的一个主要原因是,女人在月子里 100 天为一个自然恢复期,期间,筋骨与腠理合闭,使风湿寒邪包入体内,排出不得,病邪长期滞留于体内,损坏腠理与筋骨组织,从而导致严重的筋骨病。因此,产妇最忌讳恶风恶寒。

9

“娘——”人还未来,声音却先到了。

虎头虎脑的谷雨一阵风似的钻进谷雨娘的卧房,还没站稳就一头扎进谷雨娘的怀里,圆圆的大脑袋在她的怀里蹭来蹭去。

谷雨娘用手抚摸着儿子的头,爱怜地嗔怪道:“又疯跑到哪儿去啦,看这一头的汗!枣儿,把手巾给娘递过来。”

谷雨娘仔细地擦着谷雨头上的汗:“看我小子的头发有多硬、多密,跟你爹一样!”

谷雨一骨碌从娘的怀里爬了起来。大眼睛眨巴着,闪烁着聪颖、机灵的光芒。

“我正要找姐呢!娘知道不,我姐病了!”

谷雨跪在炕上,伸手往炕跟前拽黑枣儿。

“你让娘看看你后背上的疙瘩!”

黑枣儿把谷雨的手推开:“别闹了,谷雨。”然后低着头,对谷雨娘小声说道:“娘,不碍事的。”

“夜里都疼醒了,还不碍事?娘,我刚才跟爹说了,爹让枣儿姐去堂屋让他瞧一瞧呢,我就是来找她的。”谷雨大声说着。神情严肃,一板一眼,像个小大人似的很是那么一回事。

谷雨娘看了看谷雨,又看了看黑枣儿。

“枣儿,你往跟前儿来,让娘看一看到底是咋回事。”

黑枣儿慢腾腾地往前挪了几步,转过身去。双手伸到褂子侧面的下摆处,慢腾腾地从下至上解开三道盘扣。

谷雨娘缓缓地撩开黑枣儿的褂子,只见脊背的正中央长着宛如核桃一样大的疖子,暗暗地吸了口气,又仔细地看了看,然后把褂子轻轻地撸下去,把黑枣儿的身子转过来,双手搭在她窄窄的肩上,看着她的眼睛好一会儿,才说:

“让你爹看看,现在就去吧。听话。”

“哎,娘。”黑枣儿温顺地答应着。

“我跟你找爹去!”谷雨迅速从炕上跳下来,拉起黑枣儿朝屋外跑去。

谷雨娘怔怔地看着他们的背影,好半天才定盹过神来。

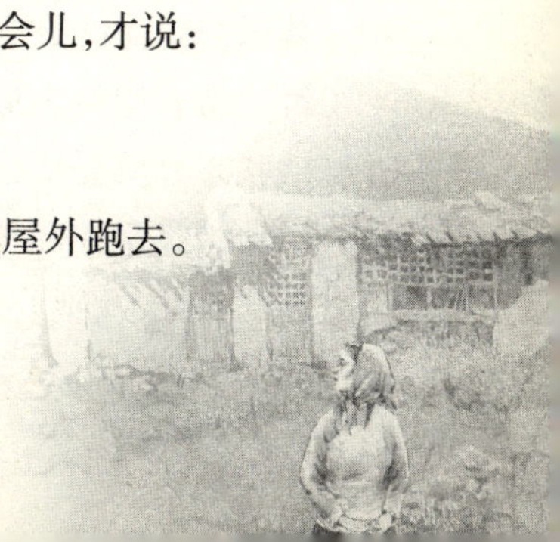

上午的阳光，慷慨而调皮地把窗户上的剪纸，非常有创意地打在了炕上。谷雨娘坐禅一样坐在抽象的窗花和空灵的光斑上，全身被阳光沐浴，内心却莫名地慌乱、悲凉起来。

谷雨娘侧过身子，一手撑着炕，以支撑倾斜的身体，一手把纺车跟一大包棉花一一拽到跟前，然后重新调整了一下坐姿，以便让自己坐得更舒服更牢实些，一天的劳作——纺线开始了。她娴熟、机械地操作着纺车，双手和臂膀自然、协调地摆弄着、摆动着，纺车不间断地发出有节奏的嗡嗡的声响，扬起的丝丝缕缕的棉絮落在她的胳膊肘上、肩膀上、眼睫毛上和头发上，原色的棉线魔幻般绵绵蜿蜒着，蜿蜒着。她身披白亮的光芒，直视前方，一双眼眸默然空洞，心不在焉，如同在梦中一般，对周围的一切浑然不知。

知了单调枯燥的蝉音，在静谧的氛围中无形无意地回荡着。

谷雨娘惊讶于造物主的创造力，竟然让两个毫无血缘关系的女人不仅成为一家人，而且让她们拥有非常相似的漂亮的后背。更让她惊讶的是，造物主还让她们在背部的同一位置上，都鼓出一块如同核桃大小似的囊肿。她不由得替黑枣儿的病症担忧甚至有些害怕。两个似乎毫不相干却又脱不了干系的人，一位是她的婆婆，一位是她的儿媳妇。十年前谷太太因了背上的囊肿而撒手人寰，成为丈夫谷满仓心头永远的痛，十年后谷满仓又要面对与母亲同样境遇的黑枣儿，这样的巧合，是怎样的命运使然啊？真是应了那句老话：不是一家人不进一家门！

黑枣儿单薄、娇美的后背固执地凸现在谷雨娘的脑海中，流畅、曼妙的线条，紧致、滑嫩的肌肤，轻盈、挺拔的腰肢，与她记忆中的谷太太的后背重叠在一起，只是黑枣儿的背部年轻娇小了一些。她突然意识到丈夫此时此刻也正在察看着这个后背，对于久违了的似曾相识的类似血缘般亲近的美好，他又做何感想？造物主对于丈夫的青睐眷顾，让她自惭形秽，自叹弗如。她闭上眼睛，不忍想，不敢想。

一个姿势坐久，腰酸，背痛，腿麻就接踵而至。长期以来，只能以坐着的姿势承担生命的重，令谷雨娘仍然年轻的身体有些微的变形。残酷的现实，严重地冲击着她的生命质量和生活质量，也令心高气盛的她，逐步对自己的生存、生活状态有所妥协，有所适应，然而人格的独立、精神的自主、灵魂的高贵这块自留地始终坚守和捍卫着，这得需要怎样的毅力和修行？多少次辗转反侧，夜不能寐；多少次呕心割刀，欲哭无泪；多少次听天由命，自暴自弃；多少次苦思冥想，多少次悔不当初，多少次自我救赎；最终她了悟了，释怀了。

谷雨娘想换个姿势，一条腿却不听使唤，不予配合。她双手支在炕上，一条腿放在另一条毫无知觉的腿下，用这条好腿的用力抬起，来带动那条病腿，同时借助臂力抬高臀部，从而达到整个身体的艰难移动。此时此刻，她感到非常虚弱和委屈，郁闷、落寞、孤独、无奈、辛酸、苦涩、沮丧、哀伤、悲凉、失望……她被这些错综复杂的感觉侵袭着、啃噬着，她愁肠百结，精疲力竭。这种清醒时的困惑或困惑时的清醒，仿佛鸟儿的坠落，又仿佛鸟儿的哀鸣。她恨死了至高无上、无所不能的上帝。看着自己瘫软、萎缩的腿，她无声地哭了。

谷雨娘用十年的时间磨砺和修炼出来的心灵的平静，就在这个再寻常不过的上午，被一个女子白嫩如凝脂的纤薄的后背给打乱了。就像早被遗忘了的深埋在地下多年的臭弹，不经意间梦魇般地蠢蠢欲动，突发奇想地酝酿着引爆前夕的嗞嗞声响。她不知道这是由于自己的敏感多疑、庸人自扰在潜意识里作祟，只知道厄运总是跟她纠缠不休，乘虚而入，是上帝的旨意。

谷雨娘心乱如麻，苦不堪言。那种熟识的对恐惧的担心又回来了。她从恐惧黑暗转向恐惧光明。如果能够的话，她宁愿把自己锁在屋子里。她尤其渴望平静、渴望忘记过去。她不堪稍有知觉、稍有意识。分娩的第一声阵痛和着髋关节的第一次剧痛，是那样的刻骨铭心，撕心裂肺，她清楚自己承受不起，与其在沉湎过往中重复遭遇那种毁灭性的痛苦折磨与打击，再度受到重创，不如这样苟且地活着。否则她将无法生存。她依旧彷徨、茫然。

周围的一切好像要把她挤个粉碎，她好似镶嵌在夹缝里，根本无路可逃。除非她再次缩进那与世隔绝的角落，让冷淡和幽暗继续围绕着她。在日复一日、年复一年苍白暗淡的孤寂里，她知道自己会死去，会像一枝无情的早春催生出来的没有色彩没有芬芳的花朵那样死去。她宁愿把自己曾有的那一小片晶莹璀璨的生活隐藏起来，那执着的光芒永远闪烁在她的记忆里和灵魂的深处。

10

这些年来疼痛一直伴随着谷雨娘，她的身体每况愈下，膝盖、脚腕、手腕、胳膊肘不仅时常发麻、发痛，而且膝盖和脚腕有不同程度地变形。身体总是发阴发冷。她从来都穿长袄长裤，夏天也不例外。病情严重时，即使是三伏天，也要裹上棉被才能入睡。

记得在月子地里，加盖了两床棉被仍嫌冷，头沉，眩晕，冒冷汗，打摆子。把毛女吓坏了,不知所措地“哇哇”直哭。

谷满仓让熬了几宿没合眼的毛女回房歇息。随后插住门闩,三下五除二脱掉衣服,钻进谷雨娘的被窝,“天亮,让哥给你捂一捂!”身子从后面紧紧地贴住她冰凉的身体,粗壮有力的手臂牢牢地环绕住她,用他七尺男儿的血气方刚、阳刚之气和丈夫的温柔体贴,呵护、温暖着被病魔折磨得憔悴衰弱的妻子。她哆嗦着。他一把扯下她身上的内衣内裤,把她抱得更紧了,吻着她绵软的耳轮,耳语着:“一会儿就暖和了。别怕,天亮,有哥呢!”她不间断的抽搐渐渐缓慢了,停止了,冰凉的肢体渐渐有了些许温度,紧紧团住的身体开始放松、舒展了。

“这床被子暖和着呢!”她娇柔地喃喃低语。

“哥给你盖一辈子!”他吻了吻她圆润、溜滑的美肩。

“一辈子是多久?”

“一辈子就是咱们的谷雨长大成人了,你也变成老太婆了……”

“不嫌我老?”

“天亮是哥的女人!不嫌!”

“不嫌我病?”

“不嫌!天亮给哥生了大胖小子!是我儿子的娘!”

“不嫌我又病又丑又老?”

“哥娶了百里挑一的好女人,疼还疼不够呢!怎么会嫌?”

他把她抱得更紧了。

她拉过他的手,把它贴在自己的脸颊上,她用温润柔软的嘴唇亲吻他宽厚的手心,她毫不吝啬地表示着自己的敬意和爱意。

分不出她和他的体温了。

谷满仓用宽厚结实的胸脯轻轻地摩擦着天亮的脊背,直到丰腴柔软的脊背泛起红光。然后他低下头,吻她飘柔的发丝,吻她娇媚的耳朵,吻她光滑的脖颈,一直吻到她脊椎上每一粒天真可爱的算盘珠子。在黑暗中,他吻住她颤抖的嘴唇,就像执意在鲜花上翩跹的蝴蝶,用他的亲吻开启她心灵深处感情的源流。

一股巨大的浪潮在天亮的心中热烈地涌动着,在一种激荡而又苦楚的感情漩涡中,她细细地感觉着、品味着、啜饮着他的热吻,顷刻,她像浓艳的扶桑一样怒放了。

“哥,哥……”

在她忘情的叫声中,他和她粘在了一起。

爱情的夜晚。

他们化成一条澎湃的河流。

他们的血脉合在一处流动。

她感到全身温暖、舒畅，好像通了电似的。

无尽的妩媚从她的眼底弥漫而来，又从他的眼角交错而过。

她升腾着、漂浮着、幻化着，她站成了家乡的红高粱，清香、葱茏、结实、饱满，迎风招展。她沉睡在自己的梦里。

接下来的日子里，病痛持续着，丝毫不见好转。胯骨钻心的酸痛，让谷雨娘动弹不得，她觉得她的身体除了这个地方，其它的部位似乎都不存在。她除了对胯骨疼痛的深切感受，其他感觉都被覆盖了。好像她什么都没有，只有一个胯骨，孤零零地悬挂在对于疼痛的知觉上。她被疼昏了头，要是不嫁人不生子，怎会落得这步田地！人不人鬼不鬼的，何时是个头啊？她情绪低落到极点。

谷雨娘疯狂地把毛女端来的一碗汤药一把打掉，黑褐色的汁液撒在被子上、炕沿上、地上到处都是，“告诉黑奶奶，少给我熬这个苦汤汤，谁熬谁喝去！”

毛女屏住呼吸，小心翼翼地擦拭着黑乎乎的药汁，收拾掉破碎的碗片。

毛女把红枣小米粥左一次右一次热了端过来。

黑奶奶把亲自为谷雨娘熬的乌鸡汤，用调羹喂到她的嘴边，谷雨娘硬是紧闭嘴巴一口不喝。

“把这些乱七八糟的汤汤水水端走！听见没有？”谷雨娘歇斯底里地叫喊着。

谷满仓听到动静后，马上放下手中的活计，三步并两步冲出堂屋。

黑奶奶正在拾掇碗筷，看到谷满仓疾步进来，哀切地自言自语：“谷雨娘心里苦呀，可怜的丫头！这就是女人的命，女人的命咋都这么苦啊？”黑奶奶无奈地摇了摇头，端着碗慢腾腾地走出屋门。

谷雨娘握紧拳头狠狠地捶打自己的腿，眼神里有一种陌生的怪诞，令人恐慌。

谷满仓让毛女找出一块干净柔软的手巾，在温水里浸泡了片刻，拎出来稍微拧了拧，然后坐在炕沿上，把谷雨娘的手放在自己的手里，一个手指一个手指轻柔地擦着。

刚开始谷雨娘还梗着脖子，头扭向一边。

谷满仓让毛女把手巾在水里净了净。

手巾在他手里冒着热气。

“天亮，把头扭过来，看谷大少爷怎样伺候谷大少奶奶的脸！”

硬撑着的谷雨娘破涕为笑，慢慢把头扭了过来，脸上沾满了泪水。

在谷府，只有谷满仓在没外人时叫她的乳名，这一声“天亮”把谷雨娘叫醒了，顿时号啕大哭起来。

毛女懂事地悄然离去。

谷满仓把天亮搂住，任她泪雨滂沱地发泄着，时不时地还拍拍她的后背，熨帖地安慰着深受创伤的她，直到她渐渐地恢复了平静。他把两只枕头摞起来垫在她的背后，让她稳稳地坐好，然后往脸盆里又兑了些热水，把手巾放进去摆了摆，拧净水，先在自己的脸颊上试了试温度，接着无限温柔地为谷雨娘细细地擦着脸。谷雨娘的眼泪像断了线的珍珠滚动着，怎么擦都擦不干净。最后他用嘴吻干了这些咸涩的泪珠。

“谁都看不到自己的脸，尽管它很重要。你的脸是天下最俊的脸，每时都不要让它沾上灰尘和眼泪，哥每天都要看到干净的这张脸，答应哥！”说这话时，谷满仓的眼里有晶莹的泪光在闪烁。

谷雨娘刚刚被吻掉的眼泪又夺眶而出。

谷雨娘还未充分享受初为人母的幸福跟骄傲，便一个跟头从天堂栽进地狱。从胯骨剧痛，到周身麻痛、胀痛、酸痛、神经痛，尝遍了疼痛的滋味。摧残心志的疼痛最后导致了她的一条腿失去知觉与功能，一天天面对病情的发展和不治，从幻想着一天天好起来，能够站起来，大步流星地走在家乡的田野上，到绝望于现实的残酷无情，她反复无常地纠结在灾难当中。如何面对自己，面对他人，是摆在她面前最棘手最难面对的问题。顾虑重重，矛盾重重，恐惧重重，艰难重重。她怨天尤人。她心灰意冷。大概有半年的时间，她处于非常状态，精神几近崩溃，弄得谷家上下人心惶惶、鸡犬不宁。

谷满仓竭尽身体和情感的温度，温暖和抚慰着几乎被病痛拖垮的年轻的妻子，切身感受、体恤病魔给她造成的身体和精神上的双重的打击和痛苦，以一个丈夫的细腻和睿智，对她精心呵护，悉心照料，耐心陪伴，并且及时为她做精神上的护理和疏导工作。心与心的交流、搀扶和维护，让他们一起度过了苦难和战胜苦难的夫妻共有的时光，最终达到灵与肉天衣无缝的结合。

谷雨基本上由黑奶奶照料着。母乳是吃不上了，黑奶奶就地取材，想方设

法为谷雨做出几样既有营养，又适合婴幼儿入口的吃食——把淘干净的大米和小米，放在白粗布口袋里，扎紧口，放在大海碗里先泡上一段时间，然后下锅加水小火慢熬，最后熬出黏黏的浓浓的汁液，这米汤汤有营养很养人。还有，用白面或玉米面或荞麦面等熬成糊糊，兑上自家产的蜂蜜，香甜可口。另外还有，把鸡蛋打在面粉里，兑少许水，撒上咸盐、葱花、菠菜末，搅拌成糊状，在锅里倒一点点芝麻香油，把糊糊薄薄地摊在上面，一变色、鼓起小包就起锅，酥软香嫩的鸡蛋饼大功告成。再就是，把红薯煮熟、烤熟或者蒸熟，甜甜的绵绵的很是入口。前两种汤汤糊糊要提前盛上一小碗，放在窗台上晾温乎了，由黑奶奶一小勺一小勺地送进谷雨的小嘴里。后两种食物须先由黑奶奶稍稍咀嚼，之后，像鸟儿喂食那样，嘴对嘴地喂着谷雨，谷雨很喜欢这样的方式，仿佛玩耍跟游戏，既开心又填饱肚子，何乐而不为？

这株春天的幼苗，就着阳光、雨露、和风、爱的沐浴和滋润，不断地茁壮成长。

每天白天谷雨娘都要把谷雨抱在怀里，跟小家伙说会儿话，玩儿一会儿，疼痛顿时减轻了许多，在她眼里除了谷雨，其他什么都不存在了，似乎永远没有看够的时候。看他一天一个变化；看他在睡梦中偷偷长高；看他抱着自己的小脚丫着迷地一会儿嘬一会儿啃；看他戴着虎头帽穿着虎头鞋，小老虎似的在炕上爬来爬去；看他驾轻就熟地将小手伸进她的怀里，一下子就找到他要找的东西……生命的神奇，生命的伟岸，生命的力量，让她悟道。她必须坚强勇敢地活着，她不敢轻易放弃。坦然面对、欣然接受命运的安排是她唯一的选择。她要亲眼看到她和他创造的生命一天天地长大。

大千世界，芸芸众生，上帝只安排她和谷满仓成为相亲相爱的一家人，难道不是对她的垂青和厚爱吗？今生能够拥有丈夫儿子足矣，她这样想。

11

谷雨娘眼睁睁地瞅到天亮，脸色越发苍白、憔悴。

她意识到新的一天又开始了。

清晨，黎明正驱散薄雾，缕缕晨曦如同东方刮来的淡淡风暴，越吹越猛，越吹越烈，直到天边泛起玫瑰色的红晕，转瞬变为金黄的麦浪，逐渐天空朗阔、大地明清起来。

谷雨娘对这一切却视而不见、无动于衷，但最终她还是要摆脱出黑暗的围困。

第四章

12

背部，肩胛骨下侧中央位置，一核桃大小的囊肿，圆滑、饱满、坚硬，触碰有痛感，谷满仓诊断为疖子。谷满仓简直不敢相信自己的眼睛，14 岁的黑枣儿竟然与他已去世的母亲有着同样的病症，而且位置、形状、大小都极为相似。只不过，母亲后背上的疖子没得到及时的治疗，发展成瘩背，转成败血症。七八年了，谷满仓不知医治好多少个体外皮下囊肿的村民，身体每个部位都有，然而每个病症都不尽相同，即便是长在后背上的囊肿，也是千差万别，千姿百态。在黑枣儿之前，他还从没碰到过与母亲同样的病症，更没见过疖子长在女人的后背上！

母亲的瘩背是个例外。那时候，他还不懂医术，不曾行医，非常不理解身体上随便长的一个疙瘩，竟然能要了人的性命！而这个倒霉的人居然是自己的母亲！他刚从妻子下肢偏瘫的残酷现实中走了出来，又遭遇了母亲的突然离世，猝不及防的灾难一桩接着一桩，真是雪上加霜啊！他难以承受如此沉重的打击，表情木然，面无人色，两手紧握，想到母亲的厄运，他心里满是愤恨，他的心在滴血，他多么希望母亲能够活过来，多么想再次领略她的音容笑貌，为她做什么都在所不辞……

在万念俱灰、一蹶不振之后，他开始发奋学习、研究医术和药理，他刻苦攻读《黄帝内经》与《本草纲目》，从熟知人体结构、性能以及相互之间的作用，到认识、采集、制作中药，翻山越岭、跋山涉水，钻水沟、爬地洞，吃尽了苦受够了

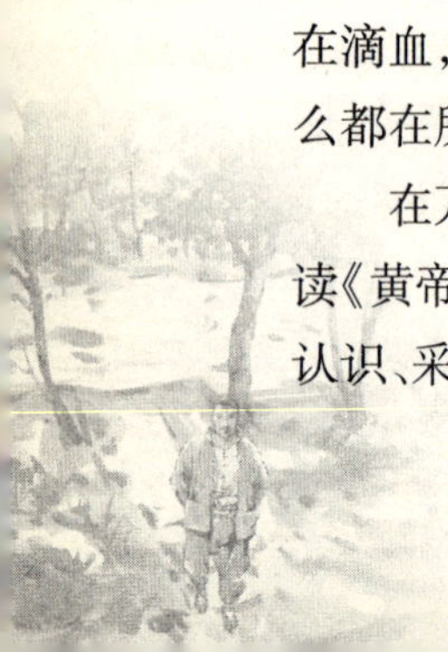

罪。先从母亲临终时交给他的一个专治体外囊肿的祖传秘方着手，在自己的身体上做试验，用心体会些微感觉和变化，根据所学知识、切身体会并总结经验教训及时调整更改药材和药量，不断摸索不断实践，在此基础上，他掌握了治疗体外囊肿别有一套特殊办法的药方子。

功夫不负有心人，来找他看病的人逐渐多了起来，甚至有些外村和外县的病人赶着毛驴车长途跋涉慕名求医。他成为谷家庄一带很有声望的郎中。

每治愈一位病人，他都要跪在母亲的坟头，心里默默地对母亲说：娘，又治好一个！虽然他挽回了许多村民的生命，让他们在贫困艰难的生活环境中尽量健康地有质量地活着，然而他心中的隐痛时时令他遗憾、愧疚，倘若早先听了母亲的话学医当郎中，像外祖父那样行医看病，自己的母亲就不会落得那番下场。最让他痛心疾首和匪夷所思的是，母亲得的正是她家祖传秘方所能治愈的病的其中一种，鬼使神差，命运居然跟他开了个天大的玩笑！他的心生生地痛着，忏悔着，煎熬着，他的灵魂好像永远得不到安宁。

解铃还须系铃人，躺在地下的母亲仿佛深知他的心意，母亲让她生前最喜爱的家里那个宛如天使一般的小丫头黑枣儿来搭救、解脱儿子苦难的灵魂。冥冥之中，他宁愿这么想象和解释发生在他面前的突如其来的这一奇特现象。

谷满仓亲自下厨煮了一碗母亲生前最喜好吃的清汤荷包蛋面，连同一小坛水酒、一碟胖嘟嘟的红枣放进竹筐，临出门前，他在自家院子里摘了一大把每年都要种的红艳艳的海纳花，朝村头的旷野里走去。

他谁都没打招呼，他想和母亲说说话，只有他和母亲。

13

温暖而又奇妙的光弥漫在旷野里，衬得几座坟茔像家一样美好、惬意，给人一种温暖，一种心灵的依赖和安宁，以及亲近、自在的舒服之感。

谷满仓用手拔掉母亲坟堆周围的荒草，在座北朝南的方向，把带来的祭品一一摆放好，往后退了几步，双腿跪下，在坟前磕了三个响头。他说："娘，儿子来看你了，给你带来你爱吃的清汤鸡蛋面和红枣，对了，还有从咱家院子里摘的海纳花，够你染红指甲了。"接着，他打开酒坛子，往地上轻轻地撒了一层水酒，然后盘腿坐地，对着酒坛喝了一大口，"娘，儿子今天特别想你！咱母子俩喝点儿酒，好好唠一唠。"他用袖子擦了擦溢在嘴边的酒。他和母亲的关系很亲密，他们母子之间的爱从不轻易表露出来，看上去似乎很疏远，而实际上却是异常

的强烈。母亲死后许久，他仍感到她的思想在他的灵魂里浮动。如今，母亲却属于另外一个遥远的世界，与无尽的永恒的时光并肩而卧了……他那张英俊平静的脸突然由于痛苦而扭曲起来，但瞬间又恢复了平静。母亲离开他已经十年了，他没有一天不在想念她，今天尤甚，他好像储存了一辈子的话要对她说。他对着酒坛子又喝了一大口酒。母亲生前跟他在一起的情景，像演电影似的一幕一幕不停地在他脑海里回放着，他细细地品咂着、感受着、回味着，心里有一种说不出的温暖和幸福，他久久地沉浸其中。最后母亲的后背像慢镜头似的缓缓地定格在他的视野里，清晰到他都能够看清母亲后背上的茸茸的汗毛。他把酒坛高高举起，脖子一仰，咕嘟咕嘟灌了个底朝天。泪水和着酒水顺着他的脸颊淌流。

——娘，儿子今天上午从背后看见你了，你脊背上长了瘩背，咋不跟儿子说呢？儿子现在是远近闻名的郎中，专治娘的这种病，及时治疗不会碍事的，这病就怕发炎、化脓、感染，一旦延误治疗时机，就会转成败血症，那就没治了！

——满脊背的瘀血点，把胆汁都吐出来了，娘，你为啥要硬挺着呢？都化脓感染了，脓血进入体内是要命的！

——是儿子不孝，只顾及媳妇瘫了的感受，却忽略了老娘的病体。娘也是因为儿媳的突然瘫痪，才急出这要命的瘩背的！

——娘走的那年还不到 50 岁，儿子总以为娘能够长命百岁，能够一直都在儿子身边的！

——儿子没听娘的话娶二房，还顶撞了你，惹你生气了，儿子知道你为我好，也知道你心里憋了一肚子火，可是媳妇不到 20 岁就瘫了，她是给咱家续香火才瘫的呀，她多可怜呐，我咋能乘人之危呢？

——儿子咋就没想到，娘就一个，娘没了，就不会再有了。儿子是不孝之子呀，娘！

——这么多年医了那么多人，唯独在娘的病跟前，儿子无知浅薄、束手无策、无能为力，天打五雷轰啊！儿子早该学医的呀！悔呀，肠子都悔青了！

——娘呀，你没享过儿子的福，儿心不甘啊！

——枣儿跟娘一模一样，后背，疖子，痈……

语无伦次，痛哭流涕。

他让自己彻底地醉了，彻底地释放了内心的悲苦与悔悟。他无力地扑在母亲的坟墓上，脸贴在弧形的坟丘上，闭着眼睛，双臂环绕着坟头。

飞行的鸦群排成长长的圆弧的形状，渐行渐近，像徐徐卷起的黑色旋风，绕

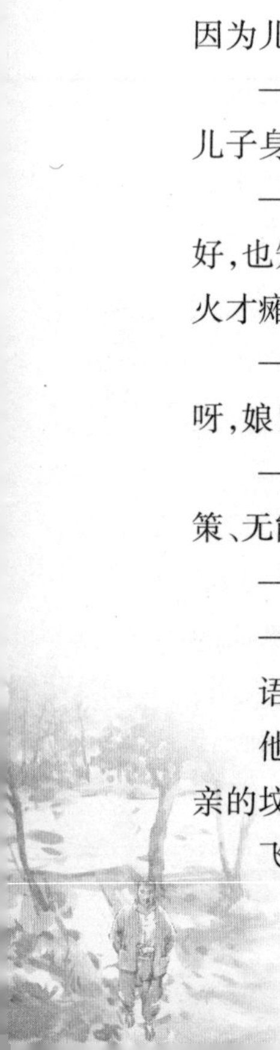

着谷满仓和他身下的坟地，聚拢着，呱呱叫着，盘旋着。

14

十年前那一幕幕往事又清晰真切地浮现在谷满仓的眼前，回望娘回望从前过往，成为他生命中的现在进行时。

“那位郎中是咋说的？”谷太太坐在堂屋那把家传的红木太师椅上问黑奶奶。

“郎中说，出了月子就可以让谷雨娘下炕走了。我寻思着，这两天就可以下炕了。”

“走，咱去瞅瞅满仓媳妇。”

“太太，披上个褂子吧。”

“不碍事，就两步地。”

黑奶奶陪着谷太太刚出屋门，就看见院子西头墙根儿底下蹲着一个人，双手抱膝，头埋在膝盖里，肩膀抑制不住地抖动着。

“谁呀？”谷太太狐疑地往那边瞅了瞅。

黑奶奶颠着两只小脚朝那黑影走去，弯下腰，轻轻把那人的头扶起来。

“哎呀我的娘，这不是满仓嘛？孩子，你咋哭啦？”

谷太太停住脚步，呆呆地望着儿子，时间好像凝固了，白晃晃的太阳好扎眼，她的眼睛眯成一条缝。她担心的事情终于发生了，她心如刀绞，她好像站不住了，身子摇晃了两下，她两手捂在胸前，努力让自己站稳。过了一会儿，只见她疾步走向满仓的屋子。

屋里，一片狼藉。

谷雨娘展展地躺在炕上，一动不动，眼睛呆呆地望着天花板，一眨都不眨。任谷太太说什么，她都置之不理，好像这里的一切跟她没关系似的。

日子还得一天一天地过着，谷太太看着嗷嗷待哺的孙子谷雨，心里似翻江倒海，酸、甜、哭、辣、麻，五味俱全，全部汇聚在一起。从小让儿子谷满仓念私塾，指望着他学个一技之长，当郎中替人看病挡灾，这世道变来变去的，光守着个家业，心里没底呀！与她相依为命、被她娇宠惯了的儿子由着自己的性子，拿什么兴趣爱好当借口挡了她，心里不知打着什么算盘，倒是念书念得挺勤快，

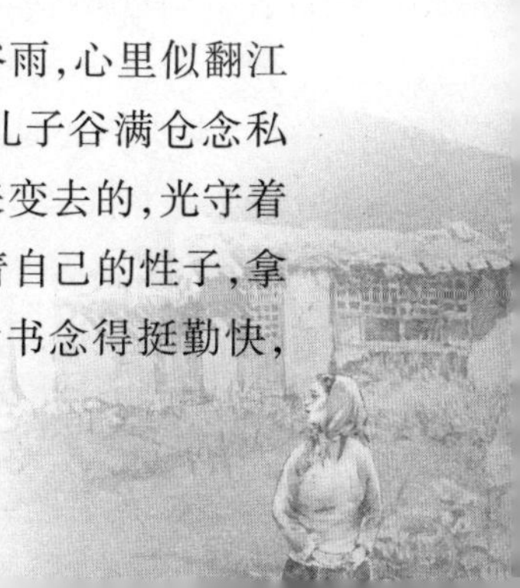

《论语》《老子》《尚书》《春秋》《四书五经》一大箩筐。念了不少书，肚子里的道理多，主意也正，对人有情有义，说话做事有板有眼的，虽然年纪轻轻，却在谷家庄有鼻子有脸的。母以子为荣，谷太太也就聊以慰藉了。

仪表堂堂、一身正气的谷满仓被邻村的方老爷相中，非要跟谷家攀这门亲，要把四个女儿中最漂亮最出众的二女儿天亮许给谷满仓，谷太太派人调查打听清楚之后，欣然应允了这门亲事。

婚后一年半，谷满仓就让老娘抱上了大孙子。谷太太更加扬眉吐气，对儿子、儿媳说："娘要你们生六个孩子，咱家啥都好，人丁兴旺就好上加好！"谷满仓和谷雨娘红着脸低下了头。然而，天有不测风云，人有旦夕祸福。新媳妇娶回家不到两年，生头一胎就得了产后风，腿瘫了。儿子、媳妇还都这么年轻，这个家以后可怎么过啊？谷太太几乎要被生活中的突变击垮了。她怀抱宝贝孙子，脸颊贴在谷雨胖胖的小脸蛋上，眼泪扑簌簌地往下流。

黑奶奶端着一碗飘着蛋花的面糊糊走了进来，先舀了一调羹放到自己嘴里尝了尝，然后把一块手帕塞到谷雨的脖子下做围嘴。

"你歇一歇，太太。看你累得个啥是的，后背又疼了吧？"

"乖，来，让黑奶奶抱，让你奶奶歇歇。乖乖等急了，咱吃饭喽！"

黑奶奶盘腿坐在炕上，一手抱着已经五个月大的谷雨，一手拿起调羹一勺一勺地耐心地喂他面糊糊。

"这小子真乖，给啥吃啥，不哭不闹，怪让人心疼的。"黑奶奶在谷雨可爱的小脸蛋上亲了一口。

"唉，谁说不是，跟他爹小时候简直没法比，一个天上一个地下。我可怜的大孙子哦！"

"她黑奶奶，我思谋着，该给满仓娶二房了。一来这谷雨有人照应，我们毕竟是老辈人了；二来，这家不能这么不死不活的，满仓还年轻，总得过正常人的生活呀！"谷太太盘腿坐在黑奶奶的对面，用围嘴给谷雨擦了擦嘴，接着说：

"谷雨娘是好媳妇，第一胎就生下小子，对我也孝顺，可命不该这么苦啊……我也觉得这么做会委屈了这丫头，可思来想去没有更好的办法，不管咋样，少奶奶还是她嘛！再说了，你瞅瞅满仓，天天钻在他们房里不出来，谷雨娘也太矫情了点儿，半年多了，满仓啥事都不做，整天就围着她转，这哪能行？这还不得把人给毁了！"

"太太说的是，满仓小俩口恩爱得很，要是少奶奶不得病该有多好！啧啧啧,可怜的孩子!”

“谁说不是。她奶,喂完谷雨,你让人把满仓给我叫过来,我跟他说道说道。”

“这就完了。”黑奶奶把谷雨抱起来,让他立着靠在自己胸前,一只手轻轻拍了拍他的后背:“乖,给黑奶奶嗝一个,真听话,好孩子!”她把谷雨放在炕上,用被子、枕头把他围住,怕他乱爬乱抓,“乖,跟你奶奶玩儿一会儿,黑奶奶给你奶奶找你爹去。”

黑奶奶在院子里看到黑枣儿正在一个人玩耍,大声叮嘱道:“枣儿啊,再玩儿一会儿,就给奶奶回房去!”等她折回堂屋时,正碰到谷满仓往外走,一脸的不高兴,见到她低声叫了声:“姨娘。”然后低头快步离去。这娘俩这么快就叨唠完了?她心里嘀咕着。

谷太太见黑奶奶走进屋,眼泪喷涌而出,捶胸顿足、声嘶力竭道:

“小祖宗气死我了!养儿子真是没用,娶了媳妇忘了娘!我刚把话说完,他机关枪一样把我顶了回来,他眼里哪还有我这个娘啊!我还不是为他好,为这个家好。我不到 27 岁就守了寡,把他养大成人,操持这么个大家,我容易吗?这个没良心的东西!翅膀硬了,就不听老娘的话了!哼,更让人生气的是,这小祖宗连他自己的儿子看都不看一眼,谷雨伸着小手让他抱,他理都不理我孙子。我这辈子造了什么孽啊,生了这么个逆子!这不是活活地要把老娘我气死嘛!”

黑奶奶赶紧递上手帕和一杯水,“跟自己的儿子还生这么大的气,真是的。满仓还是个孩子嘛!”

“都娶妻生子了,还孩子呢!都是你这个做姨娘的平时给惯的!”

“都是我不好,你消消气啊!”

黑奶奶一边劝慰,一边给谷太太顺气,搓搓前胸,又撸撸后背,突然她撸后背的手停住了。她感到太太背上的疖子大了、顶部软了,褂子上隔着疖子的部位好像有点潮湿。

“太太,你得赶紧看郎中啦!我摸着你背上的疖子好像跟从前不大一样,咋还湿乎乎的呢?我一辈子啥事都听太太的,今儿个我要做回主,我这就找人请郎中去。”

黑奶奶说着,拔腿就往外走,突然又折回来,把躺在炕上的谷雨,用一块厚实的粗布包好,抱在怀里。

“太太,你赶紧躺下歇着,小心别压着疖子!啥事都别多想,咱把心尽到就行了,儿孙自有儿孙福。我把谷雨抱回我房里,让枣儿看着,省得在这儿累

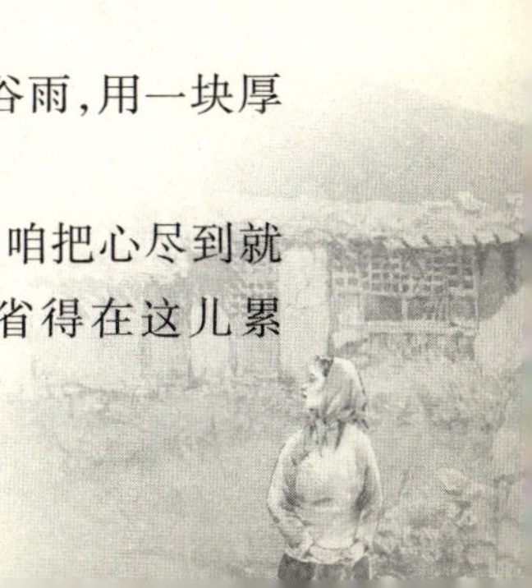

着你。”

“看你急风扑扫的样子，像后边有鞭子抽你似的。这又不是个当紧的病，你急个啥嘛！咋不一样了？妹子，你把谷雨放下，先看看我这脊背。”

谷太太说着，从脖子到胸前直到身体的左侧，一个盘扣一个盘扣慢慢地解着。

“给我找件干净的袄，一会儿换上。”

黑奶奶把谷雨小心翼翼地放在炕的中央，轻轻地拍着他，“看这小子瞌睡的，眼皮都打架了。乖乖睡觉觉，噢，噢，噢，噢……”随即从炕上的躺柜里找出一件绛紫色的袄。然后跪在谷太太的身后，轻轻把她的袄撩起。

“太太，疖子破了，流脓了！咋后背上净是些血点子呢？这儿还有疹子！太太，你自己没有知觉吗？疖子比上星期大了一圈！咋成这样啦？”

“这些天疼得都睡不着觉，不敢碰它。不知吃着啥啦，昨晚拉了好几次肚子，还恶心得不行，今早吃的稀饭都吐掉了。你说这人要走‘背’字，喝口凉水都塞牙啊！”

“太太，咱得看郎中了！”

“去请吧。把干净袄递过来。”

黑奶奶帮谷太太穿好衣服，服侍她侧着身子躺下：“太太，你闭上眼睡一会儿。”

郎中看完了谷太太背上的疖子，跟谷满仓来到堂屋，冲谷满仓直摇头，“都化脓感染了，为啥不早点看？疖子发展成痈就不好弄了。唉！”

“先生，不管咋样，你得医好我娘！我娘她得的到底是啥病呀？”谷满仓听了郎中的话，额头上直冒冷汗，他焦急地问郎中。

“这病叫瘩背，也就是生在背部的痈。你娘的痈很严重了，她还有腹泻、呕吐这样不好的症状，恐怕是脓血渗入到体内。这样吧，我先给你娘敷上药膏，拔拔脓，再给她开些去火消炎的草药，熬熬给她喝。”

“那有啥注意事项没，先生？”

“别吃辛辣食物。别让她气着、累着。这病就是急出来的、气出来的。”

谷太太病倒了。

时间过得真快，转眼就到了秋天。

太阳就要落山了，这一个晴朗的傍晚，金色的夕阳映红了谷家庄的山川，映

红了谷太太的谷府。谷太太的烦恼一下子消失得无影无踪。面对秋日残阳，她可以心平气和地审视自己了。

谷雨快一岁了，黑枣儿抓住他的手，他就能借助她的力量往前挪步；扶着墙自己能站起来。生命中这震撼人心的变化，让谷雨有些应接不暇，但却热情高涨，整日沉湎在蹒跚学步和牙牙学语中。他透明朴直的快乐无不感染着谷府的每个人。

谷太太的目光也被窗外憨态可掬、天真无邪的孙子牵来牵去。

一个趔趄，谷雨坐了个屁蹲儿，咧嘴刚要哭，被四岁黑枣儿的振振有词和姐姐的威严给挡了回去。

“小小子不许哭，姐扶你站起来！”

谷太太“扑哧”笑出了声，对正在打扫房间的黑奶奶说：“枣儿这小丫，别看平时不蔫声，这一说起话来呀，一句顶十句，心里有主意着呢！”

“还不是太太偏疼她。小丫头倔得很。”

“娘，今天好些了吗？”谷满仓背着媳妇走了进来，“谷雨她娘给娘煮了老玉米。”他把谷雨娘放在椅子上，把手里的布口袋递给谷雨娘。谷雨娘仔细拔掉玉米须子，递到谷太太手上，“娘，这是秋后的第一茬玉米，我刚煮了几个，您尝尝鲜儿。”又递给黑奶奶一个：“姨娘，你也趁热吃。”

“嗯，娘这两天嘴里苦得慌，正琢磨着玉米该收了。”

“满仓看娘最近胃口不好，身上难受，着急得很，这不，他说娘最爱吃煮玉米，我煮得很嫩，好消化的。”

“娘，你还想吃点啥？我到镇上抓药，顺便给你买回来。”

“啥也不用买，娘啥都不想吃，就这甜玉米好吃。”

谷满仓走到谷太太跟前，用手在她的额头上摸了摸，试了下体温，又摸了下自己的额头，说了句：“今儿个还好，不烧。”转身为他娘倒了碗放了蜂蜜的水，放在她身边的条几上。然后，他微笑着搓了搓手，看着他娘说：“娘，我去了。”扭头对谷雨娘吩咐着：“你好好陪娘说说话。”又对黑奶奶叮嘱道：“姨娘，别忘了一会儿把汤药热热，给娘喝了。”

黑奶奶应着：“这孩子从小就心细，放心去吧，路上小心着点儿！”

谷雨娘看到谷太太玉米吃得挺香，心里很是高兴和慰藉。她坐了一会儿，抬起头对谷太太说：

“娘，看您今天精神好多了，气色也好多了。”

“是呀，娘也觉得今天有精神了，还想吃老玉米。咳，人老了，嘴也馋了，跟

孩子一样。”

“娘，有想吃的，就说明病快好了。有件事呢，想跟您商量商量……”

“说吧，丫头，娘听着。”

“娘，前两天我爹让人捎来口信，他很惦记您的病，还说，让满仓再娶一个，娘家的两个妹妹任他挑。我看您那两天身子骨挺难受的，所以没敢让来人见您。这个想法我早就有过，只是不具体。……我，我同意我爹的想法，我现在腿成这样了，满仓还对我那么好，真是拖累了他。这件事我没跟他说，我想着先跟娘叨唠叨唠，正好姨娘也在。再给他娶一个吧，我大妹妹天意不错，长得比我好看，人也稳当、能干。”

谷太太听了儿媳妇的话非常震惊，心头一热，眼睛立马湿了，有一种亮晶晶的东西在她的眼里闪烁着，她定盹了一下，抓住儿媳妇的手。

“丫头，你爹真是好人哪！娘活到 40 多岁还没见过这么好的人家，这是哪辈子修的福啊！咱家可是找对了亲家，啥事儿，亲家都想到头前，想得周全，娘还有啥可说的！只是不知满仓会咋想？”

“儿媳同意，娘若也同意，我想满仓他不会不同意的。”

“委屈了你！丫头啊，你要是拿定主意，娘看还是娶自家的妹妹妥帖放心，姐妹之间贴心，又互相能有个照应，娘死了也能闭上眼睛了。娘最担心的就是你，娘心里这个急呀。虽说满仓是娘的儿子，可是男人终归是男人，娘是过来人，太知道男人是咋回事了……”

谷太太喘了口气，稍微停顿了一会儿，之后轻轻拍了拍谷雨娘的手，说：

“这事不急，满仓你们好好商量一下，有了准信再回谢亲家也不迟。”

“知道了，娘。”

“这老玉米真甜哪，孩子们吃上了嘛？”

“枣儿、谷雨他们都吃上了。”

“那就好！缺啥也不能缺了小孩子的嘴。”

这一天，是谷太太最开心的一天，儿媳的一席话让她像吃了定心丸一样舒坦、满意，她的心一下子放到了肚子里。

儿子就要过上正常人的生活，儿媳的将来也有了保障，满府都是六个孙子跑来跑去的调皮的身影，和他们天籁般的欢声笑语跟叽叽喳喳的吵闹声……

谷太太当天晚上昏了过去。

谷满仓赶紧把郎中请到家里。

郎中号完脉，把谷满仓叫到一边："感染性休克，就这几天了，后生，给你娘准备后事吧。"

谷太太在最后的日子里，一直处于昏迷状态，时有清醒。临终前，示意黑奶奶交给谷满仓一个玉片镂花的紫檀盒子，谷满仓打开一看，里面装着一张叠得整整齐齐的泛黄的药方子。

黑奶奶给谷满仓讲了一个故事：

早年，有个郎中在给人看病时染上伤寒，临死前交给身怀六甲的妻子一个药方子，特别叮嘱妻子：这个专治身上长东西的祖传秘方传男不传女，假如生的是闺女，就把它毁了。女人果真生了个闺女。闺女长大了，出阁前，女人塞给她一个镶有镂花玉片的精美的紫檀盒子，里面装着一纸祖传药方。

15

大清早，谷满仓就开始制作膏药了。

首先，他把已经准备好的川乌、草乌、当归、白芨、全虫、蛇蜕、蜈蚣、蟾蜍、蝎子、壁虎、乳香(人奶)、没药、血结、儿茶这几样药材拿出来清点了一下，把风干的五毒单独放在一侧。之后，他把几块专用的瓦片架在火上烤热，再把五毒放到烤热的瓦片上，直至烤黄。这是需要严格的火候和时间的，而且要用一个特制的长长的铁夹子不停地翻五毒，这是需要经验和功夫的，翻得次数多，容易夹断、夹碎，从而使其不完整；翻得次数少，受热面不均匀，甚至烤焦、烤煳，须恰到好处地烤黄五毒，烤好的五毒既要完整，又要整体均匀受热。随即把它们倒在一张铁皮包的木板上，自然晾凉。操作过程必须按照严格的程序进行，否则就破坏了药性。最后，待凉透了，把它们碾成面，放在陶瓷罐子里。

剩下的几样药材，须放入加了芝麻香油的大铁锅里，要不停地搅拌，文火煎熬。火候和时间是关键，火，不能大了，也不能太小；时间不能太长也不能短了，得正正好好，拿捏到位。快熬成时，放入广丹，起黏稠作用，撒入五毒面，迅速搅匀，凝结成药膏。

把事先准备好的桑皮纸，剪成大小不等的长方形，对折后，平放在铁皮板子上，趁药膏热时，用一个自制的两指宽的竹板子，舀上适量的药膏，放在桑皮纸的二分之一处，依照桑皮纸的尺寸平摊成圆形，然后用另一半桑皮纸合住，一片膏药就大功告成了。用时，在小火上烤热，揭开一面桑皮纸并且剪掉，在药膏处撒上樟脑面，即可贴在伤口处。

感觉准确和经验老到是做药膏制胜的法宝。这里面有可意会的东西存在，那就是天赋。成就一位成功的中医，天赋这个说不清的东西占有一定的位置。也不奇怪，谷满仓的外祖父就是一名郎中。虽然他的外祖父根本不知道自己有这么一个外孙子，甚至武断地要把家传的药方毁于一旦，更不知道他的医术被传承和延续着，更多的病人正在获益、纳福，难道这不是谷满仓外祖父的悲哀，同时也是他的荣幸嘛？

昨天傍晚，谷满仓从墓地跌跌撞撞地回到家里，倒头就睡。半夜被渴醒了，他看到炕沿上放着半瓢凉水，端起来咕嘟咕嘟喝了个干净，用手抹抹嘴，想接着睡，可翻来覆去怎么也接不上刚才的觉。他呆呆地躺了半天，眼前又浮现出黑枣儿背部的疖子，鼓囊囊硬邦邦的，还没化脓，但有些发红发亮，有胀痛感。如果用让疖子长的药显然不合适，因为它自己就在长着；倘若用让疖子烂的药肯定不合时宜，它本身还没长熟；用半长半烂的药，看来比较合适她的病症。他制定出一套缜密的治疗方案，并且在出现各种各样的情况下所应采取的相应措施，他都想到了。他再三提醒自己慎重再慎重，黑枣儿的疖子长得很不是地方，正好在脊椎稍稍偏右一点点的位置上，千万不能碰破，千万不能化脓！否则后果不堪设想。

疖子，皮肤病，由葡萄球菌或链状菌侵入毛囊内引起。是人们身上容易长的一种皮下囊肿，尤其男性。疖子长得不大的时候，用谷满仓特制的膏药完全能够贴掉。但是，人们对身体上的肿包往往不介意，因为它最初没有任何症状，不疼不痒不碍事，等到病情严重了，才想到就医，所以来谷满仓这里就诊的大多都已经感染化脓或长得像男人的拳头那样大，基本上都是急症。谷满仓的膏药需三天换一次，有的外乡外县路途远的或重的病人就自带口粮住在谷满仓的府上，一间偏房就是专门为病人准备的。人多时一间偏房住不下，要腾出好几间来免费提供住宿。遇到贫困病人，谷满仓不仅义诊，还让他们与谷家的人一起吃饭。这些人病好后，去抓一些五毒来答谢救命恩人。

16

谷满仓对正在院子里习武的谷雨说：“去，把你姐找来，爹给她敷药。”

黑枣儿跟着谷雨来到堂屋，看到那块铁皮板子上码了一摞用桑皮纸包的药膏。

“爹，你忙了一大早吧，咋不叫我给你打下手？”

“你早上事儿多，又做饭还得照顾你娘，爹一个人做得来。”谷满仓搓了搓手。

“这是专门给我做的药？”黑枣儿一脸的兴奋和惶惑。

“嗯。”谷满仓微笑着点点头，下巴朝前努了努：“坐下，爹看看那疖子。”

黑枣儿背朝谷满仓坐好，慢腾腾地解开粗布袄侧面的最下边那三道盘扣。

谷满仓撩起黑枣儿的衣服，一边看，一边用手指摸了摸，又轻轻地摁了摁：“摁的这个地方有啥感觉？”

黑枣儿用手拽住前襟并护住前胸，“疼。”

“平时疼吗？”

“就是最近这段时间老疼，有时半夜能被疼醒，有时候也有点儿痒。以前从来没疼过。”

“这个疖子长多久了？”

“可能有两三年吧，记不太清了。刚开始只有小米粒那样大，我以为跟平时身上长的小疙瘩一样，长长就自己没了，可没成想今年突然长大了，摸上去就害怕。”

谷满仓拍拍黑枣儿的肩膀，说：“不怕！你背上的疙瘩叫疖子，是皮肤病的一种，爹给你治好，可能得需要一段时间，这期间还需要你的配合。这段时间呢，后背不能着水，不能挤着碰着，不能把它抠破，也不能用手摸它，不能累着，不能吃辣的东西，有不舒服的感觉要随时告诉爹。听明白没？”

“听明白了。”

“谷雨要监督你姐！还有，千万不能碰你姐的后背，知道吗？”

“知道了。姐的后背为啥不能碰？”

“你不是看到了，长病了嘛！”

“我听娘说，奶奶就是跟姐姐得一样的病死的，姐姐会死吗？”

“不敢胡说！小心掌嘴！这不爹给你姐治着呢，没事，啊！”

“爹，真的像谷雨说得那么严重吗？”黑枣儿突然忧心忡忡起来。

谷满仓安慰她：“没那么严重。奶奶得病的时候，爹不是还没学医没当郎中嘛！现在不同了，爹是郎中，还有咱家专治这种病的祖传药方，所以啊，你的病爹保准能治好，只是你必须照爹的要求去做。”

黑枣儿使劲点点头，眼里充满了信任和依靠。

“谷雨，到跟前来，帮爹把你姐的衣服撩着，好，就这样，别动。”谷满仓扭身

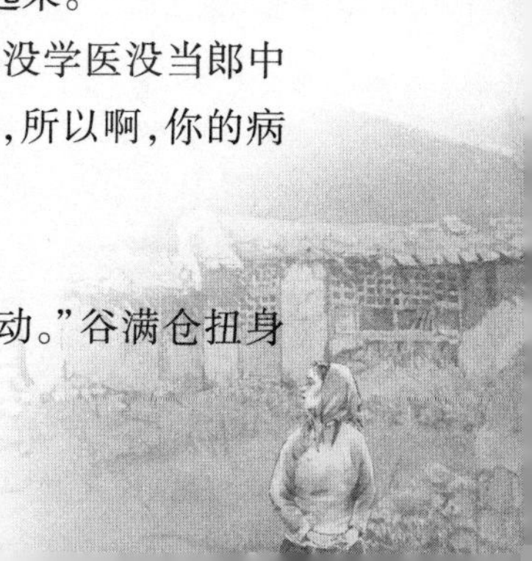

去拿膏药。

谷雨举着胳膊,给黑枣儿撩着衣服。

“真麻烦,姐,干脆把衣服脱了多省事呀,我的胳膊都快酸了。”

黑枣儿用胳膊肘朝后捅了谷雨一下,谷雨咯咯地笑起来。

谷满仓把一片大小合适的膏药放在豆油灯上烤热,然后揭开一面桑皮纸,扔掉,把粘有药膏的一面桑皮纸的四个角剪掉,呈圆形,在药膏处均匀地撒上少许樟脑面,然后小心翼翼却又迅速地将这张膏药覆盖住黑枣儿的疖子,用手捂上一会儿,就贴牢实了。

黑枣儿后背上有一种热热的怪怪的感觉。

谷满仓把黑枣儿的衣服从谷雨手里拿下来,抻展拉平了。

谷雨夸张地甩着两只胳膊,龇牙咧嘴地叫喊着:“胳膊断了! 胳膊断了!”

谷满仓蹲下来,也夸张地摆弄摆弄谷雨的小胳膊,并用手刮了下他的鼻子。

“谷雨,刚才爹跟你说些啥?”

“让我看着姐姐,不让她吃辣椒,不让她下河洗澡,不让——”

“想想看,还有啥?”

“还有,还有不让我拍或者推姐姐的后背。”

“好。记住了,你要是敢碰你姐的后背,爹把你的屁股打成两瓣儿!”

“谷雨不敢,爹。”

谷雨冲黑枣儿吐了吐舌头,做了一个鬼脸。

黑枣儿笑着摸了摸谷雨的脑袋。

黑枣儿先给谷满仓砌了碗浓浓的花茶,放在他的手边。然后把那一摞膏药一一放进陶瓷罐儿里,盖上盖子;把条儿和地上的碎纸片和一些杂物拾掇归置干净,用鸡毛掸子把堂屋里的柜子、条几、椅子、窗台等都掸了个遍。

“爹,还有要做的吗?”

“没啦。记住三天换一次药,自己可不敢揭下那膏药!”

“哎。爹忙乎了一上午,歇息歇息吧。”

黑枣儿拉着谷雨的手走出堂屋。

第五章

17

天刚蒙蒙亮，谷雨睡眼惺忪地跟着黑枣儿走出家门。

“让你再睡一会儿，你非得跟着姐，瞧你困得眼睛还没睁开呢！”黑枣儿扭头看了眼跟屁虫。

谷雨一边揉着眼睛一边紧跑了几步，追上走在前面的黑枣儿：“爹让我盯着你。你去哪儿我跟你去哪儿。姐，你去哪儿呀？”

黑枣儿不吱声，走了几步，突然跑了起来，用一只手护着挎在胳膊上的箩筐。

谷雨撒丫子追上去。

两个人越跑越快，一边跑一边侧过脸看看对方，生怕对方超过自己。

晨风也跟着凑起热闹，踏着他们的节奏，摇摇摆摆地追赶过来，带着一股清润香甜的气息，沁人心脾地一路招摇着。灌木丛中的画眉鸟不停地唱着歌，美妙的歌声使人意醉神迷，让人不得不奏出心曲与它对应。横空飞过的无数乌鸦，如同迅速洇散的墨汁。树上的露珠被脚步声震动得叽里咕噜滑落在他们的脸上。

黑枣儿和谷雨相视一笑，他们呼吸着清新的空气，一同跑过明艳纯美的雏菊、新鲜整齐的草堆和青草碧绿的山坡，最后在榆树林前停住了脚步。

在一株上百年的老榆树下，黑枣儿仰起脸，对谷雨说：“就是它！”随即把箩筐扔在地上，噌噌地爬上树，身体的协调、平衡感很好，柔韧性也很强，动作矫

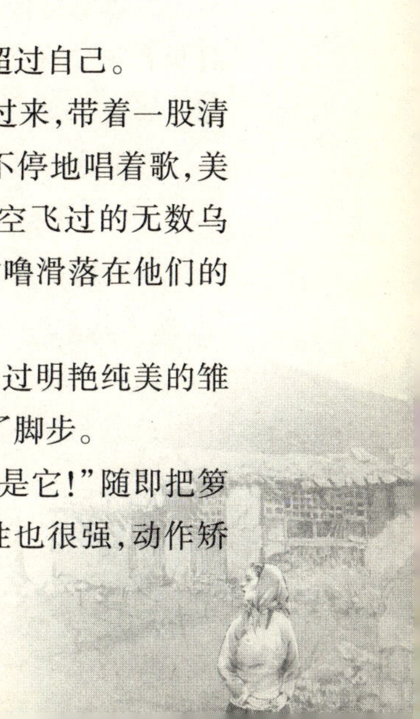

健、娴熟、干净、利落，一边伸手摇着树枝，一边冲树下的谷雨喊：“捡呀！”

谷雨仰头看了看黑枣儿，又看看落在地上的榆钱儿，一脚踢飞地上的石子，气哼哼地蹲下，一边用手往箩筐里捡榆钱儿，一边自言自语：“又让你抢了先！看下次有你的份儿没！”

黑枣儿稳稳地坐在一个树杈上，脱掉褂子，放在腿上，用手捋了一把把榆钱儿放在褂子上，不一会儿就捋满了一褂子，把褂子像包袱皮一样系住，扔了下去。随后，她挪动了几步，倚在一条枝干上，侧身抓住枝条使劲往下晃动，榆钱儿不露声色地纷纷扬扬落了一地和谷雨一身，那美景真让人心旷神怡。

黑枣儿在树上开心地笑着，风铃般脆生生的笑声在谷家庄的上空回荡着、悠扬着。

谷雨腾地站起来，榆钱儿从他的头上肩上哗啦啦地落下，他双手叉腰，冲树上的黑枣儿叫喊：

“下次我上树捋，你在地上捡，要不我就不跟你来！”

“我又没叫你来，是你非要跟着！”

“我不是要看着你嘛！”

“谁要你看？”

“就你逞能，还小丫呢！”

“小丫咋啦？你嫌小丫，不还是屁颠屁颠地硬是跟在小丫的后面嘛？”

“你，你，你气我，我不让你给我当媳妇啦！哇——”谷雨委屈地哭了。

黑枣儿一看谷雨咧着嘴放声大哭，又咯咯地笑起来，树枝随着她前仰后合的身体一起晃悠。她好像精灵活泼的松鼠，轻巧敏捷地从树上蹴溜到地上。把两枚温热的鸟蛋放在谷雨的手中，“你摸，它还热着呢！”随后，她两手搭在他的肩膀上，把粘在他眉毛上的榆钱儿吹掉，头顶着他的头悄声说道：“下回你爬最高的那棵树，在上面捋，姐在地上捡，行不？”

谷雨这才破涕为笑：“那就明天！”

“明天就明天！”黑枣儿轻轻拽了拽谷雨肥嫩柔软的耳垂。

眼眶还蓄着泪水的谷雨却神气活现地用手指着那棵最高的榆树，“看见没，姐，明天我要爬这棵树，最高的树！”

黑枣儿把鼓囊囊的包袱塞到谷雨手里，自己拎上装满榆钱儿的箩筐，对谷雨说：“赶紧回家，姐还要做早饭呢！”

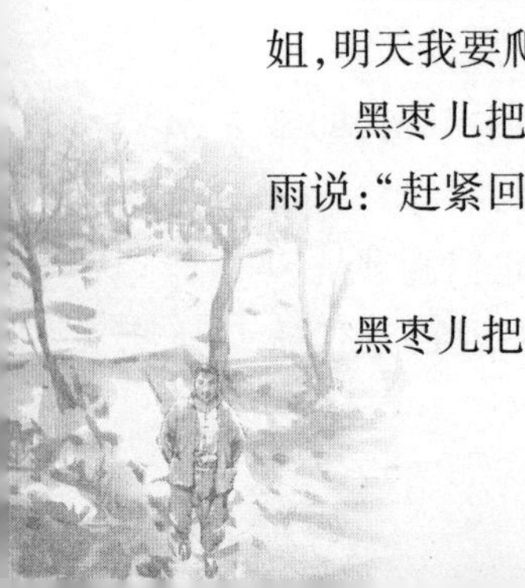

黑枣儿把榆钱儿倒在簸箩里，把里面的树叶和草棍儿拣出来，倒进水盆，洗

上几遍，把水控干，倒上少许面粉，搅拌匀了，放到笼屉上蒸，锅里下了一勺小米。不一会儿榆钱儿特有的清香，和着小米稀粥特有的清香，便从笼屉上袅袅升腾的蒸汽中氤氲出来。她把笼屉盖儿掀开，一屉松散有加、虚实相间的榆钱儿蒸菜告捷了，碧绿里透着玉白，玉白里藏着碧绿，那个灵透，煞是好看。她从笼屉的边沿，把笼布从四周拽起，归拢在一起，然后提溜起来，仔细倒进一个白地蓝花的大海碗里，又从锅里舀出四碗浮着一层透明薄膜的黄灿灿的小米稀粥。她在谷雨往堂屋里端饭的期间，麻利地剥了一头蒜，加少许盐，捣成蒜泥，舀到小盘子里，加一点凉水稀释，再滴上几滴香油，用筷子搅匀。

榆钱儿蒸菜蘸蒜泥、小米粥，谷家开始吃这一天的早饭。

18

谷满仓被村西头住的王秋收家请去，为他家老大娶亲择取良辰吉日。

谷太太的纺车又嗡嗡地转动起来。

黑枣儿陪着谷雨温习谷满仓临走时布置的功课——用毛笔抄写《三字经》。

谷雨坐在小凳子上，一边写大字，一边高声朗读："人之初，生本善……"

只听谷太太的纺车戛然而止。

只见谷太太从窗口伸出头，冲着坐在院子里念书的谷雨大声说道："雨，应该念'性'，而不是'生'。来，你跟着娘念一遍：人——之——初，性——本——善。"

谷雨跟着念了一遍，随后扔下毛笔，跑进谷太太的房间，只听他哼哼唧唧地央求他娘："娘，我困死了，一大早跟姐姐捋榆钱儿，累死我了，我要睡觉！"

黑枣儿也放下手中的毛笔，走进谷雨娘的屋内，看到谷雨头枕着他娘的腿睡着了，谷雨娘老牛舐犊地低头看着儿子，手轻轻地有节奏地拍在谷雨的身上。

黑枣儿悄悄地退了出来。她坐回小方桌跟前，拿起毛笔，在砚台上蘸了些已砚好的墨，继续刚才的抄写。不知过了几时，《三字经》的一小节便从她认真、工整的笔尖下，安营扎寨在她的作业纸上，她长长地嘘了一口气，照着纸上的字默念了一遍，然后羞涩地笑了。

天，有些阴了，黑枣儿把小方桌、凳子和纸墨笔砚都拿进屋，又把晾在绳子上的衣服和褥单取下来，放在炕上。她围着院子四周转了一遍，把那些打开的窗子和门一一关上；闭上眼睛，把横陈在铁皮木板上晾晒的几只五毒的尸体，连同板子一起搬进堂屋的地上。眼睛也没敢睁，扭身跑出门，好像后面有五毒在追她，跑了几步，又折回去，“嗵”把门合上，一溜烟儿跑回自己房里。她一屁股坐在炕上，两脚相互一蹬，鞋子掉在地上。她像是受了惊吓似的，瞪着眼睛，呼哧呼哧地喘着气。

黑枣儿把堆在炕上的衣物，按人头分门别类地叠好放好。这时候，屋檐上传来“刷刷刷”的雨点子声，黑枣儿向窗外望去，斜雨细风在院子里紧锣密鼓地喧哗着，不到一袋烟的工夫就偃旗息鼓了。天突然放晴，这让黑枣儿以为，刚才是在梦中老天爷在演习斜风细雨，她使劲闭上眼睛，以期再回到自己的梦里。

思雨、盼雨、祈雨，已经成为村民们的一个共同的习惯行为，用他们自己的话来说，麦苗苗喝不上水，它就不给长呀！

黑枣儿不知不觉地进入梦乡。

雨不停地下着，雨水如注。眼前深陷的洼地，雨水越积越多，越积越深，渐渐，漫无边际的洼地被漫天大雨给填满了，变成一条不知名的河。

雨水不知不觉地停了，蓝天、白云、清风，皓日当空。河水越变越清，越变越蓝，清凌凌的，仿佛能把人的灵魂洗净。

黑枣儿顿时兴奋起来，把衣服一件一件地脱掉，赤裸着一步一步走进河里，她要让清澈温暖的河水把自己彻底洗净 。

她像鱼儿一样畅游在水里，自由自在，无拘无束。她无怨无悔地漂流，义无反顾地游弋，在峰底浪尖的律动中，去寻找激越和辉煌，用至真至纯的追求，滋润恒久的信仰。她感到幸福无边，快乐无边。

突然间，她在余光中瞥见自己的左后侧，有一个人始终与她保持着一定的距离，随着她的节奏划游着。她加快节奏，他也加快了节奏；她放慢了速度，他也放慢速度。她感到好奇，扭头想看清那人，一个浪头打来，水花溅满一脸，挡住了视线。一个猝不及防的一百八十度急转弯，从视野的尽头，她又看到那个人在自己的左后侧，保持着一定的距离。那人好像具有非凡的洞察力，把她的想法揣摩、把握得非常精确到位，宛若她肚子里的蛔虫，她的思想稍有丝毫的风吹草动，他就能未卜先知，太令人匪夷所思了。

那人又像是谷雨，又不像是谷雨。不管怎样，在她孤单、寂寞的航程上，有一个人始终锲而不舍、知人之明地相伴左右，即便看不清他的面孔，也让她觉得惬意自在、其乐无穷。

她奋力划游着，河水渗透到她的身体里，渗透到她的思想中。与河水忘我地交融，让她骤然变成了一尾漂亮的小人鱼，自由自在、游刃有余地驰骋在自己

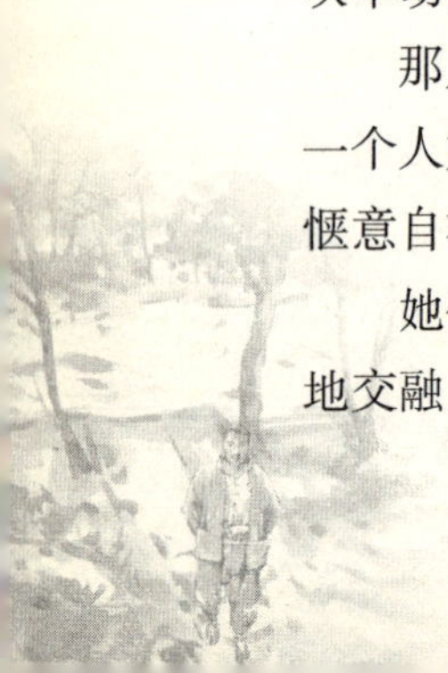

的世界里。她看到同伴也变成一条美丽潇洒的游鱼,酣畅淋漓地在水面上激情舞蹈,她一下子悟觉到这条鱼的心事,她快乐着他的快乐,踩着海浪的潮汐,她漂移、腾跃、翱翔、激荡。这条空旷无垠的大河因了两条鱼的莺歌燕舞而热闹非凡起来。珊瑚、海草、海蚌和鹅卵石忠实地守护和见证着这两条鱼的梦想。

在两条鱼的河中,她仿佛梦游一般看到了日思夜想的奶奶,在珊瑚丛中有条不紊地漫游着,并且若有所思着,奶奶笑眯眯地久久地看着她,似乎永远看不够似的。奶奶对她说:游啊,丫头,海底有更精彩的世界,还有奶奶的宫殿!她潜入海底,她看到那里风光无限,沿途和景致都披上光怪陆离的彩色。宫殿的大门悄然打开,她看到了爷爷、娘和小弟弟黑豆子,还有大爷爷谷丰登、大奶奶谷太太。他们都穿着白色纱质的长袍,肩膀上都插着透明的翅膀,他们安然自得地自行其乐。他们的脚都不走在地面上,他们的脸呈现出平静如初的自然和自在,他们的眼神流露着快乐、安宁与隽永、沉静,他们仍然组成一个大家庭,彼此相爱着、温暖着、体恤着、呵护着。

她满意地冲他们点头致意,她是一条小人鱼,她的快乐来自于两条鱼的河,她的快乐也是她的秘密,她可以跨越千山万水,她可以穿梭时空隧道,她感到两条鱼的河变成了她的故乡。她娇憨、自豪地笑了。她高兴地舞动着尾鳍,身下的浪花翻腾着、鼓荡着,她看到那条鱼也兴高采烈地穿梭在跌宕起伏的朵朵浪花之中,乐不思蜀,乐此不疲。

或许是太尽兴了,一阵疲倦感猛烈地侵袭着她,她感到身体也在隐隐作痛,她把自己放逐了,任凭自己在故乡漂流……

19

突然,黑枣儿被一阵急促的叫喊声和用力地推搡惊醒了,她看到谷雨跪在炕沿上,正在往起拽她。

“快起来呀,姐,娘让喊你吃饭!”

“……吃饭,对了,我还没做饭呢!坏了,我得赶紧做饭去!”黑枣儿像发癔症一样,一把推开谷雨,“嗵”地跳下炕,趿拉上鞋子,正要蹲下系鞋带,肚子强烈地坠痛,眼前一黑,便一头触在地上。

“姐,姐,你快起来呀!你醒醒,快起来!”

“你不能死呀!姐——”

谷满仓和谷雨娘坐在堂屋里等谷雨、黑枣儿吃晚饭，谷雨娘盯着桌子上点燃的豆油灯，好像在自言自语：

“也不知是咋啦，枣儿最近太不像话了，谷雨睡在外面，她也不管，自己倒是一觉睡到天黑，就等着吃现成饭呢！”

“唉——”谷满仓看了看谷雨娘。

“枣儿还是个14岁的孩子，今儿早天刚蒙蒙亮，就出去捋榆钱儿去了，许是乏了，才睡到现在。这不也没耽误晚饭，我把她早晨做的榆钱儿蒸菜和稀粥热了热，得赶紧吃，要不天热容易馊了。”

“我又没说什么，你说这么一大箩筐的话给谁听呀？”

“呵，呵，要不，要不不等这俩娃了，咱先吃吧。”谷满仓被谷雨娘的突然不高兴弄得不知所措起来。

这时就听到谷雨不知在叽哩哇啦地叫嚷着什么，谷满仓把刚拿起的筷子放在碗沿上。

“谷雨她娘，要不你先吃，我去看看，谷雨这小子又嚷嚷什么？”

“我不吃了，现在没了胃口！”谷雨娘的眼睛始终看着豆油灯上颤动的火苗。

“那你在这儿等着，一会儿让枣儿给你做些可口的来。”说罢，谷满仓朝儿子的房间走去。

“姐呀，你怎么死啦？你别吓我……我找爹去！”

谷雨用袖子抹了把眼泪，转身疯也似的向外面扑了出去，正与迎面而来的谷满仓撞了个满怀。

“爹，姐好像死了……”话还没说完，谷雨又“哇”地哭了起来。

谷满仓三步并作两步迈进门槛，屋里漆黑一片，借着屋外的星光，他看到黑枣儿蜷缩在地上，他蹲下，一把抱起黑枣儿放到炕上，他急声说道：

“谷雨，把油灯找出来！”

谷雨摸黑找出油灯，递给他爹。

“火柴！”

谷雨又东摸西摸，摸出一盒火柴，赶紧交给他爹。谷满仓接过火柴，反手把油灯放到谷雨手上，“噌”地划亮火柴，对准灯芯点着，油灯亮了。谷满仓从谷雨手里拿起油灯，朝黑枣儿照去。黑枣儿还昏迷着。谷满仓伸手拉过枕头，小心翼翼地放在黑枣儿的头下。黑枣儿皱着眉头，紧闭着双眼。谷满仓突然看到褥单上黑乎乎的一片，拿灯仔细一照，是一小片血迹，他脑袋“嗡”地一下大了，莫

不是疖子破了？他立刻把油灯放在炕上，把黑枣儿的身体向侧面移去，他把她的衣服从后面撩起，他看到贴在她后背上的膏药有些许卷起，他轻轻撕开一半露出疖子，完好无损！他又把膏药原封不动地贴上，在上面哈着热气，并用手捂了一会儿。他长长地出了口气，额头上沁出一层密密的汗珠。不是疖子的问题，那是哪儿出了问题？他在心里默默地嘀咕着。谷雨站在炕边，大气都不敢喘一下，一会儿看看他爹的表情，一会儿又看看一动不动的黑枣儿。

鸦雀无声。

经过刚才的一阵折腾，黑枣儿苏醒了过来。她首先看到褥单上的一小片血迹，她坐了起来，在胳膊上腿上找着伤口。在她低头正要察看有些微疼痛的小腿肚时，猛不丁地瞥见自己的裤裆处已是红红的一片，她知道那地方又破了，她以为自己就要死了，她无助地“嘤嘤”抽泣着。

谷满仓把一切都看在眼里。他对谷雨耳语了一声，随即带着谷雨匆匆走出家门。

一边走，谷雨一边抬头问他爹：“爹不管姐了？姐姐是不是快死了？”

“胡说！你姐没事！”

“没事咋流血呢？”

“腿蹭破了呗。小孩子不许瞎说，不许再问，听见没？”

谷满仓本想把谷雨娘接过来，让她帮着处理这事，可一想到她莫名其妙的阴阳怪气和胡乱猜疑，又打消了这个念头。

他带着谷雨返回厢房。

他看到炕上摞了一摞刚洗净的褥单，便从里面抽出一块白颜色的，噼里啪啦撕成若干块，对还在抽泣的黑枣儿说：

“别害怕，不碍事的，过几天就好了，你把裤子换了，把布垫在裤子里。”

看着一脸茫然懵懂的黑枣儿，他寻思了一下，然后郑重其事地说道：

“女子身体上的这些变化，是非常正常的自然规律，今后，每个月都会有三四天出现这样的状况，不必慌张，慢慢就会适应的。”

随后，他推了推趴在炕沿上打瞌睡的谷雨：“走，吃饭去。”

爷俩往门口走去。

黑枣儿一直目不转睛地注视着谷满仓，她的大脑像是停止了转动，一片空白。

突然他站住了，她看到他高大宽阔的背影几乎把房门都堵住了。少顷，只听他说：“枣儿，你已经变成大姑娘啦！”他的语气里有一种说不清楚的东西在发酵着。之后，他照直走了出去。

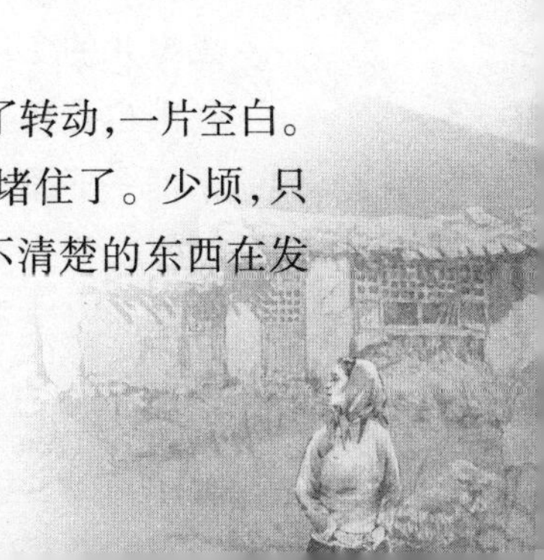

谷满仓看到院子里那株梧桐树下，月光铺满了一地。他感到，遍地月光正在燃亮他孤单的灵魂。

苍茫的夜空中，月亮梦一般地微笑着。

谷满仓疾步走向堂屋，只听到谷雨用稚气的童音，正在绘声绘色地讲着什么，他停住脚步。

“……我叫醒姐吃饭，她却急着要去做饭，像发癔症似的，一跳下炕就晕倒了。我怎么叫她，她都没动静，把我吓坏了，推推她的胳膊，胳膊软得像面条一样，我以为她死了，就去找爹，刚出门，正赶上爹来了。爹把姐抱到炕上，炕上有血，爹以为她的疖子摔破了，一看不是。正在这时她醒了，她发现是她的腿碰破了。爹撕了布条子，让她自己包扎伤口，我们就从厢房出来了。”

“那你爹呢?”谷雨娘焦急地询问。

“咦，这不是我爹!”谷雨指着站在门口的谷满仓，格外地亢奋，也难怪，他还未从刚才的那场虚惊中转过神来。

谷满仓奇怪自己刚才为什么没纠正谷雨的说法，他搓了搓手，对妻儿说：“饿了吧? 我去把饭热热。”

“凉的榆钱儿蒸菜也挺好吃的，就这么凑合着吃吧。”谷雨娘说。

“我还要吃烤红薯!”谷雨舔了舔嘴唇。

“好。我把小米稀粥热热，再给我雨儿烤俩红薯。等着。”

“爹，给我姐也烤一个!”

20

黑枣儿一夜之间变成了亭亭玉立、光鲜灵透的妙龄少女。鲜艳的目光，润泽的嘴唇，纤软的胳膊，蜂蜜般柔腻的肌肤，一个浑身披着自然光泽的天使，在阳光中、风中，在花粉和尘埃中奔跑着，是飞舞的花朵，是梦寐的精灵，全身浸润着光芒，整个身体被灿烂的光影环绕，灵魂也跟着透亮起来。

黑枣儿的变化，大家有目共睹，谷雨也不例外。

谷雨也奇怪于黑枣儿身体上的突变，调皮捣蛋的他趁黑枣儿不注意，猛地用小手捅一下黑枣儿微微隆起的胸脯，还大声叫道：

“奶子，姐有奶子啦!”

每每此时黑枣儿都羞成大红脸。谷满仓碰到时都会大声呵斥谷雨，并告慰

黑枣儿，要她用手护着自己的胸部，别让那浑小子碰着了。又一次谷雨捅黑枣儿的胸脯，被谷满仓撞见，横腰抱起儿子，照着屁股狠狠抽了两巴掌。

“你再敢欺负你姐，爹抽死你！”

“不敢啦……可是，爹，为啥姐姐长奶，我咋不长呢？我也有妞妞呀！”谷雨深感委屈。

“姐姐是女娃，你是男娃，身体自然长得不同。”

黑枣儿发现自己不光长出小小的形同馒头一样的乳房，而且尿尿的地方突然比从前大了许多。最初她以为那地方破了，吓得好些天不敢快步走路，后来她发现那地方真的破了，从那地方流出很多血，持续了三四天，而且肚子疼痛、乳房肿胀，身体上这样隐蔽的变化和伤痛让她暗自难过、自卑了好一阵子。

直到那一天，谷满仓告诉她这是怎么回事后，她觉得自己逐步向妇人靠近，她觉得自己好像还没长大就老了，她觉得自己丧失了一种纯粹的无邪与天真。从此她成了一个有秘密的人，而这个秘密竟然被人掌握，而这个人竟然是男人，是她最敬畏的一个人，这让她很丢颜面，同时有些妄自菲薄。男人怎么会熟知女性身体上的隐秘？她百思不得其解。

她很不适应自己的这些变化，她感到尴尬难耐、羞涩难忍甚至卑怯难却，走起路来尽量含胸低头，以掩饰悄悄隆起的乳房；奔跑的时候，她把臂膀故意抬高以挡住胸前活蹦乱跳的小兔子，她甚至想，该用什么东西把它束缚住，让它在自己走路时不再一颤一颤的；最让她难为情的是每个月的那几天，她的臀部总是被弄得窝窝囊囊的，隔着裤子好像也能感觉到似的。她被这些婆婆妈妈的琐事纠缠着，感到那么的不清明不清丽不清爽，甚至认为有些隐隐的不洁。她沮丧、懊恼极了。

她觉得村里所有的人都在注视她，她的这些狼狈不堪被所有的人看在眼里，他们在嘲讽、贬低她小小的年纪就有了一些妇人的特征与习性。她不再出去跟村里同龄的孩子们玩耍了，她觉得在他们中间自己太突兀了，他们愚蠢的迟钝、笨拙的任性和无知的幼稚让她感到可笑可怜，她和他们之间拉开了天壤之别的差距。她整天窝在谷府里，大门不出，二门不迈。

黑枣儿十四岁了。精力旺盛，却多愁善感，一天到晚老是心情郁闷，而且情感脆弱。

她变得不可捉摸，经常伫立在窗前向外眺望，似乎想如南飞的大雁一样自

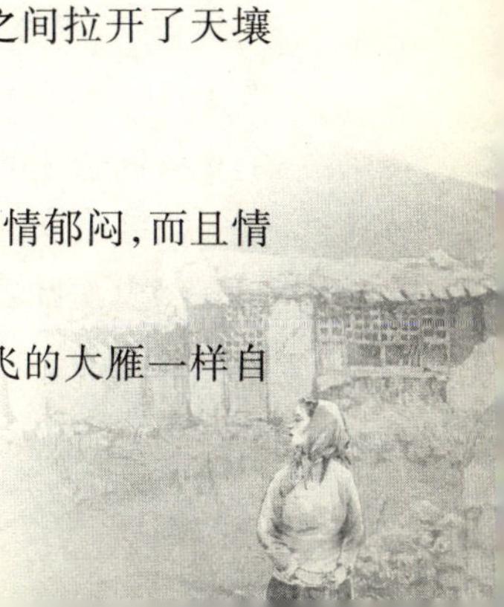

由翱翔在天边，似乎想似破茧而出的蛹游离出所面临的困境，似乎想做一场只有她自己知道的惊天动地的梦……她的脑子里经常有些精灵古怪的想法，怎么都摆脱不掉那种空虚孤独的感觉。

同时有一种奇妙的东西进入了她的世界，非常奇妙，是她从未体验过的一种东西。

不知道是何原因，她越来越依恋公爹谷满仓，在谷满仓的身上，她更多地看到她爹的影子，感受到爹的存在。爹在她的记忆里几乎没什么印象，爹离家出走的那一年，她还不到三岁。但爹身上那种说不出的味道却深嵌在她的血液中，有一次她在谷满仓身上闻到了，那是一种久违了的、在她的记忆深处潜伏了很久的父亲的味道。“父亲的味道”唤起她最本初最美好的感觉，在谷满仓身上她隐隐约约找到了对父爱的渴望和眷恋。谷满仓的一言一行都让她留意佩服，她密切关注谷满仓的一举一动。她既希望每天一睁开眼睛就看到他，又怕见着他，内心很受折磨也很甜蜜。她体味到一种说不出的欢喜，她正处在一个梦幻、壮丽、极乐的国度中，她感到有种神奇的力量注入她的身体，她觉得异常喜悦，那是她前所未有的一种奇异、巨大的魔力。她不去想谷满仓，可他却在她心中泛起层层涟漪。

她想起两条鱼的河，那个一直保持一定距离守护她的鱼，她始终没看清是谁，她觉得应该是谷雨，可是谷雨是旱鸭子，根本不会游泳，谷雨若干次隆重提出下河学游泳的申请，都被谷雨娘一口否决。谷雨是独子，他娘看他看得很紧，压根儿不让他参加任何她认为有危险的运动和玩耍项目。那么，那条鱼又会是谁？她赶紧打住纷乱的思绪，她不敢再往下想那个梦了。

21

黑枣儿打开奶奶留给她的两个红绸布包裹。

一个包裹里面是六双大小不等颜色不同的鞋子，三双棉的，三双单的；还有六套衣服，两身大小不一的棉衣和棉裤，以及四身单的衣服，有旗袍、裙子、袄和裤子，也是大小、颜色、款式均不相同。这是奶奶精心为她准备的从小到大、各个年龄段所穿的衣服，这些个衣服鞋子，是奶奶断断续续用了两年多的时间，一针一线缝出来的，花了奶奶不少的精力和心血。

多少次她看到奶奶的手指被针扎破，用嘴把血吸吮出来；又有多少次她帮老眼昏花的奶奶把针纫上。奶奶把积攒下来的钱让公爹谷满仓到县城买了几

种绸缎、洋布和各色棉线、丝线，以及从地里刚摘下的又白又暄的棉花，先比照着黑枣儿身上的衣服的尺寸，再按比例放大出几个不同层次的尺寸，从自家纺的粗布做起，小褂儿、阔腿长裤、棉衣、棉裤，由小到大，还用洋布和绸缎做成袄、裙子和旗袍。

黑枣儿记得奶奶开始做这些衣服时，自己大概有 9 岁 10 岁的样子，她不明白奶奶为什么一下子如此大方、奢侈地为她买那么多的各色布料，做那么多的各样衣服，够让她穿一辈子了！自己只是下人的孙女，又不是千金小姐，她在心理上无论如何接受不了，对于她来说如此众多正式、奢华的衣服。她觉得她被奶奶过于宠幸着，她被奶奶的爱包围得严严实实、暖暖和和的。

她 12 岁那年奶奶在睡梦中溘然长逝，她才明白了奶奶的良苦用心。奶奶是想在自己的有生之年为唯一的亲人——乖孙女，做她力所能及之事，奶奶希望在她离开人世以后，她的孙女一直有漂亮的衣服穿，不能挨饿受冻，就像她一直都在孙女的身边，她从来都不曾离开孙女一样。“丫头得有衣服穿，没衣服穿的丫头，心会荒凉的，心气会矮人一等的!”这是奶奶常说的一句话。奶奶甚至把黑枣儿长大以后出嫁的礼服都准备好了，把它们单独放在一个包裹里。

女性对衣服的迷恋和喜好是不分年龄的。早年，黑枣儿和奶奶之间有一种默契，那就是在老油灯下，奶奶当着黑枣儿的面，把躺柜打开，把里面的东西一一拿出来翻看，不过是一些奶奶的老棉袄、年轻时曾穿过的旗袍；黑枣儿的小袄小褂子，甚至还有她婴儿时期穿的小衣服，奶奶当宝贝似的各留一件，说是等黑枣儿成家时，要把她各个时期穿过的具有代表性的衣服都送给她。黑枣儿一边反反复复地看着柜子里的这些存货，一边听奶奶不厌其烦地讲每件衣服的来历，她和奶奶都觉得是一种享受。一件旗袍就可能藏有一个揪心的秘密，一件斜襟大褂可能会有一段不堪的往事。女人的记忆从来都是与衣服有着密不可分的联系的。仿佛成为一种仪式，隔段时间祖孙俩就一起翻箱倒柜，对她们而言，不啻一次次节日的盛典，也是她们最好的时光。

黑枣儿把一个包袱里的衣服都拿了出来，从小到大排列，一一摆放在炕上，她无限深情地欣赏着这些自己陆续要穿的衣服，她还会成熟长大。看着这些衣服，就像看到自己的生命过程，过往、现在和将来。

枣红色的对襟褂子和灰色裤子最小，是用粗布做的，马上就能穿了；还有豆绿色的斜襟长衫和黑色长裤，也是用自家织就的粗布做成，豆绿色是黑枣儿最喜欢的颜色；用麦芽色洋布做的斜襟短袄和长裙子是一套组合，袄的前襟和裙子的下摆处，绣满了红绿黄蓝黑五色大丽花；最大的那件是紫罗兰色的粗斜纹布的长袖旗袍，端庄典雅，当然要用洋布来做。

另一个包袱皮里装的是奶奶为黑枣儿精心准备的嫁妆。

“我枣儿嫁人那天，把这包里的东西都穿上戴上！”这是奶奶对黑枣儿的嘱托。

一对精雕细刻的龙凤玉镯、一个绣着鸳鸯戏水的红肚兜、一件胸前绣着金凤凰的红绸缎旗袍、一双红绸缎绣花鞋、一根长长的红头绳。

黑枣儿看着这些嫁妆，她想奶奶在准备它们的时候，一定是按照男大当婚、女大当嫁这样的常规逻辑来置办的，而且抱着一颗虔诚的心，怀揣着怎样的期待和理想，为孙女设计和装扮美好的未来。

奶奶也想过自己随时会发生不测，否则她不会提前就把让孙女永远都留在谷家这个愿望，向由自己带大的少爷谷满仓提出来，并且协商出黑枣儿给谷家当童养媳这么个万全之策。但她没料到的是，这个以防万一的万全之策实现得是那么的猝不及防。新嫁衣肯定是穿不成了，它大出黑枣儿至少有三个尺码，那时的黑枣儿只有 12 岁。

黑枣儿记得自己改变身份的那一天，她压根就没想到这个装有嫁妆的包袱。这些嫁妆，会跟奶奶给她留下来的她的孩提时代和少年时代的衣服一样，一起纪念和见证着她的生命历程。

趁谷雨入睡，黑枣儿把红肚兜、红旗袍和红绣花鞋穿上，像一朵耀眼的含苞欲放的红玫瑰，在黑夜里悄悄地绽放着……

旗袍仍然不合身，对于现在的她来说仍有肥大之嫌。旗袍把她衬托得更加娇小纤细，而且盖过脚面，绣花鞋一点都没有展示的空间，它被彻底淹没在旗袍里了。她注意到那只用金丝线绣的凤凰，栩栩如生、翩翩欲飞地从她的左前胸斜着往上盘桓，一直缠绕到右肩，千般袅娜，万般旖旎，而它天真可爱、妖冶妩媚的尾巴则被甩在了背后，乖巧地匍匐在她纤柔秀挺的腰肢上。而鞋子上两个对称的小凤凰，是从鞋帮斜卧到鞋头，缠绵悱恻、风姿绰约的样子，与旗袍上的大凤凰遥相呼应，美轮美奂，美不胜收。

她用红头绳把那对龙凤玉镯穿起来，挂在自己颀长的脖子上。雕龙和雕凤的这对玉镯，是奶奶的奶奶传给奶奶的，奶奶本来是要留给自己的一双孙儿孙女的，可是孙子黑豆子在两岁的时候被开水烫死了，从此黑家家破人亡，最后只剩下奶奶和孙女相依为命，如今只有黑枣儿形单影只、孤苦伶仃地留在这个世界上。

第六章

22

谷满仓给黑枣儿换了三次药后，疖子长熟了，出头了，顶端软软的，被撑得薄薄的皮透出红红的光，里面的脓好像随时都能挤出来似的。

谷满仓从自制的木质药箱子里拿出一把弯曲的小刀，一边把小刀在火盆上烤了又烤，一边对枣儿说："爹要在你的疖子上，用刀拉一个小口子，把里面的脓排出来，会有点疼，忍一忍就过去了，知道吗?"

"非得用刀割吗? 爹。这个疖子自己不会掉下去吗?"黑枣儿看到谷满仓手里那把弯弯的宛似月牙的小刀，闪着寒光，她心有余悸起来，颤颤巍巍地恳求着谷满仓。

"枣儿别怕，必须得这样，不然会碍事的。"

"我怕……"

"不怕，有爹呢! 你趴到炕上去，闭上眼睛，听话!"

谷满仓先在自己手上到了点酒，双手仔细地相互搓了搓，把一小块桑皮纸捻成绳，然后，喝了一口酒，冲着黑枣儿的后背迅猛地喷去。

黑枣儿只觉得背部一阵钻心的痛，眼泪都疼了出来，浑身抖成一片，想喊却一声都喊不出来，她疼得连喊的力气都没了，她疼昏了过去……

她泪眼蒙胧地又走进梦中的那条河——两条鱼的河，她如鱼一样闪烁着，微笑着，悄悄敞着自己的伤。

谷满仓把贴在刀背上的脓血擦掉，把疖子里面沾着血水的脓液以及像豆腐

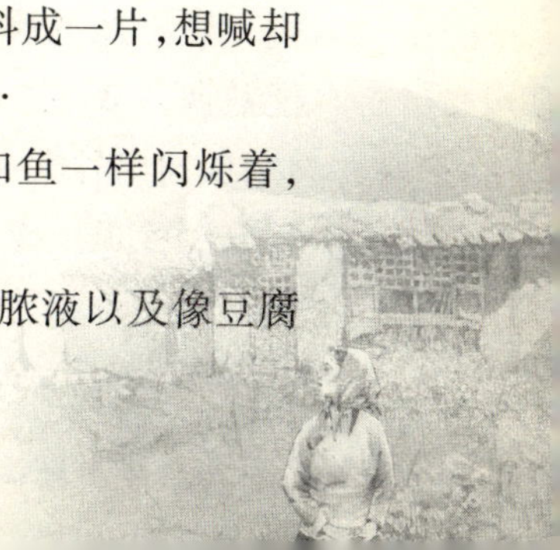

渣一样的东西挤出来，把捻好的桑皮绳，沾上水，再沾上药，塞到伤口里，用以拔尽里面的脓，然后贴上让疖子烂的那种药膏。

只听到谷满仓说了声“好了”，接着黑枣儿被谷满仓小心翼翼地抱了起来，她委屈地放声大哭，把被泪水、汗水浸湿的脸紧埋在他的脖颈上。他久久地抱着她一句话不说。任时光的河在他和她之间静静地流过。过了好一阵子他才开口：“这几天你不能平躺着睡觉，只能侧身或趴着睡，行动会很不方便，十来天就会好的。”然后把她放在炕上，让她自己侧躺了下来，“睡一觉就不疼了”。

术后的前三天，谷满仓每天都提着药箱子到谷雨和黑枣儿住的西厢房，给黑枣儿换药。他轻轻且麻利地把膏药揭开，把露出伤口的一小截桑皮纸捻成的绳，用拇指和食指的指尖掐住，迅雷不及掩耳地抽出来，上面沾满了伤口里剩余的杂质。然后从药箱子里取出已经准备好的一截用桑皮纸捻成的绳，沾上水又沾上药，迅雷不及掩耳地塞进伤口，把一片膏药在油灯上稍微烤一会儿，待有了热意，撕去一面桑皮纸，把沾有药膏的一面糊在伤口处。

每次换药都疼出黑枣儿一身的汗，头发帘被汗水湿成一绺绺的，贴在她光洁透亮的额头上，晶莹的泪花被她强忍在眼眶内打转转，湿透的脸，刷白刷白的，整个人憔悴虚弱了许多。让人恻隐，让人心疼，让人爱怜。

黑枣儿的痛仿佛痛在谷满仓身上，每次给黑枣儿换药前，谷满仓紧张得手心里都攥出了汗。他也不知道为什么自己对黑枣儿如此尽心、在意，对黑枣儿的感情，像是父亲对女儿，又不完全是这样，似乎还夹杂着一种说不清楚的东西在里面。他加倍地呵护着她。

三天之后，由每天换药改成三天换一次药，从伤口处抽出来的桑皮绳上沾的黏液越来越少了，黑枣儿苍白的脸渐渐泛起了薄薄的红晕。只是她的胳膊不能随意伸展，后背不能随意扭动，若想从地上拿起什么东西，需整个身体垂直蹲下或跪下，稍有不慎，伤口就有可能被抻着或趔着。谷雨说黑枣儿像个木偶，举手投足之间都透露出笨拙的呆板与机械，令人忍俊不禁。

黑枣儿绸缎一样柔嫩单薄的脊背，若隐若现的小巧的乳房和俏皮的乳蕾，能盈握在双手之间的纤细挺拔的腰肢，以及隐隐约约的甘甜又清淡的麝香气味，都勾出谷满仓一种久违了的温软的情愫，彩虹般的血液在他心中奔突翻涌，他有一种想抚摸和亲吻一下黑枣儿后背的冲动，但他竭力克制、规避着，内心强烈地冲突着煎熬着。他发现自己已经无法摆脱黑枣儿芳香的倩影。他开始有

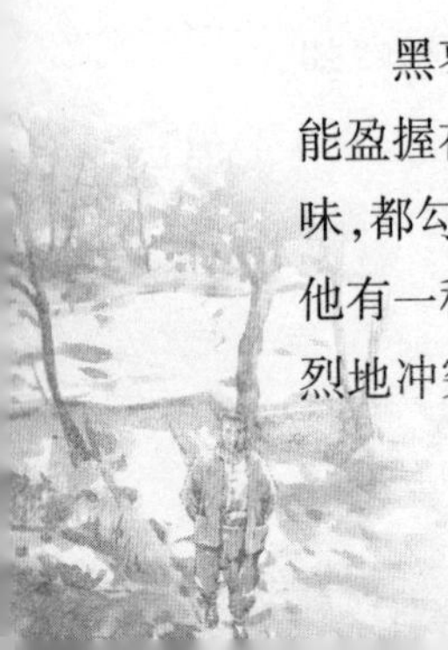

意回避她。

黑枣儿后背上的小口子突然有一天自己愈合住了，也就是说，里面的脓液和其它杂质被桑皮纸捻成的绳彻底吸纳干净，并且也起到消除炎症的作用。伤疤很小也很平整，正好掩藏在脊背中央那道垂直的、微微凹陷的可爱的沟槽里。

谷满仓如释重负地长嘘了口气，半个月来紧张且忐忑的心绪终于得到缓解，他抑制不住内心的喜悦，把黑枣儿高高地举过头顶，他听到黑枣儿翠鸟一样欢快的笑声，他愉悦无比、幸福无比、轻松无比。他终于可以告慰母亲的在天之灵，黑枣儿后背上疖子的成功治愈，抚平了他内心的创伤，让他从十一年前痛失母亲的巨大的阴影里走了出来。

所有这一切谷满仓怎么也搞不懂，只好听其自然了。他无法把自己的经历来个完美的小结。一种经年累月的滚烫的自我意识在他心中鼓荡起来，他没日没夜地做梦，梦中不是母亲和母亲的后背，就是灵秀娇小的黑枣儿，和她娇小灵秀的后背，有时候她们的后背重叠在一起，分不清是母亲的还是黑枣儿的，分不清是魅惑的丝绸还是女人的后背。黑枣儿仿佛是母亲的化身，又仿佛是命定的精灵，仿佛冥冥之中上帝的牵引。谷满仓对于黑枣儿的渴望甚至超过了自己的生命，以及周围所有的一切。她是他可望而不可即的梦想，他的梦想被笼罩上一层神秘的光彩，他沉浸在梦想的欢乐里，同时，他也被梦想折磨得一筹莫展、痛苦不堪。他知道，在现实生活之外，还有着一个无边无际，无穷无尽，亘古永恒的世界。

严酷的现实——冷冰冰的脸、冷冰冰的生计、冷冰冰的生活琐事，煞有介事地横亘在他的面前，让他沉重，让他窒息，让他无所适从，让他不寒而栗，他讨厌它们。他陷入了黑暗、深不见底的绝望之中，他清楚自己失去了什么，他悲惨凄凉，心事重重，失魂落魄。他觉得自己的生活千疮百孔、危机四伏，是经不起琢磨跟推敲的。他只能闭着眼睛过活。他真想在卑微的现实面前停滞不前，但这可恶的现实仍在他面前傲然矗立着。他已经清醒地意识到现实与梦想之间的差距，他突然感到一种难以遏制的怒火，他想逃离这个村落，而且立刻就动身，他想到梦寐以求的国度去。然而，一桩粗壮有力的根把他牢牢地固定在谷家庄，固定在他的房屋、土地、家园和责任上。

他眼中闪烁着备受煎熬的痛苦，好像什么东西阴魂不散，对他紧追不舍。他感到困惑不解，像被绳子捆住了似的，而且越缚越紧，他要透不过气了。他开

始拼命地喝酒，想以此来麻痹、麻醉、麻木自己苦闷憋屈的神经。

好像在做梦一样，他让自己的心沉入到水底，只留下镇定的躯体，格外沉寂。一阵剧烈的灼热的镇静感袭遍全身，使他五内俱焚，随后逐渐消逝于冥冥之中。

当他大梦初醒时，好像觉得自己身处在永远的宁静之中。他在倾听着什么，他似乎在倾听来自遥远的地方，来自冥冥之外的声音。他意识到了自己存在的意义，他是一家之主，他必须守候着这座老房子，守候着谷家的列祖列宗；他必须让自己的家庭生活在既定的轨道上正常地运转；他必须守护在谷雨娘的身边，直至他们生命的火焰燃烧殆尽；他必须让两个孩子形影相随地健康地成长；他必须……他心中的辉光立刻熄灭了一半，但是这种光辉却永远闪耀在他的记忆中。尽管他内心深处惶惑不安、心如刀绞，但那又能怎样？那彩虹般的梦想毕竟是隐藏在了心灵的谷底，就让它深藏在那儿吧！尽管那可遇而不可求的情景又清晰地浮现在眼前，但毕竟是过去了、情随事迁了。他怅然无限。

23

谷雨娘在得病的头几年，还能拄着拐棍在府里走来走去，自从她看到自己在地上打着趔趄的怪异可怕的影子，就再也不走了，逐渐她腿部的肌肉萎缩、关节变形，就真的不能再走了。她整日坐在炕上纺线、遐思，她的生活变得越来越单调，越来越狭窄，越来越封闭，她拒绝和放弃了作为妻子的一些权利和所要承担的义务，以维护那可怜的自尊，她变形以后的腿的模样，没让任何人见过，只有她自己知道。她从此变得越来越怪癖、越来越不可思议了，她美丽的脸也因了心灵的扭曲和痛苦的煎熬而变了形。然而在丈夫谷满仓的眼里她依然美丽，但不可亲了，甚至对她，他心中有种说不出的恐惧感。

除了儿子谷雨，她不曾对任何人笑过；除了儿子谷雨，她不愿对任何人亲近；除了儿子谷雨，她不屑跟任何人往来。她把自己包装成一块冰冷、坚硬的石头，不得触碰，不得靠近。她把自己的情感包裹得严严实实的，不流露不释放。她时不时地会陷入冷漠无知觉的状态。她的心中常常会冒出一种用死来摆脱不幸的想法。

她把心扉闭拢，把躯壳关紧，不声不响，了无牵挂。

她就是她，她不是别人。

这些天，谷满仓只对谷雨娘说了句“枣儿后背上的疖子，跟娘的一样，我一定把她治好！”就什么也不再说了。谷雨娘也是从来都不主动问一句有关黑枣儿的病情，好像眼前的一切跟她没什么关系一样。其实她内心很着急很担忧，她紧张的心好像提到嗓子眼儿了，既为黑枣儿，又为自己的丈夫，在黑枣儿的病上谁都不能有什么闪失，谁都输不起。尤其是谷满仓，他必须成功，这样他才能做到既搭救了黑枣儿，又解救了自己，他才能彻底从自设的精神囹圄里走出来。她能做到的也只是在心里默默地祈祷：摆脱疾病，走出困扰。

然而凭女人的直觉，她心里还有一种说不出的紧张与担忧，她清楚地知道，黑枣儿美妙的后背和正在长大的青春，会像毒蛇一般蛊惑着丈夫谷满仓那颗负重且脆弱的心。她已经看到它似墓穴，正在葬送着她的爱情和她的生活。她的这些未卜先知果然灵验了。

那天夜里，她被一阵窸窸窣窣的声响吵醒了，她扭过头看到旁边的被窝空着，循着声音，她看到谷满仓站在墙角里，背对着她，浑身抽动着，起先她以为他身体不舒服，正要问讯，然而，借着从窗棂上透过的月光，她清楚地看到，他的手臂在前面快速地、有节奏地、不停地摆弄着什么，身体随着胳膊的摆弄而古怪地抽动着，他的头微微地低下，光着腿，衬裤滑落在脚面上、地上……从那个角落里传出非常微弱的呻吟、喘息声，他的。

她一下子明白是怎么回事了，她非常震惊，她很受刺激，她感到一阵阵的恶心，她仿佛受到奇耻大辱，她的赖以支撑生命的精神大厦在那一刻坍塌了，她的心似乎停止了跳动。他这么置若罔闻地对待她，太让她伤心了，她想揭穿他，让他意识到她的存在，她怒气冲天地想实施计划，但是身体内有一个更大的声音在阻止她，不让她轻举妄动，她只好费力地扭转过身子，面壁而卧，纹丝不动。

在她已经失去了很多以后，重新开始生活得需要多么强的生命力和意志力！而他的这一怪异草率的举动，对她无疑就是一次毁灭性的摧残。她的精神已经处于崩溃的边缘，心中一阵灼烧，脑袋隐隐作痛，手不停地哆嗦着，几近疯癫，似要爆炸。整个夜晚谷满仓手淫自慰的背影，在她的脑海里无法停止地出现着、晃动着，晃动着、出现着。似地动山摇，似山崩地裂。她的脑子停止了转动，她的思想停止了飞翔。

第二天早晨，她像以往那样，在丈夫还熟睡的时候，就已经起了床。静悄悄地把衣服穿好，把被褥叠好，并且整整齐齐地靠墙垒好，一墙的花红柳绿，为沉闷的屋舍增添了鲜活、浓烈的民俗的味道，和日子的味道。然后她静悄悄地在炕上坐好，等待谷满仓醒来。

时光在看不见的空气中流逝着,转眼间她嫁进谷家已有十二个年头了,她从一位幸福美满的小媳妇变成饱经风霜的妇人。岁月,虽然在她的脸上没留下什么痕迹,却在她的心上雕刻出深深的壕沟。光阴似箭,时光如梭啊!

她看到身边熟睡的丈夫,也是一脸的懈怠,一脸的沧桑,她不由得心头一阵湿润,毕竟这十二年的岁月是她与他共同走过来的,悲欢与共,荣辱与共。她最知道,两颗心是怎样搀扶着走过风霜雪雨,走过沼泽险滩。她最知道,两个人是怎样坐在简朴的愿望里,手握着手屏息聆听生命的协奏曲。她的深情就是他的深情,他的浪漫正如她的浪漫。

他棱角分明的脸在晨光轻快的抚弄下,显得柔和温存了许多,他睁开了眼睛。

她立刻收回自己潮湿的目光,低下头,用手摆弄着盖在腿上的单子的一角,像是什么都没发生似的,若无其事地说:

“谷雨他爹,跟你商量个事。”

“你说。”谷满仓正在穿衣服。

“我琢磨着,该让谷雨跟枣儿同房了。”

“你说什么呢?谷雨还这么小,亏你这个当娘的说得出口!”

“枣儿可是不小啦,你看她已经出落成大姑娘了!”

谷满仓闷头不语,只顾系大褂上的盘扣。

“我还等着抱孙子呢……”

“两个娃一个 14 岁,一个 11 岁。你也太着急了吧!你想什么呢?”谷满仓撂下这句话,转身走出屋门。

“我想什么,你心里最清楚!”谷雨娘冲着空房子自言自语。

“我太着急?我这个家就要让你给毁了!我能不着急嘛?还是老太太说得好,她太知道男人是咋回事了。男人是咋回事,我也知道了。男人不就是那么回事嘛!”谷雨娘咬牙切齿地自话自说,脸上已是泪雨滂沱了。

接着又是一段充斥着阴影的日子,谷雨娘那种对恐怖的担心一直持续着,持续着。

她的每一根神经,每一脉血管,每一寸肌肉都处于紧张状态。她的眼睛一直盯着窗外,她看到谷满仓匆匆忙忙地在堂屋和厢房之间穿行,她知道这几天是他最要紧的几天,他不仅要隔三岔五地给黑枣儿换药,而且还要密切观察黑枣儿的伤口的变化。她的心随着他忙忙碌碌的脚步也忙忙碌碌的。虽然她还

在机械地转着纺车纺着线，然而她的目光早就飞向窗外，时不时地巡视着，好像这样才能把握住他的动向，掌握其中端倪。

果真，她看到丈夫谷满仓和儿媳黑枣儿站在太阳底下，谷满仓在对黑枣儿说着什么，他的目光一直追逐着她的眼睛……

谷雨娘看到，风，从丈夫的眼里流过，又滑入儿媳妇的眼里。

似曾相识的眼神。十年前他曾用这样的眼神看过她，而今却看了别人。

光鲜夺目、专注执着、深情缱绻——男人看女人的眼神！这样的眼神会彻底泄露男人心底的秘密，这样的眼神是男人真情的表白，一点都伪装不得，做假不得。

该看到的都看到了，她还用再看什么嘛？她狠狠地拉上窗帘。

她心乱如麻，痛苦不堪；她满腹猜疑，怒火中烧；她气得浑身发抖，恨得咬牙切齿，想抵抗，却知道注定要输。她真的不知道该怎样看待和对付他的恶劣行径和厚颜无耻，她束手无策了，她彻底失望了。她又蜷缩回来，钻回到自己那凄婉悲凉的心境中去。

她手里的团团棉花和纺出来的长长棉线，已经在眼里幻化成漫天大雪，在精神的领域没完没了地下个不停。心，已经被大雪封锁，她多么希望躯体也能被大雪覆盖，从此冬眠。

断层的思绪顺着记忆的脉络延伸，婆婆谷太太当初的一席话，像警钟一样再次敲击着她的心——丫头啊，你要是拿定主意，娘看还是娶自家的妹妹妥帖放心，姐妹之间贴心，又互相能有个照应，娘死了也能闭上眼睛了。娘最担心的就是你，娘心里这个急呀。虽说满仓是娘的儿子，可是男人终归是男人，娘是过来人，太知道男人是咋回事了。如果那时候，按照自己已经与老太太商量妥了的让丈夫再娶妹妹天意的决定去做，哪会有今天的忍辱负重与委曲求全？早知今日，悔不该当初私自隐瞒了这件事。她记得跟老太太商量完让自己的丈夫再娶这件事，老太太就病入膏肓，没几天就过世了。要不要把事情的原委告诉谷满仓？她内心很是矛盾很是纠结，犹豫再三，考虑再三，最终还是决定隐瞒实情。她以为，只有这样才能保住婚姻的稳定，才能保护了自己。智者千虑必有一失啊！今天，她才真正明白了老太太的肺腑之言与深思熟虑。然而，为时已晚。

她又想，即便老太太离开人世，谷满仓完全可以直接操作再娶之事，但他丝毫没有动作，十几年如一日地守着她，守着这个家。对她，从未说过重话，从未有所怠慢。他依然关心她呵护她，和她维持着某种联系。他忙于去外面替人看风水用以挖井、盖房、选坟地这样重大的事情，去行动不便的人家给人家看病送药，在家接诊络绎不绝的慕名求医的病人，以此来逃避与她在一起的尴尬。他有时候也喝些酒，偶尔会酩酊大醉，但是他还是很能把握住尺度，对于他们之间的某些事从来都处理得恰到好处。他的修养让她明白，最最重要的是他并不想失去她，他也不打算失去她。一个男人做到这一点是多么的不容易，并且要顶着多么大的精神压力和社会舆论。

如果他当时娶的不是她，他的生活就会是另一番景象——实实在在的婚姻生活，那种亲昵的赤裸裸的婚姻生活。然而命中注定他和她是彼此生命的一部分，此生，他和她将无休止地纠结在一起，折磨在一起，这是天意。命运把他们紧密地拴在一起，却让他们终身背负着沉重的十字架，这也是天意。

她不知道这样的日子还能过多久？维持多久？自己有没有过下去的勇气？他还有没有过下去的勇气？在残酷的现实面前，她真的不敢想，不能想。

这真的不是她想要的生活，也不是她想要的命运，更不是她想要的人生！

她不知道应该拷问谁？

她的脖子骄矜地低沉着。

24

黑枣儿后背上的疖子刚去掉时，她经常背过手去摸一摸，平展的脊背中间有一处不很明显的疤痕，先前此处还鼓出个硬邦邦的疙瘩，而此时已经是没有任何不适之感的一马平川，反而倒觉得有些不习惯了。

有时回味起谷满仓为她治疗时，手在她的背上忙不迭的那种温暖、有力、灵巧的感觉，还有他呼出来的热乎乎的气息，以及从他身上散发出的异样的好闻的气味，都会令她呼吸急促、脸红心跳好一阵子。那时候多盼着谷满仓给自己换药，因为只有那时候她才能和他近距离地接触，只有那时候他只面对她一个人。他的体贴他的细腻他的关切他的介意，都让她真切地感受到了，并且细细地收藏在心底。

他认真、从容、镇定、忙碌的神态，他不卑不亢、平易近人的做派，他知书达理、锐不可当的气度，让她觉得他充满了浓厚的男人风范和气韵。她所熟悉的唯一的男人就是他，他在她的眼里彪悍、威猛、严肃、谨慎，如同神明一般，对她来说他体现着男人所有的雄伟气概。在她眼里，他干的所有的事都是特别伟大、非同寻常的。她为他情窦初开了。但她又怕与他接近，她不明白，也无法解释这种矛盾的心理,她只希望自己的病不要好,他一直得给她治疗下去。

她好像处在苦闷的梦魇之中,既心存美好又担惊受怕地焦急等待着,她不想从梦里走出去,又不能不停歇地做着梦。她举步维艰,她进退两难,她不知所措。她难受极了,她从来没像现在这样难受过。有时候她独自一个人跑到旷野里,对着空旷无垠的黑夜暗自哭泣,嘴里轻轻地念叨着:“奶奶,我太喜欢他啦!他要是谷雨就好了!他为什么不是谷雨呢?可是谷雨又是谁呢?”这些绞尽脑汁的问题她永远都想不明白也不想想明白。

她多么希望自己变成一条鱼,无忧无虑地游弋在两条鱼的河里。她多么希望他就是其中的那条鱼呀!那条鱼难道不是他嘛?他原本就是那条鱼吧?她被自己的思绪彻底地扰乱了。

在她的梦中总会浮现他的身影,有时候他的面孔很清晰,然而当她仔细看他时,他却变得逐渐模糊起来。她拼命回忆他的形象、他的神态、他的声音、他的眼神、他的手,却怎么也捕捉不到、想不起来,她急得在梦里哭出了眼泪。他是她梦中绚丽的色彩,他是她梦中奔腾的血液。他是漫漫长夜中的灯盏和慰藉;他是黎明的初醒,是芳菲的欢乐,是百花飘散的馥郁;他是阳光,是希冀,是命运微笑的洋溢。他占据了她整个的世界。

她仿佛在一种她不知道也不敢知道的神秘的阴影中奔跑,这阴影紧紧包围着她,使她的心灵也沉浸其中。她就像在风中飞行的小鸟一样,不再思索,不再探求,只是紧闭双眼一个劲向前飞跑。

日子一长,这种奔跑的速度渐渐地减慢了。这种暗恋的光彩渐渐地褪色了。她也从梦中渐渐地清醒了过来。她已经知道自己是谁,他又是谁了。她让自己学会了隐忍、克制和遗忘。她觉得自己有足够的力量可以抵御私情和杂念,抵御强悍和陌生的男性阳刚。她把自己的这一份初恋情怀悄悄地埋藏在心底。她历经了一段痛苦的蜕变过程。

白天的时候,她一切都正常,一如既往、按部就班地做着自己。琐碎繁杂的小事占据着她的心,这些小事令她充实,令她安定。不管任何芝麻大的小事,她都会一心一意专注地对待,并从中感到满足和安慰。她总是让自己处于忙碌状态,她把自己的时间安排得满满当当的,没有一丁点的闲暇。她总是温顺驯服、心平气和、随遇而安,总是把自己放在事无巨细的家常琐事里。

然而一到夜晚,她会变成另外一个人,烦躁不安,痛苦难忍,她安慰着自己的心灵,可是她的心却在恐慌中畏缩着。她开始恐惧黑夜了,因为黑夜的寂静

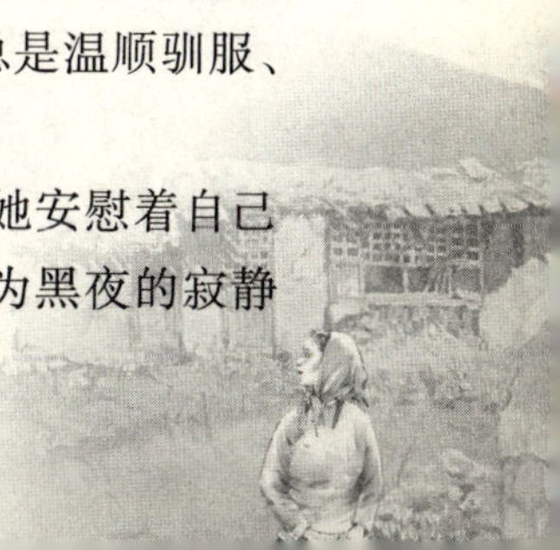

总在挑战她的灵魂。她不能忍受黑夜,就像她不能忍受去思慕他一样。他就是黑夜,他就是挑战,他就是恐惧。什么时候这令人恐惧的黑夜才能完全消失?她有种预感,她在以后的日子里都得如现在这样,疲惫、孤独地一步一步走下去。她意识到自己需要从黑夜中竖起一道屏蔽,隔开对灵魂的挑战。她感到了一种不安,一种为了解脱而痛苦等待的不安。

好在这份暗暗的恋情只发生在黑枣儿的心里,它的开始和结束都了无痕迹,他人对此一无所知,也没对他人造成任何影响,只是她自己内心一片荒芜而已。这种感觉就像她的少女发育期,她觉得自己还没长大就已经老了。人生中所萌发的最初的恋情竟然是这么一种形式这么一种结果,是她始料未及的,不是她希望的。这份天真的恋情竟然让她背负着如此无奈的沉重,她心里很不是滋味。她因此而没有了灵魂和依附。然而她还是承受住了这些重负。她发现人的适应能力和承受能力超乎想象中的强,很有挖掘的潜力。她发现生命中有很多奥秘和未知等待自己去发现、认识、探索。

平静就像是一场反常的镇定一样延续了好长一段时间,然而她却意识到了逐渐加重的不安情绪,以及内心深处那逐渐逼近的混乱。她企图回避谷家所有的人,在他们面前,她的心中萌生出一股强烈的惭愧感,她知道只有把自己交给束缚,交给安于现状,交给既定的现实生活,才能从愧疚心理中走出来,才能从暗恋的阴影里走出来。

25

两年过去了,谷家的日子还一如既往、相安无事地过着,只是人与人之间的关系比较微妙,大家都在竭力掩饰着什么,这让本来就不是那么和谐无间的家庭关系变得越来越神秘、压抑。只有谷雨无忧无虑、无拘无束地活着,他像雨后的春笋一样节节拔高,好像喝口凉水都能长个儿,13 岁的他已经与黑枣儿一般高了。

黑枣儿的家务活比先前少了一些,不用洗全家人的衣服了,他们身上的衣服穿了将近半年都不待换的,冷了加件衣服,热了减件衣服,简单得不能再简单了。由于旱情缺水,当下,除了努力设法充饥填肚子,其他一些生活细节,该忽略就忽略,该省略就省略了。

黑枣儿给谷雨娘拾掇完屋子,正要离开,被谷雨娘叫住。谷雨娘拍了拍炕,

让黑枣儿坐到炕上，然后把纺车架子上的线架在黑枣儿支起的两条胳膊上，婆媳俩一边缠线一边有一搭无一搭地闲聊着。不一会儿，谷雨娘的话题进入了正轨。

“谷雨这一两年长得多快，都赶上你啦！大手大脚的像个鸭子，去年刚给他做的鞋子，今年就挤脚挤得穿不进去了，脚板那个大呀！儿子大了，快养不起喽！”

黑枣儿坐在炕沿上，低头看了一眼自己穿的鞋子，鞋面也被大拇指捅破。她暗自思忖该把奶奶做的鞋子换上一双的。

谷雨娘接着又说：“你也不小了，是不是该跟谷雨圆房了？”

“……娘，我不是一直跟谷雨在一起呢嘛！”

“你们那还叫在一起？光在一个炕上睡觉还不够，你比谷雨大，你这个当姐的应当主动点儿！”

“娘——，我不知道，我不知道咋才叫圆房？娘，我，我害怕，我真的很害怕……”

“有什么可害怕的？你都给谷雨做了好几年的媳妇了，圆房这样的事还用我教你吗？你都多大了！”

黑枣儿吓得再也不敢说什么了，低着头，看着自己的脚尖。

谷雨娘一看黑枣儿不搭茬，越发心里头不高兴了，她认为黑枣儿故意假装不懂从而达到推脱的目的。她生气地说：

“谷雨肯定是不懂得了，你应该懂啊！你都来了例假，咋会不知道圆房是咋回事呢？”

“娘，娘咋知道我来那个啦？”黑枣儿一脸的惊讶，磕磕巴巴地问谷雨娘。

“我啥不知道！我是过来人。看你裤子后面鼓鼓囊囊的样子，我能不知道嘛！枣儿，你看人家村头老高家的小儿媳，15 岁就给高家生了个大胖小子，你都 16 岁了还不知道咋样圆房，让我说你啥好呢？咳，谁让我命苦哪！咋就摊上这么个不管不顾的儿媳妇？”

谷雨娘看到黑枣儿头低得越来越低，眼泪珠子扑簌扑簌地掉在腿上，这才有所缓和地结束了圆房的话题。

“枣儿啊，赶紧圆房吧，娘还等着抱孙子呢！”

谷满仓从外面回来，看到仓房的柴火堆上躺着一个人，借着些微的月光，他看到黑枣儿蜷缩在那里，他心里一沉，走过去把她扶了起来。

“这么晚了,咋不回房睡觉呢?跟谷雨闹别扭了?”

黑枣儿低着头不说话。

“你跟爹说是不是谷雨那小子欺负你啦,爹收拾他去!”谷满仓把粘在黑枣儿头发上的小草棍儿一一摘了下来。

“没有啦,爹。”黑枣儿两年以来还是头一次单独跟谷满仓在一起,她觉得很紧张很不自在很难为情,一直低着头。她又从他身上闻到一股说不上来的气味,这久违的好闻的气息,让她紧裹的心扉不知不觉地慢慢打开了。当她感到迷惘无助、孤独、需要攀附于什么强大而温暖的东西时,她就会下意识地想把自己那瘦小的身体掩藏在谷满仓强壮宽阔的身体里。

“那你这么晚在仓房里干啥?快回屋去,别着凉了!”谷满仓关切地看着她,并且拍了拍她的肩膀。

“赶紧回屋去,别傻待着了!”

“我,我,我不敢……”黑枣儿嗫嚅着。

他双手一下子抓住她瘦弱的双臂,焦急地询问:

“枣儿,到底发生啥事情了?你告诉爹,有爹在,你什么都不用怕,啊!”

“……娘,娘让我赶紧跟谷雨圆房,可我不知道圆房是咋回事,我不敢问人,我怕,我怕……我以为好好干活,把弟弟照顾好就行了。……娘很生气,让我主动,我不知道该咋办,我真的不知道该咋办。我好害怕呀,爹!”黑枣儿“嘤嘤”地抽泣起来。

“唉——”

谷满仓深深地叹了口气。他最担心的事情终于发生了,他怎么也没想到事隔两年,谷雨娘仍然耿耿于怀,念念不忘,仍然拿圆房这事做文章,拿不谙世事的黑枣儿开刀,这不是在往死里逼他嘛?他要怎么做才能了却她的疑心重重?他要怎么做才能让这个家太平无事?他要怎么做,她才能不再找黑枣儿的麻烦?太让他作难了。黑枣儿是无辜的,把这么一个未成年的丫头扯进他们夫妻之间的是非恩怨里,对她是不公平、不人道的。至于谷雨他们小夫妻之间的事,时候到了,自然会水到渠成的。她又何必这么大动干戈呢?女人的心实在令人看不懂,猜不透,实在无法对付!他无比悲哀地摇了摇头。

黑枣儿看谷满仓好半天没说话,她抬起头来,她看到阴郁、落寞、伤神、悲怆的一张脸,她从来没见过谷满仓如此这般模样,她害怕了,不由得退后了两步,木头杆子一般杵在地上一动都不敢动。

谷满仓好不容易转过神来,他的脸变得和蔼温存了,他的眼睛璀璨晶莹得亮。

“枣儿还跟从前一样，照顾好谷雨和这个家就行了，别怕！有爹在，谁都不敢把你咋样。”

“嗯。我知道了。”黑枣儿沐浴在谷满仓的目光里，心里温暖踏实了许多。

“只是请爹别去问娘，娘会不高兴的，会生我气的。”

谷满仓心事重重地点了点头。

26

谷家庄一带连续三年旱灾，今年尤其旱得厉害。家里越来越没得吃了，这让掌勺的黑枣儿在即将无米之炊的困境中，既要对仓房仅存的一些粮食和菜窖里仅存的一些过冬的菜蔬心里有数，而且还要有计划地搭配着使用，不能一下子都填饱了肚子，有了上顿没下顿，所以她不得不借鉴或创造性地为家人做着一些不曾吃过的食物。从一天三顿饭改为两顿，从晚睡早起改为早睡晚起，就是为了能够省一顿饭，她想方设法安排着全家的饮食。

这一年，村里村外、房前房后到处长满扫帚苗子，它是一种野草，其实它长得一点也不像那些到处蔓延的野草。扫帚苗子是可以长得像一棵小树那样的野草，它的叶子常常在饥荒年景被村民大量采食。把扫帚苗子的叶子采摘下来，拌上面粉，在锅里蒸熟，是可以救饥荒的，谷家庄的村民大都得益于这种野草。据说愈是荒年，这种野草长得愈疯，好像是上帝派下来解救饥民的。

大自然中可以利用可以充饥的无不被村民们绞尽脑汁地想出来、挖掘出来，树皮也可以充饥，用刀把树皮从树上剥离下来，虽然难以下咽，但终归能把他们的辘辘饥肠暂时填平。还有一些树叶、野果子，有时候吃下去会中毒，村民中总是有老人、男人捷足先登，率先尝试，用自己的肚子为大家做实验，所以基本上能吃的不能吃的，村民们大都心里有数，而且一传十，十传百。在荒滩野岭上，从早到晚到处是村民采摘能够用以充饥的野生作物的身影，他们彼此相互介绍、交换生存经验，如何能够更经济实惠地合理搭配这些肚子的填充物的制作方法。

荒年，人们的肚子都填不饱，来看病的人几乎没了。谷家的日子与村里别的人家也就趋于一致了，甚至由于人口少人手少使得家里的日子比别家还略差一筹。谷满仓把一些中草药拿出来作为家里糊口的食材，很快就吃完了，他又领上村里的壮汉们上山采集去了。谷雨个子猛蹿，人也变样了，像豆芽菜似的

走起路来一颤一颤的,天天嚷饿。愁得谷雨娘一个劲儿地说:

“雨啊,少走动就不饿了。”

“不,我得跟姐一起挖野菜去!”

家里少一个人,就能省一个人的口粮。正在长身体的谷雨就能多吃一点,不被饥饿围困得太久,不再饿字不离口。村里越来越多的人成群结队去口外谋求生计,寻求出路。总不能坐在家里等死!总不能傻等着天上掉馅饼!

圆房是怎么一回事,终于让黑枣儿知道了。她不能再见到谷雨娘,每每看见她,就让她觉得恶心、讨厌。她也无法再面对谷雨爹,她真是无地自容了,女性的两大隐秘之事,都由于自己的年幼无知,而捅在他的面前,给他造成不必要的不堪和尴尬,男女毕竟有别。她的那份热爱之心还没死。她跟谷雨再怎么也是姐弟的情分。她很快就知道自己该做什么该怎么做了。从某种意义上来说,她就像是河底的一块浑然天成的鹅卵石,不管身体表面经历了怎样的风蚀和雨凿,但她的美丽不可侵犯,不可更改,她的灵魂依旧纹丝不动,完好无损,虽然充满了痛苦,但是永远是自己的。是自己的,就够了。

趁谷雨睡熟,黑枣儿开始悄悄地整理行装。她把奶奶给她做的衣服鞋子都包在一个包裹里,牢牢地打了个结,并留出能往身上挎的背带。白天,做饭时,她多烙了一些野菜贴饼子,有意在锅里烙得干干的,这样,便于储存,随即把它们藏了起来。

她把能穿在身上的衣服尽量穿在身上,把一双新鞋换上,把早早就藏好的谷雨的一顶帽子找出来,戴在头上,把两根小辫子掖进帽子里;然后,她把那包野菜饼子塞到包裹里,把包袱皮背在身上;最后她把那只雕龙的玉镯从自己脖子上拿下来,用剩下的那根红头绳把玉镯穿起来,两头对齐系死,放在自己的枕头下面。有条不紊、从容不迫地做完这一切之后,她转过身来朝着在炕上酣睡的谷雨伏下身,用手轻轻摸了摸谷雨的脸,随即毅然决然地走出谷家的大门。

她一个人要趁黑先走到县城的城墙下,在那里,等着第二天上午大部队的汇合。她无论如何也没想到,在离她很远的距离,一直有个小黑点不紧不慢地跟着她。

第七章

27

谷满仓一大早就起来了，他想起黑枣儿的关于早睡晚起能省一顿饭的理论，不由得忍俊不禁，他还记得她说这话时的严肃认真且煞有介事的神态，俨然一个称职敬业的管家。全家人都积极地响应着这一号召，只有他今天违规了，他把脚步放慢放轻，他担心他的脚步声会吵醒两个还在睡觉的孩子。

旱灾何时是个头啊？村里又有一位老人饿死了，日子贫困交加，村民只能求助谷满仓在荒郊野岭选个地界，挖个坑，直接把尸体埋了，没有棺材，没有仪式，一切从简。这些日子新坟不断地矗立在谷家庄的地界上，形成蔚为壮观的一大景观，令人触目惊心，不寒而栗。村里的青壮年男人和个别女人陆陆续续地结伙搭伴去口外谋生，谷满仓只能望洋兴叹了，家里病的病，小的小，都离不开他，所以他是不能离开的，他得守住家，守住他的家人。能想的办法都想了，野菜野果树皮树叶也总有采尽吃尽的一天，这么干等着挨饿实在不是个法子呀！谷满仓陷入了深深的沉思之中。

快晌午了，还不见黑枣儿和谷雨的动静，谷雨娘又在不高兴地嘀咕了：

“把老的放在一边不管，只顾自己睡。噢，早睡晚起闹了半天是为了自己图清闲，好一个冠冕堂皇的说辞啊！”

谷满仓在窗外咳嗽了一声，以示阻止和抗议。

他走向西厢房。

敲门半天没动静，透过贴窗花的窗玻璃看去，屋里根本没人，他马上推门进去。炕上一半整洁有序，一半却杂乱无章。他仔细打量着，红缎子棉被叠好靠墙放着，枕头平平整整放在旁边；绿缎子棉被和一只枕头则歪七扭八地堆着。小子丫头就是不一样，丫头从小就有很强的自理能力，麻利、整洁，小子多会儿都是粗枝大叶，得被人照顾着。这俩孩子难道早就起来捋榆钱去了？再不就是摘野菜野果去了？除了这些还能干啥？他边思量边走出屋子。

他又进了厨房，掀开锅盖，看到有一摞野菜贴饼在锅里放着，用手一摸，是凉的，他想起昨个就吃的这玩意儿。他走出厨房，仰起脖子冲屋里的谷雨娘喊道："谷雨他俩早就出去了，可能捋榆钱去了，快回来了，等着吧！"然后，在院子里来回踱着步。

中午了，还不见谷雨和黑枣儿的人影，谷满仓慌了，大步流星地赶到村头、荒地、树林，只见寥寥几人在剥树皮、摘树叶，他跑过去问人家："劳驾，看到我家谷雨他们没？"问遍的结果都是"没见"。

谷满仓满头大汗地急速跑回府内，径直走进谷雨的房间。他把炕上的东西翻了个遍，发现躺柜里黑枣儿的衣服都不见了，那只靠墙的枕头下有一只用红绳子穿起来的雕龙的玉质手镯。这个红绳子他仿佛在哪儿见过，他闭上眼睛思忖了一会儿，他想起黑枣儿脖子上曾经挂着个红绳子。他拎起红绳穿的玉镯，看绳子的长短正好能带在脖子上。他退后几步坐在木椅上，他基本上分析判断出，这俩娃已经离家出走了，是往口外走的，而且是昨天夜里走的。

黑枣儿出走是有准备的，她带走了自己的所有衣物，谷雨是随后跟上去的，目前谷满仓还无法判断谷雨带没带衣物。那么他们是随着村民们一起走的，谷满仓几天前就听说村里又要走一批人，那些人的家里都在为出远门的人做着行前的准备工作。如果黑枣儿谷雨跟着大伙一起走，他多少能放些心，只是路途遥远，跋涉艰辛，两个小孩子如何吃得消，挺得住？但木已成舟，他瞎着急也无济于事了，好在姐弟俩结伴能互相有个照应且不孤单，他也能聊以慰藉了。还有，谷雨娘一直敌视黑枣儿，他也实在想不出更好的办法来打消谷雨娘的怀疑和敌意。他每天都在担心着谷雨娘又会出什么幺蛾子，黑枣儿又要受什么委屈，担惊受怕的日子把他折磨得够呛，她俩分开未必不是件好事。再者，外出闯荡总比坐在家里挨饿等死强，虽然有危险有风险，但人生不就是这样曲曲折折、坎坎坷坷，哪有那么一帆风顺的！路，总得自己走，爹娘老子永远替代不得。谷雨小了些，但是小子，个头快高出黑枣儿了，看他平时的为人处世和待人接物，也算上是早熟懂事的小男子汉，一路上黑枣儿会倾力搭照他的，即便他什么衣

物也没拿，黑枣儿的衣服、鞋子也够他俩穿的；黑枣儿虽然是丫头，但有主意，生活能力强，泼辣能干，遇事不慌，心细胆大，所以也没什么可担心的。谁让他们遇上这样的天灾，人，总得活命啊！

谷满仓分析判断的过程，也是对自己的一种劝慰和安抚。毕竟是自家的孩子，老话说得好，儿行千里母担忧。看着谷雨和黑枣儿曾经睡过的炕，和他们的这个卧房，他实在不敢相信两个孩子已离他远去。这个雕龙玉镯是黑枣儿留下来的，大概是想留给谷雨做纪念的吧，也算是不枉一场夫妻缘分，这丫头重情义，是个有心人。虽然雕龙玉镯没被谷雨发现，但是谷雨陪在黑枣儿身边，是更好的一种情缘的诠释。

谷满仓想起黑枣儿，内心充满了一种说不出的滋味。对黑枣儿的情感竟然害了她，真是对她不起。他虽然及早地抑制住发展的苗头，但情感这东西却不是能控制与掩饰的，它是写在脸上的，不是说让它消失它就能消失的，它附着在他的血脉里了，虽然隐藏起来了，不为人知，不被自己察觉，但它依然存在着，活着。谷满仓才发现，这份被自己压抑、限制的情感，经过岁月的磨蚀仍然历久弥新。这是一份不该有的情感，然而却在他心里有着。那就把它转化成父爱、大爱吧，他相信时间和距离会成就这份感情的，就让这份父爱保佑他的谷雨和黑枣儿一路平安，一生平安。

很快谷满仓想到的是，怎样把俩孩子出走的事实告诉谷雨娘，她能否接受这突如其来的变故和打击。

夫妻信任危机，灾情一年重于一年，一双儿女离家出走，事情一个接着一个不断地发生着，他都有点儿应接不暇了。

也许这就是生活，这就是生活的本来面目。

他手里攥着雕龙玉镯，步履沉重地朝谷雨娘的卧房走去。

谷满仓盘腿坐在谷雨娘的对面，他把手里的雕龙玉镯递在她的手上："谷雨他娘，你听我说，谷雨他们已经走了。"

谷雨娘看了看手里的雕龙玉镯，抬头问丈夫：

"你说啥，他们走了，他们去哪儿啦？"

"往口外去了。随村里人一起走的，是安全的，别担心，到外面总比在家里挨饿强！都长大了，出去锻炼锻炼，兴许还能闯出一条路来。"

"啥？谷雨他俩离家出走了？为啥？这是啥时候的事？你确定吗？那你还愣在这儿干啥，赶紧找去呀！"

谷雨娘看到谷雨爹沉着个脸，一会儿点头，一会儿摇头。她一下子怒不可遏：“肯定是枣儿那臭丫头挑唆的，她一人走就算了，为啥把我儿子也勾引走，这个狐狸精，把家里搅和得一塌糊涂还嫌不够，还带走了谷雨，这个遭雷劈的小妖精，对她千刀万剐都不解恨！这个……”

谷满仓打断了谷雨娘的愤怒。

“你别把人都想歪了，枣儿是有准备走的，咱儿子是偷偷跟去的，兴许枣儿现在还不知道谷雨跟在她后面呢！不信我带你到他们的房间看看，你就会啥都明白的。”

谷满仓把谷雨娘抱到谷雨的房间，谷雨娘看到炕上的阵势，心里多少有些明白了，她把脸贴在绿缎子被窝上，痴迷地闻了又闻。

“这是我儿子的被子，你闻上面都是我儿子的味儿呢！这个狠心的小子，娶了媳妇就忘了娘，抛下我们去追那个狐狸精，这个白眼狼，真是儿大不由娘啊！”

“你别左一个狐狸精又一个小妖精的，这么难听的话不应该从你嘴里说出来！你咋变成这样了？跟村里那些碎嘴婆娘有啥两样！我都替你脸红！行啦，你先看看谷雨拿走啥没？他总该拿件御寒的衣服呀！这小子平时不缺心眼儿的。”

谷雨娘打开躺柜，发现黑枣儿的那包衣服不见了，谷雨短了个棉袄和棉裤，她往地下瞅了瞅，谷雨的一双漏脚趾头的旧鞋还在，那就是说，他把她新做的鞋穿走了。

谷雨娘一下子瘫坐在炕上，这才意识到儿子真走了。

“他才 13 岁，他才 13 岁呀！他咋能走那么远的路呢？他从来没出过门呀，这可咋办呢？他爹，你赶紧把儿子追回来呀！”

“昨晚就走了，到哪儿追去？那雕龙镯子是从枕头底下翻出来的，是枣儿留给谷雨的，你收好了。”

谷雨娘仔细端详着手镯：“是枣儿那丫头的，我见过，黑奶奶在的时候带过，是一对，这只是雕龙的，那只雕凤的肯定带在枣儿身上。她一直带在脖子上的，我说过她，手镯应该戴在手腕上。对了，一对儿玉镯都让她戴在了脖子上！有时会听到两只镯子撞击时清脆悦耳的声响，我问过她，她也让我看过。这丫头咋这么各色呢？只有她才会想到把镯子穿根绳挂在脖子上！”

谷雨娘看到丈夫低着头若有所思的样子，又说：

“咱儿子他真走了吗？不会是去送枣儿的吧，兴许晚上就回来啦？他怎么舍得离开娘呢？他从来都没离开过家呀！他还那么小……”

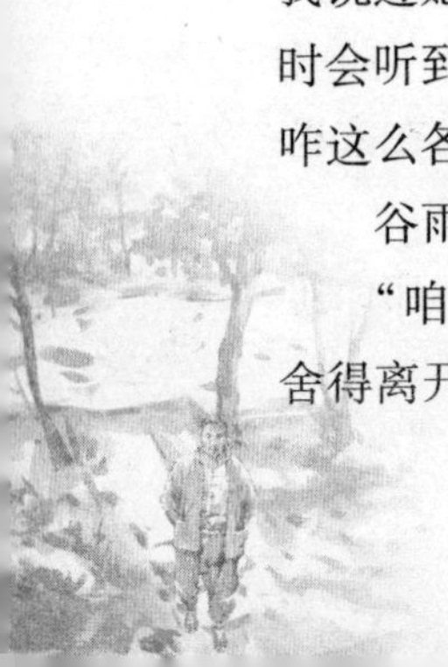

谷满仓一把抱住了谷雨娘：

“两个孩子从小一起长大，谁也离不开谁，姐弟的感情深着呢！他们互相有个照应，我们也能放心了。遇到这样的灾害，到口外谋生，是咱乡野人家唯一的出路。你看村民们，哪家不是留下了老弱病残，能走的都出去寻生路去了。听说口外地多人少，不是有首北朝乐府民歌是这么唱的嘛——敕勒川，阴山下，天似穹庐，笼盖田野。天苍苍，野茫茫，风吹草低见牛羊。咱们养孩子不就是希望他们日子过得比咱们好，比咱们有出息嘛？孩子们去了那边，是有发展的，说不定过两年就回来看咱们呢，你就等着享你宝贝儿子的福吧！”

谷雨娘瘫软在谷雨爹的怀里，呜呜地哭得一塌糊涂：

“他们要是有个三长两短的，叫我可咋活呀！我就这么一个儿子，就这么一个儿子！我想我儿子，我想我儿子呀……”

28

骄阳似火，如洗的路面上仿佛着火了似的红瓦瓦、颤巍巍的一片，空气仿佛也燃烧了似的。

只见谷雨从远处跑来，光着脚板，衣衫褴褛，蓬头垢面，不停地跑啊跑……火苗已经匍匐在他的脚面上了，渐渐，脚板被燃着了，向上延至小腿，肌肉也燃着了，不一会儿的工夫，脚上和小腿上的肌肉全被烧掉，白花花的骨头露了出来……他好像不知道疼，腿上像长了弹簧，着魔了似的一直向前奔跑着。谷雨娘意识到谷雨是朝着她的方向跑来，嘴里还不停地“娘、娘”叫着。她不住地瞅着他，她的心已经疼死了。她冲他喊：雨，别跑啦！小心火把腿都烧掉，快从路上躲开呀！……都烤焦了，疼啊，雨，别跑啦！躲开！疼！等着娘去抱你……她张嘴大喊着，谷雨却好像什么也没听到，还是一个劲地跑着，跑着。她发现自己光张着嘴巴，却怎么都发不出声音来，而且身体一点儿都动弹不得，好像被魔法固定住了。她急得不知该怎么办才好，只有眼睁睁地瞅着谷雨悲惨地挣扎在火烧火燎的路面上，他的脚已经不是脚了，腿也不是腿了，他还在没命地跑啊跑，但就是跑不到她的跟前……她被眼前这惨痛的一幕折磨得死去活来，她的身体好像也被烤焦了，她好像也不是她自己了。

谷雨娘被自己凄惨的哭声惊醒，她从梦魇中走了出来。

谷雨娘呆呆地直视着前方，脑海里回味着刚才的梦境，浑身被汗水湿透且疼痛难忍，她失声痛哭起来，一边哭一边凄凉地叫着“谷雨，谷雨”，泪水顺着脸颓淌流，宛若汹涌的潮水。好半天她才从可怕的噩梦中真正清醒了过来。她告诉自己，刚才是在做梦，梦是不真实的，而且梦是反的，跟现实背道而驰，要不人们常说“反梦、反梦”呢，也就是说，这个梦在告诉自己，谷雨一路平安而且顺利抵达目的地。她又破涕为笑了。

谷雨和黑枣儿出走已经一年多了。在这一年多的光景里，谷雨娘几乎天天都是从梦魇中惊醒，天天以泪洗面，她的眼睛都快哭瞎了，视力模糊，远处的东西一概看不清了，眼神也失去了往日的光泽。精神状态也是好一天坏一天的，反复无常。

偌大的谷府没有了谷雨、黑枣儿云雀般的身影和布谷鸟似的叫嚷声，越发显得颓败、寂寥、空旷，黑黢黢、阴森森得着实令人退避、畏惧。平时大部分时间，谷满仓不是挖野菜、剥树皮，就是为村民看风水选坟地或者救治急症病人。只有谷雨娘一人守着谷府，棉花越来越少，纺的线也越来越少，她更多的时间不得不去遐思。

虽然黑枣儿远走他乡，免去了她的猜疑之苦，但却徒生出她的另一种不良心绪，她固执地认为是黑枣儿的存在，才使得她的家庭四分五裂，名存实亡。她哀叹自己命苦，一生中除了在父母身边，过着衣来伸手、饭来张口的无忧无虑的大小姐生活之外，其他时间她都像个受难的苦行僧一样在这个世界上苟延残喘地活着。赖以支撑她努力活着的唯一的精神支柱——儿子，现在也离她远去。口外那么远，这辈子猴年马月能见上一面，都还是个未知数，她就在这一天天的思念和怨恨中消耗着生命。黑枣儿把她的精神支柱连根拔走，这不是不让她活命嘛？不能锦上添花，反而雪上加霜。把这个家祸害完了，拍屁股一走了之，多么阴险歹毒啊！黑枣儿是她的克星，是她命中注定的小人，人虽然走了，阴魂却不散。她越想越生气，甚至到了愤怒的地步。自己的家绝对不能留有黑枣儿的一丝一毫！她浑身哆嗦着把黑枣儿的龙雕玉镯找出来，用力掰却怎么也掰不断，反而把自己的手弄得生疼，她一气之下把它扔到窗外。

她听到黑枣儿咯咯的笑声，得意的，充满嘲讽的笑声！

“狐狸精，你给我出来！”

她冲着黑漆漆的屋子喊着。这才发现天已经黑了下来，她颤巍巍地从小炕桌上摸到火柴，“咔嚓”一声擦亮了，用手拢着火苗，点燃油灯，然后她从炕桌上拿起泛起亮光的油灯，朝前照着。

“小妖精，你给我出来！你以为你藏起来，老娘就找不到你嘛？你躲了皇上躲不了庙！你给我出来，看老娘怎么剥你的皮抽你的筋！”她冲着前面大喊着，

身体也跟着往前挪动，但她忘了自己的腿不能动弹，上身就着惯性一下扑倒在炕上，手里的油灯也滑落在炕上。顿时，褥单烧着了，棉被烧着了，棉花烧着了，棉线烧着了，纺车烧着了，炕桌烧着了，瞬间，她被淹没在火海当中，只听她还在叫喊：

“狐狸精，我看到你啦，看你还往哪儿躲！哈哈哈哈……”她怪诞瘆人的叫声被剧烈的火苗吞噬了。

29

谷满仓正在村东头的牛板凳家，帮板凳为刚咽气的牛老爹穿衣服，他已经在板凳家忙乎了大半天。先是被请去为生命垂危的板凳他爹诊治抢救，但因无回天之力，最终还是没能拉住老人上西天的手。

村中央熊熊燃烧的火光和呛人的浓烟，以及人们嘈杂的叫喊声，把悲痛欲绝的牛家所有的人吸引到了屋外，谷满仓见状夺门而出。

板凳惊慌失措地喊了句：“不好！好像是谷先生家的位置！”也跟着往外跑，刚跑了几步，他又折回来，一下跑到伙房水缸跟前，板凳媳妇马上跟了过去：

“就剩下半缸全家人活命的水了……”

“嗵”只见板凳他娘把两只水桶放在地上，一边用瓢迅速地从水缸往桶里舀水，一边厉声说道：

“全村谁家有难，谷先生都帮！谷先生家有难，全村人一个都不兴落下，都去救火、救人！板凳，你赶紧把这两桶水提去！板凳媳妇，你把家里的棉被拿过去！耽误不得！娘陪着你爹，你们快去！”

看着儿子、儿媳忙乱的背影，板凳他娘自言自语道：

“谷雨他娘腿不好使，别有啥危险哪！唉，真是天灾人祸都赶在一起啦！老天爷呀，还让庄户人家活不？”

谷满仓飞也似的冲到家门口，看到火势是从东厢房也就是谷雨娘的卧房开始的，烈焰浓浓，火势凶猛，还伴有“霹雳咔嚓”房梁残断坍塌的剧烈声响，他大吼着：“天亮！天亮！别怕，我来了！忍一忍啊，我马上救你出来！”他飞速跑进西厢房，把一床棉被披在头上，箭一般冲进火海，火舌肆无忌惮、张牙舞爪地吞噬着他，他紧憋着气，不顾一切地摸到炕上，伸手再往前摸时，“咔嚓”一声，被又烧断的一根房梁砸住，他即刻昏倒在地。

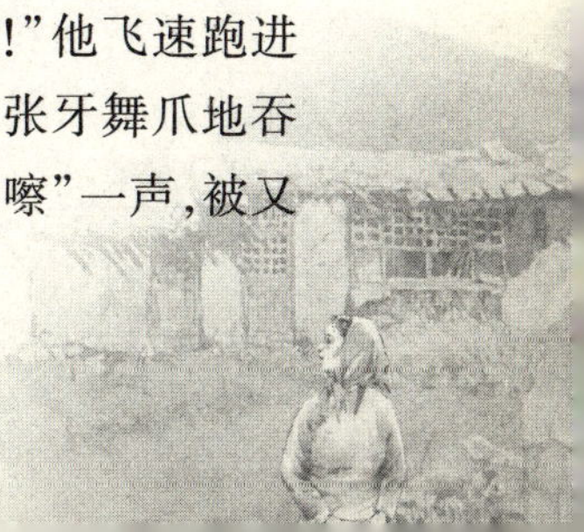

紧随其后的板凳也披着个湿被子冲进火海，他把谷满仓拖出火海，待他再要冲进火海时，只听“呼嗵”一声巨响，房顶全部坍塌下来，他被背后的人狠命往后拽着，才免遭一劫。

全村留守在家的村民都出来救火了，可是水源有限，人力有限，最终谷府葬于火海。

天亮时，谷满仓苏醒了，他挣扎着爬起来，跪在地上痛心疾首地看着谷府的残垣断壁。村民们都围在他身边，女人和孩子们忍不住地失声恸哭，男人们则唏嘘长叹。板凳跟谷满仓详细汇报了当晚的情形，他木然地听着。

这时，板凳他娘走了过来，她也跪在地上，先在自己的袖子上吐了口唾沫，为谷满仓细细地擦拭熏黑烧伤的一塌糊涂的脸，又用手把他烧焦的冲天怒发慢慢地撸平撸展，之后缓缓地从怀里掏出什么东西，轻轻放到他的手上。谷满仓低头一看，是一直别在谷雨娘发髻上的翡翠簪子和那只雕龙玉镯。谷满仓什么都明白了，谷府唯一幸免于难的就是这两样东西了，他把它们紧紧攥在手里，两行清泪不住地蜿蜒在他黑不溜秋的脸上。

30

三天后，两座新坟又兀立在谷家庄的荒郊野地上，一座埋着牛板凳他爹，一座埋着谷雨娘的不成形的尸骨。谷满仓在此与村民们告别，他双手抱拳无言以对，村民们也双手抱拳无言以对。

板凳把放在他家的小药箱递给谷满仓，谷满仓打开一看，里面的东西完好无损——一个装有祖传药方的镶有镂花玉片的紫檀盒子，一把弯月形的铮铮发亮的小刀，两本线装古书《本草纲目》和《黄帝内经》，以及一沓子叠成正方形的桑皮纸。他还发现，这个小药箱的箱盖儿上，被板凳安装了个木头扶手，和从门上卸下来的一个门闩子，门闩子上还挂了把小铜锁。扶手用布条子缠着，以防硌手。他把翡翠簪子和雕龙玉镯小心翼翼地放进小药箱，别住箱闩，用铜锁锁住。随后，抓住扶手，试拎了一下小木箱，他惬意地拍了拍板凳的肩膀。

谷满仓转过身来，跪下，面朝谷家庄和谷家庄的山川草木磕了一个响头。他在心里默默地说，是谷家庄的水土滋养了满仓，满仓不管走到哪里，都不会忘记谷家庄的一草一木！

谷满仓来到母亲的坟地，他匍匐在坟前，一字一句地说：

“娘，不孝之子戴罪跟您老人家辞别。娘，儿子向您发誓，过不了几年，儿子、孙子会回来看您的，会还您一座新的谷府！”他五体投地了好一阵子后，被板凳和刘六六搀扶了起来。

谷满仓环顾了一遍村民们，语重心长地说：

“遇事，大家伙要勤商量，相互帮衬，这老话说得好，三个臭皮匠抵得过一个诸葛亮！大家伙一定要挺住，外出的人很快就会回来，日子也会很快好起来的！大家伙各忙各的去吧，满仓在这里跟诸位乡亲道别了！”

板凳他娘扭着小脚，走到谷满仓面前，递给他一个布包：

“干粮是大伙凑的。两双鞋和棉袄棉裤是几个媳妇连夜赶出来的。谷先生，你放心，你娘和你媳妇的坟头不会荒的！这以后啊，乡亲们每年清明都会替先生扫墓的。先生，牛板凳和刘六六这俩后生娃就交给你啦！你们放心地去吧！”

谷满仓一行三人踏上了走口外之路。

第八章

31

归化城，是一座有三四百年历史的塞外名城。北枕巍峨起伏的阴山山脉大青山，可通北部丰美的草原；南临波涛滚滚的黄河水，与鄂尔多斯高原隔河相望；东依连绵起伏的蛮汗山，可谓京西锁钥；西连河套平原，为西进甘宁之门户。当地的蒙古族人给她起了一个美丽的名字，叫“库库和屯”，后演变为“呼和浩特”，汉文译为“青色的城”。

一年前黑枣儿和谷雨历尽千辛万苦，来到口外归化城，他们投奔了黑枣儿的舅舅南向前。

南向前做着小本生意，在归化城大南街开了一家杂货铺，铺面不算大，但货物挺多，应有尽有。日用小百货的经营，虽然利润不大，但架不住附近住户密集，客源不成问题，加上南向前老实厚道，本着赔本赚吆喝与和气生财的宗旨做买卖，从不坑蒙拐骗、以次充好或滥竽充数，南向前在街坊邻居中很有人缘，人们也捧他的场，有的甚至多走两步地或绕道去南记杂货铺买东西，图的就是个放心和开心。因而“南记杂货铺”在大南街一带小有名气，生意一直比较稳定、兴隆。

南向前有一大家子人，四个儿女，分别叫南、北、西、东，老大、老二、老三是姑娘，老四是小子。南小南和南小北差一岁，一个 16 岁一个 15 岁，在念中学；南小西和南小东是龙凤胎，都 13 岁了，在念小学。

能够接纳外甥女和她带来的一个半大小子，南向前也是勉为其难。他出于

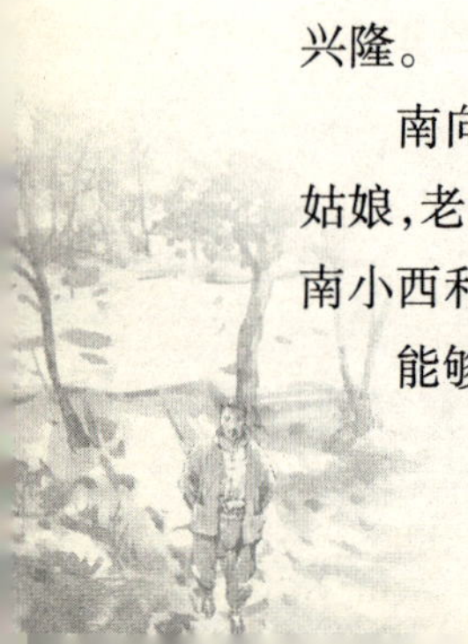

两方面的考虑:第一,外甥女从老家千里迢迢来到归化城投奔自己,没有不接受的道理,自己再难,也要让黑枣儿在自己的家里有安身之处;第二,自己的店铺规模将逐步往大了扩展已经势在必行,急需招聘一两个靠得住的伙计。用外人怎么也不如用自己人放心、靠得住,何况第一眼就看对了谷雨,南向前认定了谷雨是块料,是做生意的好苗子。

于是,黑枣儿和谷雨被南向前留了下来。黑枣儿帮着舅妈买菜做饭洗衣服做家务,接送表弟表妹上下学,而谷雨则在南记杂货铺学徒当小伙计。

32

谷雨在南记杂货铺从学徒做起,每天起早贪黑,趁店铺开门前或打烊后,在掌柜南向前手把手地传授指点下,从认识货物开始学起,不仅要熟知货物的名称、用途、基本性能和价格,而且要熟记货物所放的位置,以及食物类货物的食用期限。在很短的时间内,谷雨认识并记住了店铺的所有货品及其价格。他大致把货品分为两大类——使用类和食用类。使用类的货品:小到针头线脑,大到锅碗瓢勺;食用类的货品,干果类是一部分,油盐酱醋茶叶调料是一部分。雪花膏、香皂等严禁与食用类货品放在一起,茶叶和调料不能混放,容易串味污染等等。一直到学习打算盘、记账、点货、进货、站柜台、接待客人等有个循序渐进的过程。有了从小念私塾的底子,谷雨学起珠算和记账也是驾轻就熟。南向前耐心教,谷雨虚心学。很快谷雨就掌握住其中的诀窍和要领,算盘打得噼里啪啦响,用毛笔记得账既整齐美观又容易辨认核对。南向前言传身教,以身作则,谷雨言听计从,边学习边实践。不久,谷雨又把怎样与商贩和顾客打交道,怎样接人待物,怎样识别货物的真伪好坏,怎样分辨货物的新鲜还是变质等这些更加具体的行业知识学以致用。

谷雨的聪明好学和感觉好、悟性好的特质,让南向前看在眼里喜在心上。爷俩也是愈处愈投缘,愈处愈默契。南向前走到哪里都要带上谷雨,甚至吃饭应酬,聊天会友,想让谷雨尽早融入他的生意圈中。谷雨也是每次与南向前外出从不懈怠,察言观色,细心留意每个人的言谈举止和做派,并从中学到或者悟出些什么。谷雨的进步出乎意料得快,令南向前刮目相看,也让他为自己当初的慧眼识珠的伯乐行为而自鸣得意。

得到掌柜的赏识和重用,谷雨的自信心和责任心更足了,谷雨把全部精力都放在南记杂货铺上,他觉得只有拼命地干活,自己和黑枣儿才能在南家待得

住，才能不再提心吊胆地过活，才能不被南妻给脸子或者指桑骂槐或者阴阳怪气地数落什么。寄人篱下的日子真是不好过啊，但是为了他的枣儿姐，他宁愿自己低头受委屈，宁愿自己向现实让步妥协，否则又能怎样，生存是第一位的，只要他和黑枣儿能够有一立足之地，只要他和黑枣儿在一起，他甘愿自己受苦受累，他觉得自己有义务有责任陪伴和照顾枣儿姐，同甘苦、共患难，同生死、共命运。

黑枣儿当年在逃荒的路上发现谷雨紧随身后，任凭黑枣儿怎么劝说，怎么胁迫，谷雨都不回去，黑枣儿一看一半的路程都走了，即便谷雨真的回去，这前不着村后不着店，又兵荒马乱的，自己又怎能放心，还不得陪他一起返程。那不就等于前功尽弃了，索性一起往前走吧，这年头寻找活路才是最重要的！一路上，黑枣儿的整个家当——那一大包的衣服和鞋子派上用场，够他俩抵挡下去。

黑枣儿说："有些话必须说在头里，一直以来，我黑枣儿都是你谷雨的姐姐，从今往后依然是你的姐姐，既然都从家里偷跑了出来，你我这层姐弟缘分是扯不断了，我们永远都以姐弟相称，我们永远都亲如姐弟。既然已经从家里出来了，在家里的那个关系就不存在了。我不知道你听明白没有，你倘若同意我说的，那咱姐弟俩就一起往前走，你倘若不同意我说的，那咱现在就分道扬镳，各走各的。"

谷雨说："我听明白姐的意思了，有啥关系能比姐弟更亲呢？我才不管童养媳不童养媳的！那可能是大人们的一种叫法。我只知道你是我姐，再说不管怎样你都是我姐。虽然你是姐姐，但你是女的，做弟弟的我得保护你，我都快14岁了，已经长大了，你看我的个子都比你高了。以后你做啥事得跟我商量，不能像这次这样自己偷偷从家里跑出去，幸亏我及早发现，你前脚走，我后脚就跟出去了……我本想跟爹告诉一下，可一想，告诉爹就走不成了。你们女的做事就是太拖沓，准备这个拿那个的，这么点儿事竟然准备了好几天，动静太大啦！如果是我的话，早就神出鬼没得来无踪去无影了。还能让你发现？哼！"

黑枣儿说："我不拿这些衣服，咱们穿啥？不烙这些野菜饼子，咱们吃啥？还没到口外，人早就冻死饿死了！"

谷雨说："……姐，你别生气嘛！我要是不跟你好，还能为你保密？你还能走得了？其实我不也是早就把棉袄棉裤准备好了嘛！听说口外白毛风刮起来能冻死个人。口外到底是个啥地方？咱村里为啥那么多人都往口外走啊？"

黑枣儿说："肯定比咱村强，能吃饱饭，能活命。再说咱去的是归化城，咱去

投奔的人是我娘家的远房亲戚!”

一想起这些,谷雨释然了。寄人篱下比起一路靠在坟头上避风,躲进破庙里避雨,披星戴月、风餐露宿、流浪街头、乞讨要饭的逃荒避难的日子要强多了。人生这样的大风大浪都过来了,一个堂堂的男子汉岂能被眼前的斜风细雨所围困?

谷雨渐渐成熟起来,他精神头十足,机智且敏捷,幽默而风趣,在生活中是个乐天派。站柜台、押运货物、干体力活、与人沟通打交道,这一切对于他来说都充满了无穷的乐趣。

33

已经是后半夜了,谷雨仍然无法入睡,他干脆从炕上爬起来,站在院子里,他看到这晚的月亮很圆很亮,他想反正待着也是待着,不如借着月光把干果翻腾翻腾,否则那些货积压的时间有些长了,底下不通风容易生蛾子。

谷雨从后门进入店铺,立竿见影地干了起来。突然,他被一阵响声吸引住了,放下手中的活计,屏住呼吸凝神细听,原来是房顶上有人在飞跑,而且是两个人的脚步声,一听这脚步声就知道练过功夫,快捷、轻便,仿佛没有重量似的。谷雨不动声色地观察着,两只手还在核桃堆上放着。这时就听到脚步声在临近窗子的地方停住了。只见一个黑影以倒栽葱的姿势,头朝下靠近窗户,身体的大部分都暴露在窗玻璃上,谷雨用手中的什么物件飞速投向玻璃,只听“咔嚓”一声,那人惨叫了一声重重地摔在地上。另一个人见自己的同伴应声倒地,不知怎么回事,本能地俯下身子,头朝下看去——玻璃上有一个核桃大小的洞!他正在纳闷,又听“咔嚓”一声,从那个小洞里飞出一只核桃照直击中他的鼻梁,他一声惨叫,从屋顶上摔了下去。

两个训练有素,在归化城一带流窜多年,且次次得手的盗贼,知道这次是彻底栽在高人的手里了,不顾裆上和鼻梁上的剧痛,一瘸一拐地仓皇逃窜。

两个盗贼后来听说,事发那天夜里,他们是被南记杂货铺的一个十五六岁的小后生,用两只核桃击中了要害部位,他们多年的盗窃行为竟然被小后生手里的两只普通的核桃中止,这不仅坏了他们的行情,毁了他们的名声,而且使他们无颜再混迹于偷盗行业之中。他们无法咽下这口窝囊气,他们要会一会这位使他们名声扫地的小伙计。

他们暗中观察了南记杂货铺和小伙计好几天之后,专门挑了一个人多的礼

拜天，带着一班人马闯进杂货铺，公开挑衅，想当众砸南记杂货铺的牌子以报仇雪恨。谷雨一看其中的一位鼻梁上贴着一块膏药，便知道是怎么回事了，他不卑不亢、不慌不忙地对这伙人说：

“想必几位不是来买东西的，那就请到后院稍等片刻，我招呼完客人就来。”

“爷们也是顾客，你这个小伙计就这样招呼客人吗？小心怠慢了爷们，你会吃大亏的！”

掌柜的南向前闻声赶了过来，赶紧双手抱拳，冲来者不善的一行人点头哈腰赔着笑脸，息事宁人道：

“各位请息怒，本铺子门脸小，承蒙各位大爷惠顾赏光！小伙计没见过世面，有眼不识泰山，照顾不周，多有得罪。鄙人是掌柜的，亲自为各位服务，请问大爷需要些什么？鄙人立刻打包相送！”

“你他妈的少来这套！你这点破烂玩意儿谁稀罕？爷告诉你，哥几个今天来，就是要砸你店铺的招牌的，你看是让你家小伙计往下摘，还是爷们给你摘，由你选！”

街上过路的人都进到铺子里围观了起来。

“这怎么说的，我南某向来与人为善，不与人结仇，你们是不是找错人家了？”

领头的那人指了指窗玻璃上用硬纸片堵住的小洞：“没错，就是你家！你家小伙计用核桃把爷兄弟的鼻梁打断了，差点把爷的根给毁了，你说爷该不该砸你的铺子？”

南向前这才明白这伙人就是那天的盗贼，他们是有备而来的，他仔细一看，他们有七八个人，这要动起手来，谷雨一个人怎么应付得过来，他急得满头是汗。

谷雨说：“各位，你们是冲我来的，咱们到后院去解决问题，在这里影响不好。”

领头的说：“去你妈的，爷们今天就是来造影响的，看今后谁还敢来南记杂货铺买东西！你他妈断了爷的生路，爷也不让你好过！哥们，砸！”

说时迟那时快，还未等歹徒动手，谷雨手中的六个核桃已同时投向歹徒，被击中的歹徒一个个屁滚尿流，狼嚎鬼哭。剩下那个领头的和鼻子挂彩的，被谷雨一手一个挟持住，随即，只见一个下巴掉了下来，一个肩膀脱了臼。看得所有的人都目瞪口呆。

接着，围观的人发出震耳欲聋的叫好声，以及响亮的鼓掌声。

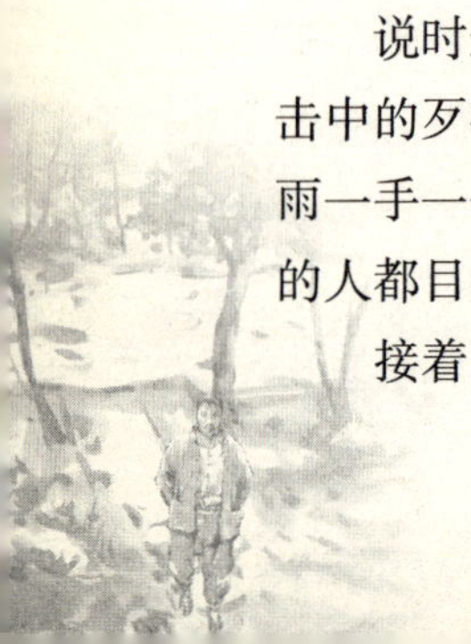

“我警告你们,再在归化城行窃就是这样的下场！一旦我听说还有你们行窃的踪影,我绝对不会放过你们！希望你们好自为之,改邪归正!”谷雨振振有词地说道。

领头的那个龇牙咧嘴地指了指自己的膀子,耷拉着那条卸下的胳膊心悦诚服地说:

“小兄弟,今天我算服了你啦,我张三这辈子还从来没跟谁服过输,可是在你面前我言败了,我听你的劝,金盆洗手不干这一行了,也干不下去了,兄弟你若发现张三还在偷,你就把我的另一只胳膊废了！弟兄们,撤!”

“慢!”谷雨不容置疑地喊道。

这伙人扭头不知所措地看着谷雨。谷雨走到张三跟前,一只手抓住他脱臼的胳膊,一只手搭在他的肩头上,两手用力一挤,张三的胳膊复位了。他让张三甩了甩胳膊。之后他又把另一位掉下来的下巴用巧劲往上一拖,只听“咔吧”一声,下巴又给安上了。

谷雨说了句:“没事了,走吧!”

张三一班人惊愕万分,他们万万没有想到,谷雨的功夫如此出神入化,不仅一只手就把你的下巴和膀子同时卸掉,而且还能给你安上复位,恢复如初。他们佩服得不得了,不约而同地“扑通”跪下,磕头如捣蒜。

张三结结巴巴地说道:

“今后倘若有缘相逢,张三愿效犬马之劳！大恩不言谢,张三今生都将铭记恩情。张三斗胆问一下恩人的大名。”

“谷雨。”

张三一行人灰溜溜地逃走了。

人群中再一次爆发出热烈的掌声。

谷雨微笑着冲大家抱拳以示谢意:

“各位街坊邻居打扰了,今后还仰仗各位继续给南记杂货铺捧场！谷雨初来乍到,有不当之处还请街坊邻居海涵。谷雨在此给各位请安问好!”

南向前站在一旁一直密切地观察着谷雨的一举一动,他在心里暗暗地竖起大拇指。他还是第一次亲眼目睹谷雨的功夫,小小的年纪身手不凡,实在出乎他的意料。尤其是谷雨最后那一招,把脱臼的膀子和下巴复位,让他看到谷雨发自内心的善良和智慧的光芒。谷雨的举止行为不张扬不虚饰,不咄咄逼人不仗势欺人,见好就收,给自己给他人都留台阶下,为己为人都留后路走。不仅保护了店铺,教训了坏人,为民除害,赢得了人心,还为自己以及店铺树立起良好的形象和威信，以不变应万变，变弱势为强势。

这招牌打得实在是高妙、漂亮，不是广告胜似广告！南向前不由自主地大巴掌拍在自己腿上。谷雨以这样的方式在这条街上亮相，真是一箭双雕哇！不仅告诉世人南记杂货铺是藏龙卧虎之地，为掌柜的南向前挣足了面子，而且证明自己来势凶猛、势不可挡。有谷雨这样得力的左膀右臂，还愁有生意没地做，有钱没处赚？他南向前从今以后可以站着做人了，他的生意要越做越大了。

他的千里马开始腾跃起来；他的店铺从此一发不可收拾地火爆起来；他的掌柜的的形象在整条大南街上威严起来……

从那天起，谷雨算是正式出徒了。关于他的传说有很多版本，已经被演绎得面目全非了。远近许多顾客慕名来访，就是为了一睹传奇人物谷雨的风采。大家伙一看谷雨这小后生一身正气，一脸稚气，阳光般英武俊逸，谦和稳重，男女老幼谁见谁爱。顾客空手尽兴而来，手拎大包小包满意而去，可是乐坏了掌柜的南向前。

小道消息一传十，十传百。

归化城里有脑子转得快的，什么镖局啊，大商号啊，大富贾啊，立刻打起谷雨的主意，想挖南向前的墙脚，有直接用重金请的，有托人做说客的，都被谷雨一口谢绝。谷雨有主心骨，他是随黑枣儿来投奔她舅舅的，南掌柜对他有知遇之恩，所谓一日为师，终身为父。他绝对不会做改弦易辙之事。

34

谷雨抽空也帮黑枣儿干一些家里的重活、累活。

秋末，俩人拿着麻袋、扫帚、簸箕到大街小巷，把满地的落叶撮进麻袋。他们走过的街巷数也数不清了，大南街、大北街、大召前街、小召头道巷、县府街、公义店街、城隍庙街、棋盘街、西河沿、胳膊湾、后沙滩、马莲滩、喇嘛庙巷、石头巷、剪子巷等等，有的走过了却叫不上或者忘记是什么街巷。

他们一边撮树叶，一边有一搭无一搭地闲聊。她问他想不想爹娘，他说最想娘；他说要挣好多好多的钱给娘拿回去，让爹娘过上好日子；他说挣够钱就带你回家。她说如果我不回去你会怎么办？他说那是你的家，你咋能不回呢？你要是不回，我就把你背回去！

他用一只手臂从后面环抱住她瘦削单薄的肩膀，亲昵地对她说："我是大人了，姐反而不长了，还是小丫头，从今以后我保护你，我养活你！听见没，姐？"

她咯咯地笑着推开他:“没大没小的你!我用你养?我能干活,我自己能养活自己!再说了,你长大了,还不得娶媳妇儿,哪还顾得上养姐?”

“你忘了你就是我媳妇!有姐,我还找啥媳妇儿?”

“你再胡说八道,姐跟你急!你忘了咱们的约定了,谷雨?”

“没忘,姐。可是,我就喜欢姐,我就想跟姐好,我……”

“别说了谷雨,咱不是说好了,这辈子都是姐弟,都是亲人吗?你反悔啦?”

“没有啊,咱们是姐弟是亲人,可这都不妨碍咱俩好呀!咱俩不是一直都挺好的吗?”

“一直好,不是你理解的那样好,不是吗?我怎么说你才能明白?或许等你再长大些就会懂了。谷雨,姐跟你说,咱从老家来到这儿多不容易呀,咱现在啥都不能乱想,只能一门心思地好好干活,好好活着,这样爹娘才能放心,你说是不?”

黑枣儿在谷雨的头上摸了摸,接着说道:

“姐都快够不着你了,男娃长得就是快!看你的头发像刺猬似的,又该理发了。”

谷雨默默无语地把黑枣儿的手拉过来,从裤兜里掏出一面小圆镜子和一小瓶雪花膏放在她的手里。

“姐,你的手都皴了、裂了,把这个擦上!”

黑枣儿心里最柔软的地方被谷雨的温情触碰了,她的眼睛立马湿了,一串水晶豆豆从她的脸上滚了下来。一年多来颠沛流离的辛酸、艰险和屈辱,就在此时化作两行汹涌的泪水,从心底奔涌而出。她抑制不住地抽泣着,浑身颤抖着。

谷雨一看黑枣儿哭了,赶紧用手给她抹去眼泪,没成想越抹眼泪越多。他拉着她坐在台阶上,他用手把黑枣儿的脸捧起来,他实在没辙了,用嘴一点点吮吸着她的泪水,黑枣儿任由谷雨把自己的泪水吻干。在他自然而又熨帖的举动里,她渐渐地平静下来。她轻轻地推开他,不好意思地低着头。突然,谷雨拍了拍她的肩膀,惊喜地叫道:

“姐,快看呐,咱俩就坐在‘麦香村’的门口!麦香村可是归化城有名的老字号,有几百年的历史呢!等我挣够钱,第一件事就是请姐来麦香村吃烧麦。”

黑枣儿顺着谷雨手指的方向,扭过头往上一看,果真老店的牌匾上写有“麦香村”三个大字。现在正是下午时分,不是吃饭的点儿,门口比较肃静冷清。

黑枣儿爱不释手地又看了看、摆弄了摆弄手里的小镜子和雪花膏,无限深情地对谷雨说：

“谷雨，姐谢谢你！我见小南、小北她们都用这个，今个我终于也有了，还是我弟弟送我的，我真的好高兴好骄傲……只是今后不许瞎花钱啦，把钱都存起来，好尽早给咱爹娘捎回去！”

“知道了，姐。只要你高兴，你让我干啥都行！”

谷雨高兴着黑枣儿的高兴，在他们相依为命、客居异乡的日子里，任何一次风吹草动，任何一次喜怒哀乐，都会牵动两颗悸动的心。他们在精神上互相支撑着，在生活中互相帮助着。他们之间的姐弟情谊比在老家时更绵密更缱绻了。

他们牵挂着对方的牵挂，他们灵犀着对方的灵犀，他们悟觉着对方的悟觉。

他们把一麻袋又一麻袋的落叶倒在院子的一个角落里，晾晒干，成为一冬天火炉里取暖的燃料。

再累，再冷，他们都不觉得，只因只有在撮树叶这个时候，他们可以旁若无人、无拘无束地在一起，他们仿佛回到河北老家，他们仿佛奔跑在家乡的田野上，他们仿佛在谷家庄嬉戏玩耍，他们想家了。

入冬时，在南妻的带领下，谷雨和黑枣儿推着手推车到街上把过冬的蔬菜买回来。把土豆、白菜、黄萝卜等分门别类地储存在地窖里，一个在地窖口往下递，一个蹲在地窖里把菜蔬一一码齐；把芥菜疙瘩、黄瓜、青椒、大白菜和圆白菜等用来腌制酸菜。在南妻的指导下，操作的步骤是这样的：由谷雨先把芥菜疙瘩上的缨子、干巴了的白菜帮子、黄瓜和青椒屁股上的把儿用刀削掉，然后放在大盆里；黑枣儿负责把这些蔬菜洗净，长时间浸泡在冰凉的井水里，黑枣儿的手冻得像红萝卜似的，时不时地把手贴在嘴上哈些热气缓解一下；南妻则把白菜一分为二切开，把圆白菜切成细条状。先把大白菜整齐地码在齐腰高的缸里，逐层撒上颗粒状的小盐块，直到放满为止，然后用一块专门腌菜的石头压在上面；芥菜疙瘩、圆白菜、黄瓜、青椒也如法炮制，把它们放在各自的瓷坛里，过几日再续放一些菜，循环往复，保持缸里、坛里的菜一直是满的。一个月后大缸小坛子里的菜就能发酵成酸的咸的，即可食用。

不储存冬菜，不腌制酸菜、咸菜，就不是归化人的冬天。

归化城的冬天寒冷漫长，大概有五个来月的时间。归化人有自己度过岁月的方式，归化人靠这一缸又一缸的酸菜、咸菜过冬。还有热炕头，蒸笼里冒着氤氲热气和香味的莜面鱼鱼、莜面窝窝和土豆、韭菜馅儿的莜面饺饺，砂锅里热闹

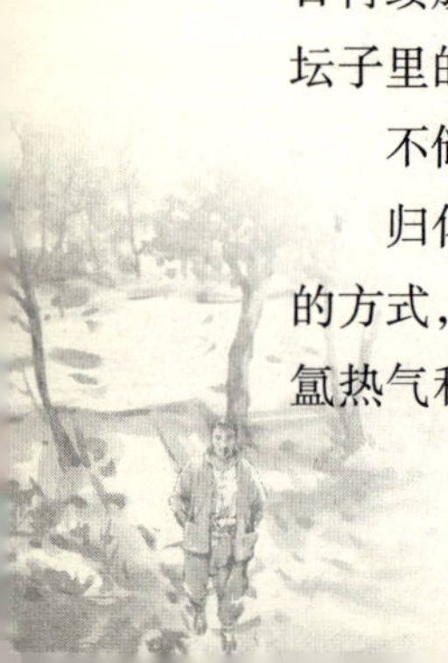

沸腾的大烩菜——肥瘦相间的红烧猪肉炖酸白菜、冻豆腐、粉条和土豆，以及大补的清炖羊肉汤等等，成为归化人蜗居在冬天里的主要热量来源。一家人盘腿围坐在热炕上，中间的小炕桌上摆放着热气腾腾的饭菜，南小南、南小北、南小西、南小东四个孩子，与黑枣儿、谷雨各自坐在各自的位置上，南向前偶尔会喝一两小盅烧酒，南妻边吃饭边开始了喋喋不休的车轱辘话，全家人日复一日地过着重复的生活。

其实归化城的冬天就是老婆孩子热炕头。

35

自从南记杂货铺被小偷盯梢光顾以后，为了安全起见，防患于未然，谷雨搬到店铺里住了。

南家住的是一处小四合院，门脸房作了杂货铺，南向前夫妇住一间，南小东和谷雨住一小间，三个姑娘和黑枣儿住一大间。谷雨搬走了之后，三姑娘南小西搬了进去。姑娘们住的那屋稍稍宽敞了一些。

谷雨清点了货物和账目，把账目和当天的收入交给南掌柜，一天的活计算是干完了。

谷雨先用砖头垒起形似床腿的四个墩子，然后把立在后墙根的门板搭在上面，把铺盖卷展展地铺好，一个敦实的床铺就大功告成了。门板是南家早先废弃了的，被谷雨从院子里堆放的杂物下翻腾了出来，擦拭干净，废物利用。

待炉火不旺时，谷雨把几块大煤块夹在炉膛里，把炉盖盖上一半，封上炉子。封炉子起两个作用：第一，能一夜保持一定的恒温；第二，次日早上不用重新点炉子，只需用炉钩从底下捅掉炉灰，炉火即能燃旺。但封炉子得需要一定的经验和技巧，封不好则容易引起煤气中毒，后果不堪设想。冬天的晚上是谷雨最忙碌的时候，睡觉前不仅要封自己的炉子，还要把其他几间房的炉子都封好。

南小东死心塌地地崇拜着谷雨，在大南街上，就因为他有谷雨哥，而成为说一不二的孩子王。动辄把“我谷雨哥”挂在嘴上，街上的小小子们整天围着他转，他对整条街的孩子们发号施令，耀武扬威，指手画脚，他的领袖欲得到极大的满足和发挥，神气活现至极。但他自己不会功夫，总是不那么理直气壮，似乎缺少点什么，所以他总缠着谷雨教他练功夫，谷雨抽空也教他几招，无非就是强身健体罢了。

南小东一看谷雨走进他的房间封炉子，一个健步从炕上跳下来，把棉袄一脱，光着搓板一样的小胸脯，嘿！哈！嘿！哈！边叫边伸拳踢腿，煞有介事。

谷雨双臂抱肩看了一会儿，把棉袄扔过去：

“穿上，小心着凉！”

“谷雨哥，你再教我几招厉害的，明天我看谁不听话，就操练谁！”

“练武的目的是强身健体，这是我爹教我的。你要是把学到的功夫，用来对付跟教训小伙伴，那我就不教你了。”

“我要是不厉害，没有狠招，他们能听我的？再说你不是把人的下巴和膀子也打下来了吗？”

“那不一样。我打人，是因为盗贼要偷咱家，来咱家寻衅闹事，我是自卫，给他们点颜色看看，下回他们就不敢了。而你是要欺负人家，来树立你的威信，这样不好，不对。”

“那别人不服从我，不听我的，我不能打他们？”

“不能！谁说的在理听谁的，小伙伴之间要友好相处，要平等相待。”

“说得好！”话音未落，南向前撩开棉门帘，疾步走了进来。手指着他的儿子，厉声说道：

“你谷雨哥说得极是。没想到你个小猴崽子现在学得这么灰，竟敢拉帮结伙依仗你哥的名声欺负人，今个中午还有街坊来找我告状，说你欺负人家勇勇，我正要找你算账呢！你说你为甚欺负薛家的勇勇？”

“勇勇他不听我的话，所以，所以……”

“不听话你就欺负人家，哪有你这么不讲理的，你是天王老子还是玉皇大帝呀？看把你逞能的！你爸我一辈子的好名声都让你给毁了！我清明一世，糊涂一时啊，咋生出你这么个孽障？你到底像了谁呀？几天不管你，你就敢上房揭瓦！看我今天怎么收拾你！谷雨，拿尺子来，家法伺候！”

“算了吧，掌柜的，他还小，给他讲清道理就行了。”

“不行，我不教训他，明天还不知给我捅啥娄子呢！南小东，你自己把尺子拿给我！快点！”

南小东慢慢腾腾地把尺子找出来，双手递给南向前。

“伸出手！”

南小东看到他爸气得满脸煞白，知道这关怎么也逃过不去了，索性心一横，把手伸了出来。

南向前拿起竹尺狠狠地照着南小东的手掌抽过去。

“说,还敢不敢欺负人啦?”

南小东的手掌立刻红了一道子,他把眼睛闭上,嘴巴闭紧。

这一阵喧嚷,把家里的人全都引到南小东屋里。南妻一看宝贝儿子被丈夫动用了家法,知道儿子又闯了祸,她冲儿子喊道:

“小东快说不敢啦,你爸就不打了,快说呀!”

南小东一声不吱。

南向前又抽了一尺子。屋里鸦雀无声。大家一看南向前发了狠劲,谁都不敢出声了。只见南小东“哇”地哭出声来,把另一只手也伸了出来,脖子一梗,那意思是说打吧,还有一只手呢!

南向前一看,铆足了劲,照着另一只手狠抽了下去。

南小东疼得跳了起来,连连喊着:“不敢啦,再也不敢啦!”

南妻冲过去一把抱住儿子,涕泪纵横地冲南向前嚷嚷道:

“就知道打儿子,你让他像你一样老实窝囊被人欺吗?我就不明白了,这世道到底是被欺负好呢,还是欺负人好?谁能告诉我?谁能告诉我!”

“妈,你那是悖谬,是在钻牛角尖。爸教训南小东是对的。我们不欺负人,也不能让别人欺负!干什么都要理字在先。”南小北忍不住发话了。

“死丫头,少在我面前显摆!不就是念了几年书嘛,轮不着你给我讲大道理!你算老几?”

“你——”南小北被她妈呛得够呛,愣了半天神后,愤然离去。

“不早了,都回屋睡去吧!”南向前面无表情地对一屋的孩子们说道。

只见黑枣儿从外面跑了进来,手里拎了一瓶香油,晃了晃,对南妻说:“先对付着用这个,药铺都打烊了,明天一早我就去买跌打损伤的药。”随即走到南小东跟前,在他的手掌上倒了少许香油,用手轻轻按摩着。这时的南小东猫一样老实温顺地蜷缩在他妈的怀里,乖乖地任由黑枣儿轻柔地揉戳来揉戳去,时不时地发出嘶嘶啦啦的疼痛叫屈声。

南向前看了一眼儿子红肿的双手,摇了摇头走了出去。

谷雨迅速把炉子封好,又去了南小南她们那屋封炉子。

谷雨封完所有的炉子,躺在床上,怎么也睡不着。南小北掷地有声的那句话在他耳边又固执地响了起来,的确,我们不欺负人,也不能被别人欺负。南小东岁数还小,个性很强,事事都想拔尖,还不能正确理解和看待一些事情,对他,要正确地引导和灌输一些做人的道理,否则就走上歪路了。南小东现在这个样子,跟自己的出现不无关联,倘若自己不会武功,没有降服窃贼的能力,那天又会是怎样的情形与后果?南小东又做何感想?要知道武功练到自己这样的程度,也不是人人都能做到的,这里面存在天赋、悟性和身体条件这些可意会不可言传的东西,还有各种知识的储备,倘若不知道人体的结构,不略懂些医学,怎么能把掉下来的下巴和膀子又安上去呢?这一招一式又包含了怎样的内容呢?怎样使自己真正的强大,是解决南小东思想症结的关键,好在南小东还年幼,可塑性很强。自己怎样才能帮南小东及时走出误区,谷雨想了又想。在老家读得私塾已远远不够用了,自己什么时候也能像城里人那样进学校念书,掌握更多的知识和本领,是谷雨最大的愿望。

第九章

36

南向前让谷雨独立去城西的货栈进一些货，谷雨知道掌柜的是在考验和锻炼自己，他既兴奋又紧张，提前把所需的货物拉了个清单，让掌柜的过目，南掌柜仔细看了进货单，稍微调整了几处：

“虽说酱油、醋的供求量很大，但天气马上热了，容易生醭，辛苦一些，现进现卖最好，还有一些酱菜也是。另外，有些货物可比以往多进一些，销量不错，比如绿茶和菊花茶，肥皂、香皂、花露水、毛巾等货也要比其它季节多进一些，天热了，这些个货品的需求量会大大增加。”

“知道了，掌柜的。进货里面的学问还真不少呢！”谷雨有感而发。

“那当然，干的时间长了，你心里就有数了。平时要多留心，多观察，多思谋，多问个为什么。”南向前语重心长地说。

“哎！”谷雨心悦诚服地答应着。

谷雨在出发前检查了家里的那辆两个轱辘的木制推车。

黑枣儿跑到杂货铺向南向前请求道：

“舅，我跟谷雨一起去吧，路上也好有个照应，毕竟是他头一次进货，我有点不放心。再说，我也想认认路，今后万一人手少时，我也能帮舅舅推个车什么的。”

“也好，你去吧。路上注意安全。”

“哎。”

谷雨推着车带着黑枣儿走了将近半天的时间来到城西头的货栈。货主一看“南记杂货铺”的小伙计独自来选货,还带着一位漂亮姑娘,便好奇心十足地问谷雨:

“客官今个独挑大梁啦,后生可畏,后生可畏哟!这位俊俏姑娘是——”

“哦,给您介绍一下,这位是我姐姐。”

“闹了半天是客官的姐姐,我说咋这袅呢!”

黑枣儿扯了扯谷雨的衣襟,悄声问:“袅是啥意思呀?”

谷雨笑了笑,悄声说:“漂亮。当地话。”

黑枣儿捅了谷雨一下。

谷雨先细致认真地货比三家,然后沉着笃定地与货主讨价还价,最后将选好的货品整齐地放到手推车上,并一一核对了一番。整个过程有条不紊、驾轻就熟。货栈里的货主们都为南记杂货铺小伙计的专业技能和敬业精神所折服,他们各个打起精神格外要样地对待面前这位年轻有为的客官。

黑枣儿更是为谷雨的成熟魅力所感染,她看着已经是大小伙子的他,脑子里经常转着一个疑问,他与在老家的那个顽皮的小小子是一个人吗?她经常有一种恍惚,仿佛谷雨小时候和现在是两个人,在谷家庄和在归化城是两个不同的谷雨。她对现在的他有时候是陌生的,高高的个头,宽宽的肩膀,周身散发出青春逼人的气息,处处以大男人自居,无时无刻不在呵护照顾着她,与在老家时截然不同。她有时候会觉得不得劲甚至无所适从,但被人宠护的感觉终归让她觉得很来劲很舒服。

上午的时光跑得无影无踪了,下午的岁月也在不知不觉中消失殆尽,炫丽的白昼就这样在他们从城东南到城西北的跋涉中,和在货栈从容理智的购物中匆匆而过。

天色将黑,谷雨推着手推车往回走,黑枣儿跟在旁边,用一只手臂也帮着推着,谷雨反手握在她推车的手上,越握越紧。

交错纵横的黑漆漆的树枝和点缀着初夏夜空的茂盛树叶、芬芳花朵,一路沿途开放。

谷雨说:“知道吗,货栈再往西有一条河,叫扎达盖河,以后专门找个时间,我带你来看这条河!”

黑枣儿说:“扎达盖河,这河的名字好古怪哦!”

谷雨说:“可不是,听说是这里的蒙族人给这河起的名儿。”

黑枣儿说:“我喜欢归化城的夏天,不像咱谷家庄那么热,只是归化城的夏天太短了。”

谷雨说:“可不是。赶哪天有空,咱们来扎达盖河游泳,你教我。反正在这儿,娘看不着,也管不着。”

黑枣儿说:“……娘一定很想你!”

谷雨说:“过上两年,我们发展得好了,就回家。”

黑枣儿说:“姐真为你骄傲,你刚才在货栈里那神气的样子,哪像是你呀,简直就像个小掌柜!你咋懂得那么多呢?你跟人家搞价那会儿,都快把我吓死了,我就怕你被人家糊弄了,回去没法儿跟舅舅交代……谷雨,你真的长大了,长成男子汉了!我刚才看你,就像看别人,我还纳闷,这小掌柜是我弟弟吗?你有出息了,谷雨,真为你高兴!”

谷雨说:“等咱们把南掌柜的恩情还完,你看吧,过不了几年我自己就会当掌柜,我会让姐为我骄傲一辈子的!”

黑枣儿说:“你就在姐面前说大话吧,看把你逞能的!这些话可不敢跟我舅他们说。”

黑枣儿就这样让谷雨握着自己的手,身体与他靠得那样近,她感觉到自己的头似乎在他下巴的位置上,他太高大了,她随着他步履的节奏调整着自己的步伐。所有的这些感觉都让她有一种无法言说的新奇与愉悦,在茫茫夜色里,在他乡的街道上,与谷雨如此近距离的同行,她温暖得想哭。

他们站住,稍微休整了一会儿,接着继续往前走,他们的步调惊人的一致。他俩互相依偎地走着,两人的身体融为一个复杂的联合体协调地移动着,仿佛像一个人似的,迈着朝气蓬勃的步伐面对眼前的世界。

黑枣儿被谷雨那种强大而又美妙的陌生感占据着,总觉得这一切都不真实,仿佛在梦中,总觉得自己就要被他架离地面,脚步仿佛微风般轻快无比。

一切都沐浴在银白色的月光之中。

花草树木朦朦胧胧却又执着淡定地耸立在周围,仿佛在见证着黑枣儿和谷雨的真实存在,在这如梦如幻而又晶莹剔透的空间里,黑枣儿的心好似银铃一般地交锋着碰撞着,她唯恐被人听到。

谷雨和黑枣儿终于走回南记杂货铺。

谷雨把手推车立在墙边,从车上搬下货物从后门进到黑漆漆的店铺。

黑枣儿也提了一包货物向店铺走去……

他们俩一趟又一趟搬运着货物，眼瞅着手推车上的货物越来越少，而堆在店铺里的货物越来越多。

黑枣儿的脸颊在月光下显得格外鲜润可爱，身上散发着一种说不清的淡淡的甜甜的香味。

谷雨像陌生人似的痴痴地看着如花似玉的黑枣儿，顿时胸襟洞开，宛如汹涌澎湃的海浪。他想把整个夜晚揽在怀中。

黑枣儿把最后两包货物一包递给谷雨，一包自己拎着走向店铺。

谷雨从后面一把夺过黑枣儿手中的货物，用一只手拎着，另一只手紧紧揽住黑枣儿秀挺柔曼的腰肢，快步走进店铺。他丢下手中的货物，把她紧紧搂在怀里。胜利的欢愉让他浑身不住地发抖，羞涩而笨拙的亲吻在她的脸上迟疑地游弋着。他的心仿佛浸在清澈的泉水里，他的眼睛星星一样闪亮。她从他的眼里读到了咄咄逼人的爱意。

他们在如梦的店铺里相依相偎，他们仿佛在静候着什么。他的身体像被电流穿过一般颤抖不已。顿时，他觉得自己浑身上下充满了力量，可以推倒一棵大树，也可以劈开一个新的天地。这突如其来的感觉太强烈太突兀了，他以前从未体验过，焦躁不安和紧张生疏使他变得有些手足无措起来。他更加情深意切地拥着她。透过她的香发，他望着窗外的月亮，月亮似乎在如银的水中缓缓地浮游。

黑枣儿把脸贴在谷雨的胸前，像个孩子似的，灵秀而又娇小，她静静地感觉着他，他就像温暖的阳光在她身上欢腾雀跃，她一动不动地站着，好像被锁定在深沉的梦乡里。她快速奔跑的生命中出现了一次短暂的停顿，那是她昏头转向时所做的一次暂时的止步。她长长地舒了口气，好像如梦初醒，从他的怀抱中挣脱了出来，抓住他的手。

黑枣儿从谷雨的怀抱中离开时，谷雨感到很伤心，他被刺痛了，她为何要逃离他的怀抱，却又要同他紧握双手？他的心仍旧依依不舍地围绕着她，在陌生的不被她看到的地方向她顶礼膜拜。他那双熠熠生辉的眼睛直勾勾地盯着她，似见不见的样子，好像思绪在这朦朦胧胧的意境中恣意驰骋，这种意境使他视野开阔、心野奔放。

“……我，我要回去了。”黑枣儿低垂着头喃喃低语。

他使劲握着她的手，脑子一片空白。

谷雨感到黑枣儿自从那天提货回来，渐渐向他敞开的心扉又慢慢闭拢上了，而且躲他远远的。他几次找茬想跟她靠近，都被她借故避开了。她显得既与他远隔千里，却又和他保持着千丝万缕的关系。谷雨被黑枣儿的若即若离搞得一筹莫展又翘首以盼。

谷雨时常回想起他们在一起的情形，一切都是那么完美，完美得不可思议；一切都是那么美好，美好得心生疑虑。转瞬即逝抑或昙花一现？虽然黑枣儿行为上有些矛盾，但他权当是一个姑娘家该有的羞涩和矜持。他遗憾自己在谷家庄时仅仅是个懵懂少年，不谙世事，不懂爱情，否则他和黑枣儿早已成为真正的夫妻。如今，已是青年的谷雨对黑枣儿的爱恋之情与日俱增。他的生活目标日渐清晰，他要娶她，和她过一辈子日子。

每天三顿饭是谷雨最开心的时候，因为只有吃饭的时候，他才能见到黑枣儿。她低眉沉静的样子，让他的目光流连忘返，偶尔她在他的视线里抬起头来，与他的目光交织在一起时，他从她的目光中读到一种难以理解的超脱和自然的神态。他觉得自己好像被吸住了似的定格在那里，既不能接近她，也不能远离她。然而即便不能与她接近，他觉得他已经在不知不觉中和她交流过什么了，他似乎也认为他能够明白她了，他和她总还可以达到心灵的契合的。有着从小一起生活，一起长大的青梅竹马的经历，他笃定地坚信，只有黑枣儿才能给他的人生带来圆满和完美，这是天意，是命中注定。

漫漫长夜，群星灿烂，斗转星移，这些星星们全是大自然永恒旅途中的匆匆过客。

谷雨坐在孤独的夜里，他突然意识到自己不再属于自己。除非他是和黑枣儿在一起，否则他将永远心神不宁、恍惚不定，这是一种前所未有的痛苦的体验。他的胸膛中，或者说他的五脏六腑里，反正是身体深处，又开始产生了另外一种反应，仿佛有一团火焰正在熊熊燃烧。他变得无所适从，一切都变得不可捉摸。即使平日里很有把握的事，也变得无法控制。思绪一会儿缥缈，一会儿沉寂，变幻不定。那么，黑枣儿究竟是什么地方吸引他，让他心甘情愿把自己交给她，并渴望拥抱她、容纳她？在归化城的星空下，他必须要承受心灵的煎熬，并且必须承认这个不争的事实，如果没有黑枣儿，那他什么也不是！他是虚无缥缈的，然而一旦和黑枣儿在一起，他又会变得坚定踏实了。

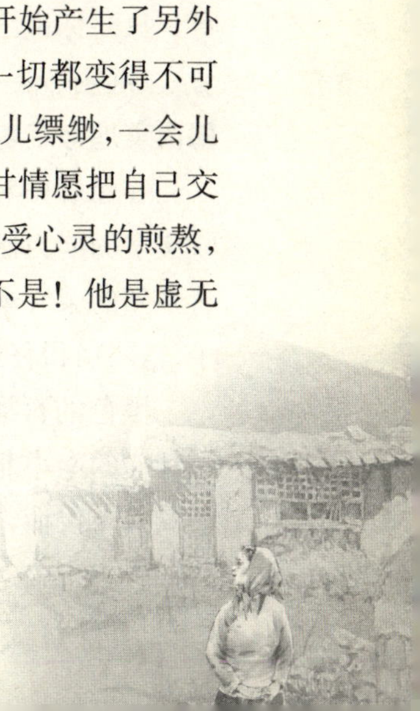

37

南小北不喜欢自己的家，父亲胆小怕事，与世无争，遇事和稀泥，当和事佬，是个唯利是图的小商人，整天只知盯着自己那一亩三分田而无力自拔；母亲刁钻刻薄，精明自私，只做对自己有利，或者占便宜的事，偏三向四，眼里只有宝贝儿子南小东，和会来事的大女儿南小南。南小北和妹妹南小西都是姥姥不疼舅舅不爱的主，是作为老大和老四的陪衬在南家存在的。对此南小北反感、厌恶极了，她极端排斥这种封闭、狭隘、庸俗、落后的家庭生活。所以南小北有事没事的尽可能地待在学校，除了上课学习，业余时间她还有许多事要做。在同学的引荐下，她参加了绥远市爱国青年文学社。文学社的宗旨是倡导新文学，宣传进步思想，为闭塞的草原城市开启文明的窗口。她开始了与以往不同的富有挑战性的诗意盎然的崭新生活。她以极大的热情投入到轰轰烈烈的时代的熔炉里去。

南小北不仅与文学社的进步青年一同排练一些活报剧在同乐剧场演出，而且在来自绥远城的青年老师谷穗的指导下，与其合写了独幕话剧《星火燎原》。在写作的过程中，诙谐幽默的谷穗老师跟南小北打趣道：

“归化城和绥远城，两个城市共同存在一地，堪称双子城，既是独立存在的城，又同属一城。南小北，你我是同一城的人，只隔着五里地，却仿佛相隔了十万八千里，如果没有这个文学社，你是不是永远都不想跟我认识，不想跨城来看我这个老师？”

爽朗活泼的南小北说：“谷老师也可以走上五里路，从绥远城来归化城找我呀！只要你说出暗号‘爱国与文学’，我就会义无反顾地跟你走！”

“呵呵，不一般就是不一般哦！巾帼不让须眉的气势，让人刮目相看哦！”谷穗由衷地夸赞着。

谷穗观察和考验了南小北一段时间，他不光认为，南小北的文学功底和驾驭文字的能力比她的同龄人高出一筹，而且他认为南小北有一定的思想境界，有强烈的荣辱观和爱国意识，不同于与她同一生活环境和阅历的其他城市女孩子，他不由得仔细打量起眼前这位非同寻常的女学生。

黑色的百褶裙、灰蓝的斜襟短褂、雪白的尼龙长筒袜和干净合脚的黑布鞋被纤瘦的南小北穿出独有的味道。别样的青涩、清纯更加衬托出她出水芙蓉般的姣美与俊俏，乌黑柔顺的秀发齐齐地乖乖地垂在眉眼处和耳根子下面，晶亮

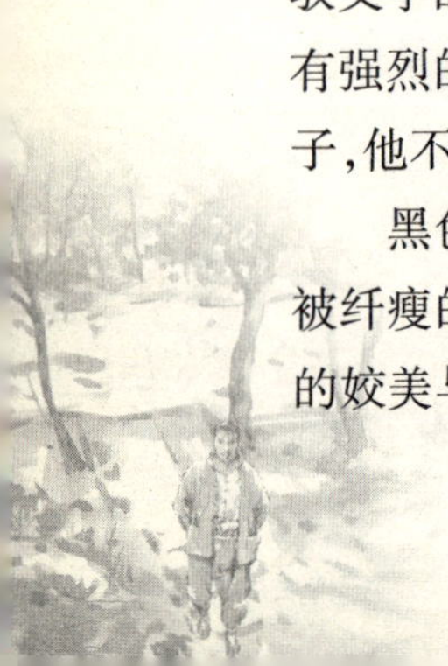

灵透的大眼睛永远都闪着不屈和倔强的光芒。这样的装扮和气质让她的美与她的人一样，神秘而微妙，精美且雅致，别具一格又清新脱俗。

才貌双全的南小北，很快在绥远市爱国青年文学社里脱颖而出，成为骨干。她在谷穗的引导下积极参加社里的所有活动，表现得异常活跃，她用真挚诚恳的态度和慷慨激昂的言辞鼓动着同胞，包括自己的父亲，为国民党将领傅作义指挥的部队募捐增援，从而一举收复日军侵占的百灵庙；积极主动地发展、吸纳一大批爱国人士以发展和壮大文学社的力量；出演自己跟谷穗老师写的剧本里的女主角，而且动员姐姐出演其中一角色，遭到南小南的拒绝。

“整天与社会上那帮人胡混，能混出什么名堂？另外，在众目睽睽之下演戏，这样丢人现眼、下三滥的事我是绝对不做的！”

“那些人都是进步有为的青年，不是社会上的混混，他们的所作所为都是先进的、爱国的、抗日的，是经得起时间的考验的，我以我的人格向你保证，不信你拭目以待。”

“那又怎样？先进和爱国能当饭吃吗？你整天跟他们混在一起，混出了一袋面还是一条裙子啊？”

“做人不能那么坐井观天、狭隘自私，只想着自己的利益得失。没有国哪有家，日本侵略者都侵犯到我们国家的领土上了，难道我们坐以待毙吗？我们中国人都要团结起来，形成合力，共同对抗小日本！”

“这些是男人的事，是军队的事，跟我们这些小女子有甚相干？行啦，行啦，一说就吵，我们姐妹俩好久没说贴己的话了，今天能不能不说你的国家大事，让我说说身边的小事呀？”

南小北一看一时半会儿也说服不了顽固的南小南，除了每天半夜三更回家睡觉，自己有好长时间没跟家人在一起说话了，难得今天空闲，陪陪大姐，唠唠家常。

南小北一屁股坐在炕上，抓起小炕桌上的一杯茶水，咕嘟咕嘟解渴地喝着，然后一侧身躺在炕上。

南小南拿了个枕头垫在南小北的头下，自己也躺了下来。

姐妹俩躺下说悄悄话，已经成为她们的习惯动作，她们觉得只有这样才更具隐蔽性和私密性。

南小北说：“咋好半天了没见枣儿姐？她是不是又在厨房忙呢？”

南小南说：“她不在厨房又能在哪儿？她想在别的地方也得有在别的地方

的资本,她除了会做饭还会做甚?”

南小北说:“枣儿姐炒的菜真好吃,不像妈一年四季只会做大烩菜,吃的我够够的。”

南小南说:“张家口那里跟咱归化城生活习惯不太一样,他们多吃炒菜,咱们爱吃炖菜。小北,我正要跟你说这个黑枣儿呢……”

南小北说:“她咋啦?”

南小南说:“你可别小看她,她明明知道你喜欢那个谷雨,却偏偏插一杠子,这不是故意挑衅吗?”

南小北说:“什么?她也喜欢谷雨哥?不是你喜欢谷雨哥吗?我看你喜欢谷雨哥,我才没跟他好的。不过,他不知道我喜欢他。”

南小南说:“我知道你喜欢他,我这个当姐姐的才不去夺妹妹的爱呢!可是外人就不同啦,黑枣儿比谷雨大三岁,还对谷雨死缠烂打的,多不要脸!乡下人胆子可真大,啥事都敢做!”

南小北说:“别乡下人,乡下人的,爸、妈不都也是从乡下来的嘛?再说枣儿姐不像你说的那样,我看她很矜持很自尊,再说她和谷雨哥不是亲戚吗?她俩一直姐弟相称、相处的呀!”

南小南说:“你天天不在家,你咋知道黑枣儿到底是啥货色?你就会看个表面,表面谁不会装?黑枣儿不好好干活,有事没事的竟往店铺里钻,她还死皮赖脸地硬跟谷雨去货栈进货,走了快一天,后半夜才回来的,谁知道他们干了啥。她还给谷雨补袜子、洗衣服啥的,把她给上赶的!我是为你打抱不平才跟你说的,你爱信不信!”

南小北心里多少有点不是滋味,要早知道是黑枣儿喜欢谷雨,她才不会让呢!可她明明看到是南小南喜欢人家,怎么半路杀出个程咬金呢?她被彻底弄糊涂了。她沮丧地把枕巾从头下抽出来,盖在脸上。不管怎么说,南小北喜欢谷雨是情窦初开,这时候的感情最珍贵最脆弱,而她却悄悄地埋藏在心里。追其原因,她发现南小南也喜欢谷雨,而自己的喜欢在后,自己没有南小南漂亮、聪明,争斗时肯定处于劣势,因此事而闹得姐妹感情不和得不偿失,所以趁早主动放弃。

如今,三角恋的走向事与愿违,南小北的初恋竟然说不清道不明的被牺牲掉,她悔不该当初,她的自尊心严重受挫。她的失望、失落和懊恼、沮丧当然是在所难免的。她从现在开始,永远也不会停止对黑枣儿的冷漠态度。她知道她和黑枣儿之间的关系经不起时间的考验。她看到了黑枣儿言谈举止间的鄙俗和丑陋。她、南小南、黑枣儿跟谷雨之间如此错综复杂的关系，使她眼花缭乱、望而生畏。她不能沉浸其中，她要脱颖而出，儿女私情在爱国、卫国的革命洪流中是多么的渺小，多么的微不足道啊！

南小南一看南小北不说话了，脸上阴云一片，她的目的达到了。处心积虑的她得意于自己的计谋，一箭双雕再好不过。南小北是个炮筒子，一点就着，让她发威、犯浑有助于事态的发展，自己就能乘虚而入了。谷雨是她南小南看中的人，任谁都不能打他的主意。南小北和黑枣儿怎么会是自己的对手？她们也不撒泡尿照照自己，有半斤还是八两？两个人加在一起也敌不过她一个南小南！不管黑枣儿和谷雨是姐弟，还是恋人，先警告、打击一下，让黑枣儿和南小北明白，在所有的事情上，她们都不能与她作对，没资格跟她抗衡，在她面前，她们都应俯首帖耳才是。她要让她们知道，在南家看谁说一不二，看谁既有谋略又有胆识。

黑枣儿干完活回到屋里，看到南小北也躺在炕上，就走过去对南小北说："小北，你回来了，累了吧？你饿吗？要不我给你拿些吃的去？"

"你少猫哭耗子假慈悲！"

"小北，你这是咋说的，我咋听不懂呀？"

"你自己做的事你自己还不知道？岂有此理！"

"我啥也没做啊，小北你是不是误会什么了，你让我清楚到底是咋回事，我也好给你解释呀！"

"不必！"

黑枣儿丈二和尚摸不着头脑。本来在舅舅家的几个孩子中，黑枣儿跟南小北最近乎，南小北正直善良、率真透明，黑枣儿很认同并且欣赏这样的品质，而且又同住一屋，所以平时的交往比其他人要多一些。可今天南小北是怎么回事，莫名其妙地生那么大的气？是不是自己哪里做得不够妥帖，或者有被误会的地方，让南小北不高兴了？黑枣儿在脑子里飞速地搜索、回想着自己近来的所作所为，可是思来想去，没有任何发现。她在原地站了一会儿，她不知道自己该说什么该做什么，她想，还是等南小北消了气后问问原因再说。她轻手轻脚地上了炕，脱掉外衣，贴墙面壁躺在一个角落里，她生怕自己多占一丁点地方，她把自己蜷缩起来。

"这人呢，就得有自知之明，要知道自己是哪根葱、哪瓣蒜，否则做事走形，让人贻笑大方，岂不可悲可怜？"南小南从炕的那头，突然冒出一句话。

黑枣儿知道这是冲着她来的，南小南的明枪暗炮已不是一时半会儿了，南小南向来对黑枣儿不友善，说话一向都是阴阳怪气、冷嘲热讽的，她这一开口，黑枣儿似乎有些明白其中的蹊跷了。她们这是为了谷雨！她隐约觉得南小南有喜欢谷雨的倾向，难道南小北也喜欢谷雨？若说南小北跟谷雨，还真是挺合适的一对。如果她们是为了她跟谷雨的关系，而误解她、贬低她、孤立她、刁难她、排斥她，她无须跟谁解释，也没什么好解释的。这是她无法解释的一件事情。对于这件事，她宁愿保持沉默。

38

南小南不去上学了，学校里整天乱哄哄的，她也没了念书的心思。再说，她觉得自己书念到中学，对于一个女子来说已经足够了，俗话说女子无才便是德，如果比照这句话，自己是太有才了！有德没德她不管，她只知道有才自己就不会吃亏，有才自己就不会受制。南向前夫妇也觉得小南不去上学更好，省得每天提心吊胆的，姑娘大了，父母操的心越来越多，尤其是像小南这样美貌的姑娘。老大南小南在三个姑娘中最漂亮最有心眼儿最会来事，因此在父母心目中的地位也最高。南小南很清楚这一点，她很会讨爸妈的欢心，得宠的她很会利用老大的身份，得心应手地管制和恩惠弟妹，从而巩固自己大姐的地位。

不用上学，不用站柜台，不用做家务，悠闲自在的南小南整天涂脂抹粉，更衣打扮，把所有的心思和精力都用在攻破和征服谷雨的身上。她觉得自己有足够的力量和魅力可以让谷雨爱上自己。她可以最大限度地发挥自我，极尽娇媚百态的女性阴柔，让谷雨尽量领略她的强韧与妖娆。她身上充溢着蔑视整个世界的勇气。

这一天清晨，南小南起了个大早，精心梳妆打扮了一番，便袅袅婷婷地来到店铺，长至脚踝的紫色暗花的织锦旗袍，在脚步的款款移动中，下摆与脚踝之间发出轻微的沙沙的有节奏的摩擦声，她已经感到自己摇曳多姿的倩影，春风得意极了，不由自主地在心里念叨着《诗经》里面的诗句——窈窕淑女，君子好逑。

谷雨正在做着杂货铺开门的准备工作，郑重其事地身着灰色棉布的长袍马褂，外套一件黑色对襟薄衫，头戴黑色布面的瓜皮小帽，越发显得舒展、朗阔、俊逸，青涩中透着奇特的冷静，谦和中透着非凡的自信。像街道两旁葱茏挺拔的杨树，从容自在地悄悄长高长大。

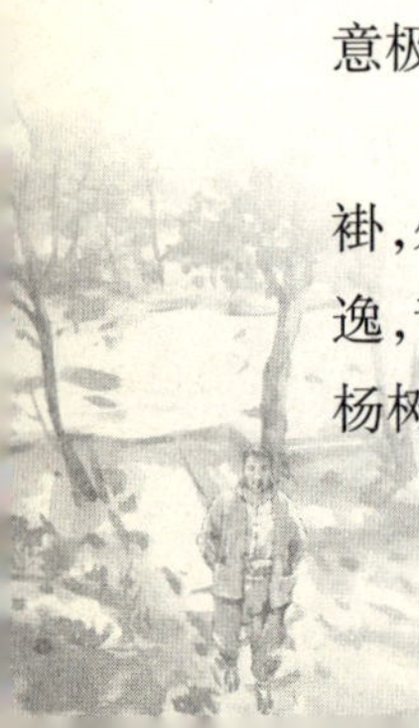

南小南不由分说，拉着谷雨的胳膊就往外走。

“小南，你这是干啥呀？”谷雨把南小南的手从自己的胳膊上拿下去，大惑不解地问。

“你跟我走就知道了。”

“别闹了，我还得站柜台呢！”

“我已经跟我爸给你请了假。快点走吧，小西、小东他们在胡同口等着呢！”

“到底啥事啊？”

“边走边说，快走呀！”

谷雨只好随着南小南往外走去。远远地就看到小西和小东欢呼雀跃着向他俩招手致意。

他们一行四人要去大召东仓吃早点。

小西、小东一路蹦着跳着，仿佛过节一般开心，这种无忧无虑、无拘无束的自在和快乐立刻传染给谷雨，谷雨也跟着跑起来，而且一蹦老高，伸长胳膊就能够着头顶上密密匝匝的树叶。

跑了一小段路，谷雨回头一看，南小南穿着旗袍只能迈着碎步，一路袅娜而行，像一处流动的风景。

谷雨往回跑了几步，陪伴在南小南的身边。

就这么一个细微、特别的举动，越发激越着南小南心中的爱慕之情，让她觉得自己为谷雨所做的一切都是值得的。她像阳光下充满渴望的花朵，她感到自己正在开放着，伸展着，企盼着……

一入召门，南小南他们便被卷入到此起彼伏的市井声中。酒馆、茶肆、饭铺、烟摊，以及“王一帖”膏药店、理发馆、照相馆、镟木棚等应有尽有。尤其是地摊文化，包括评书、鼓书、魔术、杂技、拉洋片、耍猴、卜卦、卖唱、小人书摊等，更是十分热闹。东仓的饮食文化也是独具特色，虽然没有塞外名店麦香村、凤麟阁、古丰轩的山珍海味，可它的平民化的传统面食与风味小吃，包括莜面、荞面、饸饹、江米面炸糕、枣糕、白焙子、糖三角、肉油旋、爆肚、烧麦、白水羊头、驴肉、马肉、煎饼果子、油茶面、豆面锅盔、熏肉、狗肉、粽子、粉皮、吊炉烧饼等都蜚声塞外。

谷雨来归化城快两年了，还是头一次来大召东仓庙会，而且是在早上，和南小东兴奋地一会儿看看这儿，一会儿瞅瞅那儿，东转转，西转转，忙得不亦乐乎，眼睛仿佛不够用了。

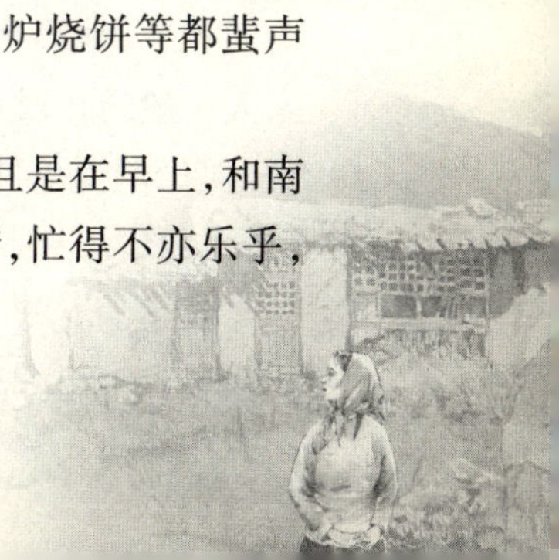

南小南他们今天是奔着吃焙子喝茶这种平民百姓的特色早点而来。

东仓的茶水是选用原产湘鄂的压制茶,即红砖茶(也有青砖茶)和已有数百年历史的“御泉”井水泡制,因而品茗时,会品出一种“神秘感”与“尊贵感”来。

焙子是平民化的一种传统面食。归化城的焙子仅在烙焙子这一总称下,便派生出十几种系列食品。这种似馕而非馕、似烧饼而非烧饼的面食,源自从西域进入此地的回族人之手。除通常多见的白焙子之外,还有三角焙子、油酥焙子、黄油焙子、鸡蛋焙子、冰糖三角焙子、糖锅盔、糖酥馍、糖蜜酥、素油旋、肉油旋,以及扇形的大饼子、皮薄而中空的干淀儿等,品种繁多,花样繁复。

各式各样的焙子,把个谷雨看得眼花缭乱,即便是作为本地人的南小南她们,也被焙子这一阵势弄晕了,这十几种焙子到底吃哪种好呢?众说纷纭,众口难调。最后南小南一样买了一个。

“大姐,这么多焙子我们咋吃得下嘛?”娇憨的南小西发愁了。

“谷雨哥没吃过,让他每样都尝尝!剩下的拿回家,家里还有好几口人呢,别发愁!”南小南回答着。

谷雨想了个办法,他让卖焙子的人用刀把挑出来的几个焙子按十字切开,正好每个焙子一分为四,这样,四个人便一下子能吃到好几种不同口味的各式焙子,既填饱肚子又撑不着,何乐而不为!南小东、南小西和南小南对这种吃法很觉得新鲜、好玩儿,他们同时吃完一种,再一同吃另一种,然后,他们一起喝茶。他们品咂着、评价着,仿佛游戏一般,开心至极。

喝茶吃焙子是归化人早点中最简单、最普通的一种。

南小东一边往嘴里塞着焙子,一边对南小南说:

“大姐,以后每个礼拜,我们四人都出来吃一次早点,我们要把归化城的早点挨个都吃遍!”

“那当然了,我正是这么计划的。但有个条件,小东你不惹是生非,好好上学念书,我才带你,要不然我不带你!”

“没问题。我保证。”

这顿早点吃得四个人都心满意足。名茶名吃,讲究着呢!南小南满意于谷雨的满意,她感到谷雨没感觉出什么,她相信有了这样一次近距离的、自然的、家人一般的接触,事情会向着她设想的方向顺利发展。

“你们说下礼拜咱们来吃啥呢?”南小西已经惦记着下回的早点了。

随后的几天,南小南每天都到店铺帮谷雨卖货,很自然、实诚的样子,丝毫觉察不出她有什么动机，谷雨逐渐与她惯熟了起来。虽然在一个屋檐下生活了两年，但同龄的谷雨和南小南之间几乎没什么接触，而且没说过几次话，所以对彼此的了解都是有限的，只是停留在表面的程度上。谷雨以为南小南真像她自己说的那样，她爸让她到杂货铺帮忙，省得她每天无所事事，不知如何打发时间。

有时在没有顾客的情况下，南小南很体贴、随意地问谷雨一些他家里和父母的情况，谷雨总是津津乐道于对家乡的描绘和对爹娘的眷恋这一永恒的话题。南小南也适时地聊一些上学读书的情况，“要是在学校，咱俩就是同班同学了。”这也是谷雨感兴趣的话题。南小南意识到自己不仅能把握人的心理，而且极具外交天赋，从谷雨的态度和变化上，她找到对应的答案，因此她更加信心百倍。

他很快就会拜倒在她的石榴裙下。南小南这样想。

杂货铺打烊后，南小南给谷雨送来解暑的绿豆百合汤。

她这时显得格外美丽动人，那样的自然开放，那样的妩媚明艳，那样的温柔可爱，她急切地想投入到自己设计的恋爱游戏当中。她犹如一朵盛开在阳光下的花朵，花枝招展，迎合着谷雨，引诱着谷雨，挑逗着谷雨，浑身充满了激情和活力。

她在谷雨自己搭建的床铺上坐下，她闻到一种陌生的异样的好闻的男人的气味。她不加思索地脱口说出在心里预习了不知多少遍的一句话：

“谷雨，如果我说我喜欢你，你会感到意外吗？”

谷雨正在低头大口大口地喝加了冰糖的绿豆百合汤，听到南小南赤裸裸的表白，意外地抬起头：

“很意外。”

“你能告诉我，你喜欢我吗？”

“……对不起，我从来没想过这样的问题。我现在唯一要做的，是站好柜台，做一个让南掌柜放心的伙计，南掌柜对我恩重如山。”

“可这并不妨碍你接受我，而且我能帮你做好这一切。”

“谢谢你的好意。可是我……”

“你的事情就是我的事情。明天是周末，我们一起到大召附近的戏园子看戏去吧！”

“我还要做事，何况周末顾客多。”

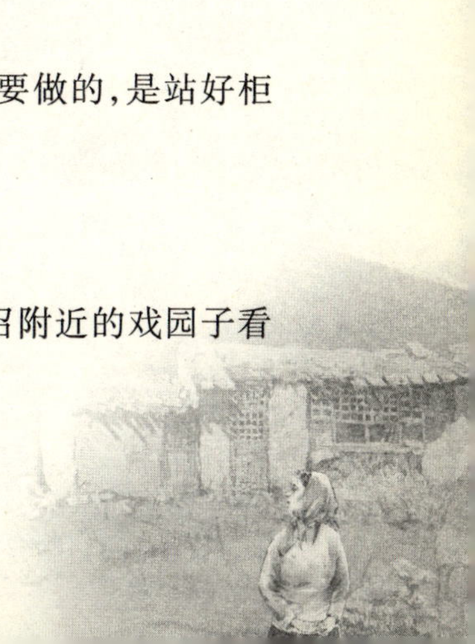

“那我陪你站柜台好吗？为你做啥我都心甘情愿！”

南小南冲谷雨嫣然一笑，随后站起身子，谷雨也礼貌地站了起来。南小南往谷雨跟前挪了挪步，她把头轻轻地靠在谷雨宽阔的肩上。嘴里不停地喃喃自语：

“我喜欢你，谷雨。我喜欢你……”

她让他不置可否，不知所措了。

谷雨轻声说道：“小南，我送你回你屋吧。那啥，天不早了。”

南小南缓缓地从谷雨的肩上抬起头。谷雨扭身往前走去。突然，南小南从后面抱住谷雨，把自己柔软的身体紧紧贴住他的后背，用那双纤秀的小手抚摸着他那生机盎然、健壮有力的躯体时，体味到了无以复加的喜悦。他的身体热切美妙，是她感觉中唯一的真实。她踮起脚尖，用她丰润晶莹的柔唇亲吻着他的脖颈、耳朵。谷雨顿时被她突如其来、胆大妄为的举动懵住了，他的心被她亲吻得痒痒的，稍稍停顿了片刻，他把她紧紧环抱他的手掰开，背对着她，说道：

“我送你回去。”

南小南洒脱地拍了拍他的手臂，蝴蝶一样翩然而去。

第十章

39

南小南一直在不动声色地观察着谷雨和黑枣儿，她的脑子里突然冒出一个念头，她觉得只有尽快实施这个想法，才能让存在于他们三人之间的问题不成为问题。

对于谷雨，南小南非常恼羞成怒，在她和黑枣儿之间，他竟然对她敬而远之，而对黑枣儿心醉神迷。她对他那么好，为他做了那么多的事情，几乎把心都掏给了他，她对自己的父母弟妹都不曾这么尽心尽意过，难道这还不足以打动他的心吗？在经过他多次有距离、礼节性的对待后，在数次悟觉到他生活的目的不是为了她后，她勃然大怒，大发雷霆，仿佛要毁灭一切。

她把这一切都归结为黑枣儿的存在，黑枣儿手里到底攥着什么制胜的法宝？这使她大惑不解。更使她大惑不解的是，谷雨对她好像没有感觉，根本就没有想和她亲近的意愿。如果不是谷雨被黑枣儿不知用什么法子笼络和要挟住，他就不会对她的浓情蜜意无动于衷！谷雨放着掌柜家的对他情有独钟的金枝玉叶不去追求，而去青睐一个比他大三岁的寄人篱下的山野村姑，是不通情理的，是难以置信的，是匪夷所思的。这其中一定有不为人知的隐情和不可告人的秘密，否则又作何解释？

南小南认为问题出在黑枣儿身上，黑枣儿一定是当面一套，背后一套，当着南小南的面，她仿佛与谷雨毫无瓜葛，她拒谷雨于千里之外。背着她南小南，黑枣儿指不定做出什么下流勾当，给谷雨不知灌了什么迷魂汤药，让谷雨心里只

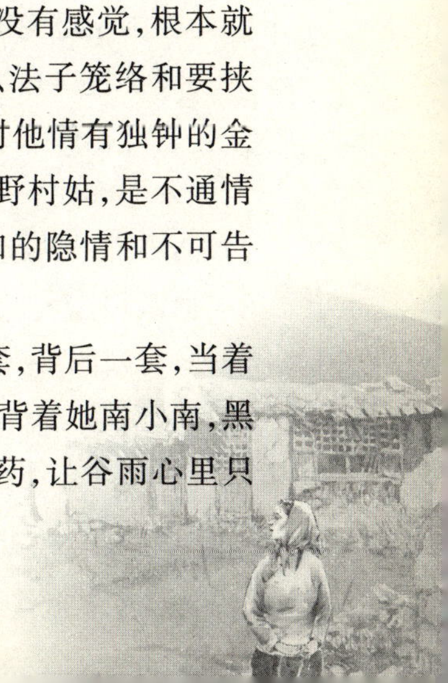

能有她，只围着她一个人转。何况黑枣儿比谷雨岁数大，比谷雨有心计，谷雨对她还不是言听计从？自己不能就这么静观其变了，应先下手为强，看来自己得动真格的了。无论是谷雨还是黑枣儿，如果她不给他们点颜色看看，他们仍然执迷不悟、我行我素呢！他们在别处可以信马由缰，但在南家绝对不可以为所欲为！

走着瞧吧，哼！

南小南的爱情越是充满了障碍、阻力，越是不顺畅不通达，反而越是激发出她对谷雨强烈的难以割舍的依恋与爱慕，以及夺取爱情势不可挡的昂扬斗志，她像个勇士一样摩拳擦掌，随时准备着投入到爱情战争中去，用自己最擅长的武器“磨刀霍霍向猪羊”。

谷雨越是文武双全，越是清新脱俗，越是温柔体贴，越是谨慎稳健，越是自信阳刚，越是独一无二，南小南就越发想征服他，占据他，拥有他。障碍、逾越、痛苦，及其他所有的一切，在她的体内汇聚成一股对谷雨强烈疯狂的激情，她觉得自己比任何时候都更需要他，更喜欢他，更爱他。

战争还处于潜伏阶段，目前还很难说谁输谁赢，笑到最后的才是赢家。只要坚持己见、持之以恒，有计划有谋略有步骤有措施，才能稳操胜券，才能赢得最后的胜利。她对自己即将挑起的这场爱情之战感到兴奋不已，她已经跃跃欲试了。

40

夜晚姗姗来迟，星空中光斑隐约地闪动着，异常生动。一轮丰硕的金黄的月亮，沉甸甸地挂在晚秋的苍茫暮色中，光芒四射，温暖宜人。

谷雨吃过晚饭，向店铺走去。

日子过得真快呀，又是一天要过去了。

也许是昨天夜里梦见娘的缘故，谷雨今天特别想念在老家的爹娘，尤其是宠他爱他疼他的娘。娘的腿病就是生他那年，在月子地里落下的，以至于从那时起，再都没站起来。娘的不惜任何代价的付出和牺牲，越发衬托出母爱的无私、慷慨和伟大，是任何一种情感都无法比拟与替代的。越来越大、越来越懂事的他，对娘的负疚感、敬慕感、崇拜感、亲近感、依赖感和思念感等这些复杂的感情与日俱增，或许还有他说不清的一些感觉，都在他的心里强化着、凝聚着、扩延着。他现在不在娘的身边，爹对娘又比较冷淡，娘还不知有多么孤寂落寞呢！

娘一定攒了许多话要对他说；娘一定想他想得望眼欲穿，夜不能寐；娘一定埋着头，在属于她自己的至真至善至美的神秘世界里忙碌着……娘的“嘎吱嘎吱”有节奏的纺车声在他的脑海里回响着，竟然如音乐般悦耳动听。他的眼前满是娘清丽娟秀的脸庞，熟悉得近乎陌生，清晰得近乎模糊。一种欲哭的冲动侵袭着正在脆弱的他，他多么希望现在就拔腿往东南方向走，往家的方向去，纵使远天远地也挡不住他回家的脚步、思乡的情愫！

人生旅途的终点到底在什么地方？人到底为什么而活着？背井离乡的苦楚油然而生，烦恼忧愁说来就来。他的心头倏地弥漫了一层阴影，脚步像灌了铅似的难以移动，灵魂显得无依无靠，生命好像戛然而止。

谷雨从后门走进店铺，月亮的光芒从窗棂、门缝中肆无忌惮地倾泻进来，他机械而熟练地穿过一堆堆货物，走到一排货架的后面，在靠后墙的一小片空地上，他把床铺铺好。之后他站起身，又逐个检查了一下门窗的关闭情况。

当他走到门口时，与正准备进屋的南小南迎面碰上，南小南进屋，随手关门，并且把门闩插上。

南小南靠在门上，容光焕发，脸庞绯红如霞，显示出莫名其妙的优越感，浑身上下都仿佛充满了渴望，目光里闪着原始而野性的光彩。南小南无所顾忌、千娇百媚地直视着谷雨。

“过来，抱抱我！”

“别这样小南，我……”

“我想你啦！谷雨。”

“小南，你听我说，我跟黑枣儿……”

她迅速、武断地打断他正在说的话：

“这时候说什么红枣黑枣的，你可真有意思，现在根本不是吃枣的季节呀！”

“你要是没别的事就回去吧，我要睡了，明早还要跟南掌柜去会一个人。”谷雨说着，扭头向床铺走去。他仰头躺在铺上，双手枕在脑后。

半天没有南小南的动静，也没听到开门的声响，谷雨正在纳闷，只见南小南赤身裸体地向他走来，宛如一穗刚剥开的鲜嫩、饱满的玉米，月光映照在她洁白的脚踝和酮体上，内心由于充溢着爱情，而使得脸颊粲然，眼瞳炯炯，轻盈欲飞。他看到她这副模样，不禁大吃一惊，呼吸也仿佛停止了。不是在梦里吧？他揉了揉眼睛。

她站在床边等待着，等待着……

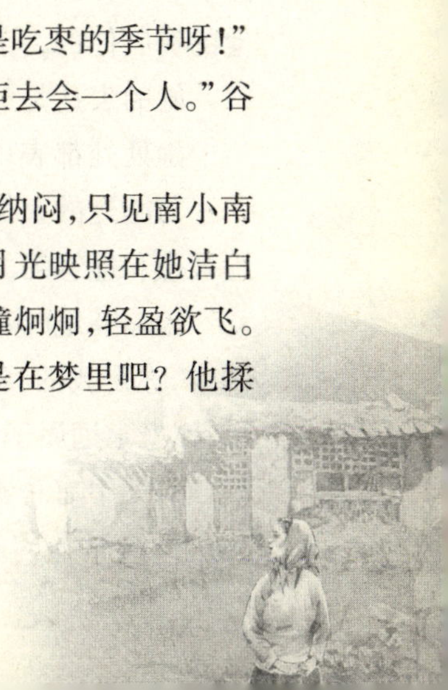

谷雨突然跃身跳下床铺，迅速抽出床单把她包住，弯身把她扔在地上的夹旗袍、鞋子捡起来，递到她的手上。

“……听我说，小南，有一件事我必须告诉你，我和枣儿姐早就好上了。你的心意我都明白，但是这是不可能的。你对我的好我领情了，我知道你是好姑娘。快把衣服穿上，别着凉了！”

“我就那么让你讨厌吗？”南小南义愤填膺了，她的眼泪在飞。

“不是的。”

南小南一看谷雨惴惴不安的样子，她的态度、语气有所缓和：

“我知道你心里是喜欢我的，只是因为黑枣儿才不敢喜欢的，我说得对吗？”

谷雨无言以对。

南小南一看谷雨低着头不说话，她柔声细语地对他说：

“我没让你不跟她好，你俩好是你俩的事。”

谷雨一直低垂着头。

“我只是想问你，我好吗？”

“……好。”

“我漂亮吗？”

“……漂亮。”

“你不想抱抱我嘛？就一下。”南小南天真烂漫了起来。

谷雨一动不动地站在原地。

南小南将自己娇美的身体紧紧地贴住谷雨，双手急切地箍着他的腰，他的脊背，他的肩头，她觉得自己的身体快要穿透他，她忘情地体味着他那充满蓬勃生机的铿锵有力的身体，他的身体是那么清新舒卷，那样坚固结实，却又是那么温顺被动，完全处于她的控制之中。她一下子吻住他的嘴，迫切、热烈地吮吸着他的嘴唇他的舌头他的唾液。

她的表达是那么的率真、任性、狂野。

她处处都表现出主动、掌握、驾驭的本能。

与心爱的人拥抱亲吻，真是太美妙了！她感到一阵欣喜的战栗掠过周身，她被想和他缠绵的欲望撩动得有些不能自制了。

她喃喃地呻吟着：

“你是我的，我也是你的。你抱了我，你亲了我，你看了我，我永远是你的人了，你也永远属于我！听见没有，谷雨？”

空气中有种东西若隐若现地浮动着，如轻雾般笼罩着他们，周围是那么的

安静,他们能清楚地听到彼此的喘息甚至心跳的声音。

她知道自己不能过于心急,否则会欲速不达,一无所获。

她突然抽开身子,隔着一段恰到好处的距离,神采奕奕地端详着他,神态妩媚而明艳,更显示出无穷的美丽与魅力,一副满意十足的模样,好似被落日映红的一朵彩云。

她当着他的面,把旗袍和鞋穿好。

她为他把床单铺好,把被窝铺好。

41

南向前与谷雨从麦香村出来已是上午时分了,这顿早餐吃的时间够长,档次够高,但南向前不心疼,他觉得值,因为他认为自己的付出与获得这么重要的商业信息是对等的,偶尔奢侈一把也无妨。他招呼了一辆人力车。

“掌柜的,麦香村离咱杂货铺不远,咱坐车干啥?咱走回去吧!”谷雨阻拦道。

“唉!这你就不懂了,这排场已经讲了,索性咱就排场到底。上车!”南向前底气十足豪迈十足地说。

难得见南掌柜这么有兴致地豪爽了一把。上漠南蒙古做生意这件事让南掌柜动心了,一准南掌柜这回要行动了,谷雨心里琢磨着。的确也是,杂货铺这个小本生意现在是越来越不好做了,与其这样维持生计,不如到外面闯出一条发财的路来。谷雨想起来,以前在老家听爹说过,爷爷就是两次到察哈尔右翼正黄旗草原做干果生意发的财,最后传染上疟疾客死他乡的。

“这爷俩终于回来了,咋这长时间呢?不就是吃个烧麦嘛!”南妻站在柜台前满面春风地对回来的南向前和谷雨叨咕着。

谷雨把手里拎得吃剩下的烧麦,以及甜味菜点:酿羊尾、拔丝山药、糖醋里脊等这些小东爱吃的菜肴递给南妻。

“我的妈呀,咋要了这么多吃的?请得甚稀客呀?这也太铺张浪费了吧!”南妻埋怨道。

“女人家就是头发长见识短,整天价钻在钱眼子里!这不都是你儿子爱吃的嘛?我一筷子都没舍得动!”南向前有他糊弄老婆的办法。

“小东就等着这一口呢!估计现在已经饿过劲儿了。南小东,南小东……”南妻边扯着嗓子喊着,边提着一包好吃的走出杂货铺。

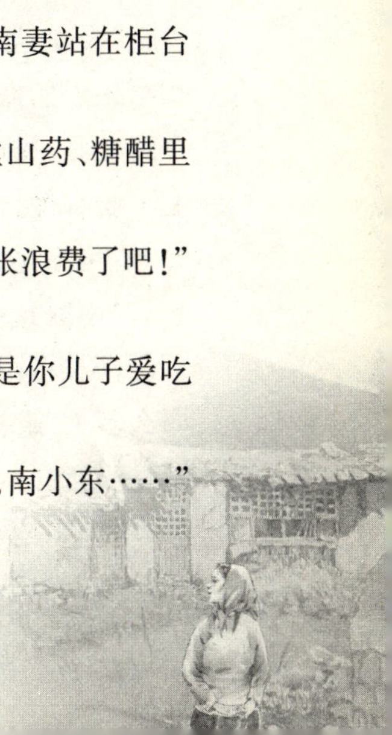

南向前冲着老婆的背影无可奈何地摇了摇头。少顷,转过头对谷雨说道:

“谷雨,你觉得那事可行不?”

谷雨笑眯眯地说:“掌柜的胸有成竹的事,肯定可行的!”

“掌柜的爱听什么,你就说什么呀,你个臭小子!”南向前疼爱地朝着谷雨的肩头轻轻给了一拳,接着又说:

“那件事可得好好琢磨琢磨,闪失不得哦!”

42

晚上,南妻对坐在小炕桌前正在噼里啪啦拨拉着算盘,算计着什么的丈夫说道:

“小东他爸,你先别忙乎了,听我说个事儿哇!”

南向前头也不抬地应着:“说你的呗!”

“……那个啥,谷雨跟咱小南好上啦!”

“啥?小南跟谷雨?”南向前抬起头。

“咋不是!我心里这块石头总算落地了,只要是谷雨这后生给咱家当倒插门女婿,不管是小南还是小北,哪怕是小西,谁都行呀!小南更好些,既是老大,又懂事,能体贴爸妈,照顾弟妹。”

“这是啥时候的事啊?”

“我也是今天早上才听小南亲口说的。”

“小南自己说的?”

“那可不!俩人的感情都挺深的啦……嘿嘿!”

“要是这样那就太好了!我正琢磨着小北跟谷雨比较合适呢,咱做长辈的咋给孩子们撮合撮合。没想到谷雨跟小南自个好上了!行啊,不管谷雨跟我哪个闺女好,我这当爸的都高兴啊!我早就看好这后生啦,没想到他自己先行动上了。有种!这小子跟南家有缘分哪!”

“可不是,在这件事上,咱俩可算是想在一处了,真是难得!”

“南家这摊子生意虽说不大,但总得有人接手,小东是指望不上了,岁数小不说,压根就不是做生意的料!现在时局这么动荡,以后咋样还很难说,顾不了那么多了,趁我还干得动,又有谷雨这么个好帮手,我想着赶紧把生意往大做一做,把基础打下,就不愁将来了!”

“小东他爸,你说的在理。可你也别看扁了小东,我看我儿子将来准有大

出息!”

“哼,三岁看大,七岁看老!你就等着享你儿子的福吧!”南向前冷笑着讥讽道。片刻,又说:

“小东他妈,我咋觉得小北对谷雨也有意思?哈,哈……这后生艳福不浅哪,竟让我俩闺女都对他动了心思!”

“小北那野丫头又不知疯到哪儿去啦?一个大姑娘家整天不着家,成何体统?她多会儿有过正形?还不是眼气她姐,跟着瞎起哄呗!她从小不就是啥都跟她姐镖着劲儿,她姐干啥她也干啥!一说起这死丫头,我就来气。哼!”

“你总是不待见小北!小北咋没正形啦?小北做的都是大事,正经事,体面的事!要我说呀,咱这四个孩子当中,数小北最有出息!”

“行啦,行啦,一说起小北就抬杠,真是的!”

“还有,我看谷雨跟枣儿也挺好,会不会……”

“那枣儿不是谷雨的亲戚嘛?不是一直都是姐弟嘛?何况枣儿比谷雨还大好几岁呢!你呀,你呀,让我说你甚好呢?你也真能胡思乱想,亏你还是大老爷们!你到底想甚呢?你刚才不是还说让谷雨做儿女婿都行吗?咋一会儿就变卦啦?”

“你着的哪门子急呀?算我没说,这总该行了吧?没法儿跟你说话,一说话就急!唉——”

南妻不蔫声了。

谷雨与黑枣儿之间的关系咋就让小东他爸看出来了?黑枣儿这个成事不足败事有余的货!哪儿热闹,哪儿有好处就削尖脑袋往哪儿钻,也不看看自己啥成色,竟敢厚着脸皮跟南家的大姑娘比拼,竟敢挖南家的墙脚!吃了豹子胆,还是脑子进水了?这个忘恩负义的货,也不想一想这两年是谁养着她,八竿子打不着的亲戚关系,就想讹南家一辈子呀!在黑枣儿的问题上,南妻知道自己不能明挑,碍着南向前的面子,自己得好人做到底。南妻越想越窝囊,越想越生气,把嘴里嗑的葵花瓜子皮吐得满地都是。

小南跟南妻言之凿凿地说,本来谷雨跟她好着,却让黑枣儿插了一杠子。南妻清楚这三个孩子之间的关系,并非像自己闺女说的那样简单,谷雨也不像小南想象的那样好控制。自己是女人,是过来人,俯瞰小辈人的恩怨情仇、是非曲直是一目了然、心里有数的。当妈的肯定胳膊肘往里拐,何况南家需要谷雨这样一位智勇双全,能接手南家生意的倒插门女婿,说甚自己都得助闺女一臂之力。只有把黑枣儿从南家赶走,闺女和南家才能如愿以偿,一举两得,但是这得需要一个合适的时机。南妻捋了捋庞杂的思绪，认定目前要做的三件事情是：第一，要造成小南和谷雨相好的事实，赢得南向前的认同和支持；第二，要稳住谷雨，表面上要跟黑枣儿过得去，不能打草惊蛇；第三，要寻找、创造比较合理的让黑枣儿主动放弃谷雨和离开南家的机会。

南妻瞅了瞅还在埋头算计的丈夫，她下了炕，往茶杯里兑满开水，端过来，放在小炕桌上，然后一屁股坐在炕上，和颜悦色地说：

"小东他爸，你歇会儿，喝口热茶，润润嗓子，别太累了！"

南向前把账本合上，把算盘往里推了推，把茶杯挪到自己跟前。

"你刚才说甚来着，要把咱家的生意往大做？他爸，你有甚打算呢？"

南向前兴致勃勃地说：

"我正思谋着和前街的老刘一起上漠南蒙古做生意去，准能挣大钱，老刘他小舅子就是刚从那里回来的，人家可是发大发啦！这不今早请老刘就是为这事。"

"去漠南蒙古卖甚去呀？"

"上至绸缎，下至葱蒜。甚都行！"

"那敢情好！那你打算啥时候走呀？"

"过了元旦就携货启程。"

"除了老刘，还有谁去？"

"还有几家，都是咱大南街的，老杨、老董、小赵这几个你都认识，大家伙随着老刘的小舅子一起去。"

"你不带谷雨？"

"我俩总得留一人守着杂货铺呀！"

"他爸，我看你还是带上谷雨吧，谷雨会武功，一路上也好有个照应，人家那几家肯定是儿子也去，女婿也跟的，还有兄弟搭伴。你单蹦一个怪可怜的，再说路途远，这一去一回的大半年出去了，你身边有谷雨不闷得慌，又能多带些货物，遇事还能有个商量、抵挡的，我才能放心。"

南妻拿过南向前手里的茶杯，喝了一口，继续说道：

"至于杂货铺，家里不是还有我、小南和枣儿嘛，我们几个或多或少都站过咱铺子的柜台，卖货绝对没问题！只是你们走前把货给提好就行了。个别急需货物，枣儿也能提，她不是跟你和谷雨提过几次货吗？"

"那倒也是，这儿的生意不景气，来买货的人越来越少了，你们几个女的对

付铺子应该还行。那我就带上谷雨，走上一趟，路就熟了，下回让他自个去就行。”

南向前接着吩咐道：“眼瞅着入冬了，你告诉她俩没事多到柜台上熟悉熟悉，让谷雨带带她们，没俩月了！走之前还有一堆事要办，要到有关衙署领办照票、要置办带走的货物甚的。家里的事，你多留点心，把南小东给我看紧了，朝心那小子学坏！”

“哦。我还得给你们准备行装呢，听说漠南蒙古那边春秋多风，夏天也短也热，冬天又长又冷，得穿皮袄、毡靴，戴皮帽，你们现在的衣服肯定都不行，冬天的衣服得重新准备。这时间可真够紧的！”

“且得忙活一阵子呢！”

南妻心里暗暗高兴着，机会这么快就来了，真是时来运转，一顺百顺啊！南妻在心里说：看来想不让黑枣儿走都不行了，老天爷都要助我们南家一臂之力！不是我们容不下你黑枣儿，是天意！你要怪就怪老天爷哇！怪你自己的命不好也行。谁让你心比天高，命比纸薄呢！谁让你倒霉遇上我闺女呢！认命吧！

43

谷雨把杂货铺所有货物的价格，用蝇头小楷写在一张很大的宣纸上，然后他把这张价格表贴在杂货铺的墙壁上，大大地方便和吸引着南妻她们，无论是南妻、南小南还是黑枣儿，一来到店铺，就站在价格表前熟记或把它背下来。

南小南越发跑得勤了，一有机会就向谷雨示爱，谷雨碍于情面，与她保持着一定的距离，既不疏远也不亲近，既不热情也不冷淡，越来越拿捏到位，任南小南不能怎样。南小南一看谷雨逐渐学会应付她了，便把苗头对准了黑枣儿。

南小南说：“中秋前后的一天夜里，我很晚才回房，知道我干甚去了嘛？”

黑枣儿说：“不知道。”

“谷雨非得叫我去他那里。他真来劲，三下两下把我脱光，把我抱在他的被窝里，我们那个了……他一直不让我穿衣服，还让我睡在他那里，反正我爸妈也不知道，后来我硬是挣脱他跑出来的。他还让我每晚都去他那里，我没答应他。他以为他是谁，凭他就想把我招之即来，挥之即去？我才懒得搭理他。啥时想在一起得由我说了算！”南小南眼睛都不待眨的，在黑枣儿面前信誓旦旦地编谎。

南小南看黑枣儿半天没反应，便问：

“唉,听见没?你咋不说话呀?”

“今后请你不要跟我说这些乌七八糟的事儿,你愿咋做是你的事情,跟我没任何关系。我对别人的私情杂念丝毫不感兴趣!”黑枣儿义正辞严地堵住了南小南的嘴。

南小南一看黑枣儿较真啦,她在心里偷偷地乐着。今天适可而止,以后再找机会刺激她。她对自己说。

黑枣儿不去杂货铺又不行,得遵照南妻的要求,但她尽可能地少去杂货铺。偶尔去了几次,只要她前脚刚到,南小南立马影子一样跟了进去,嘴里还不依不饶的:“嗬,咱俩这是心有灵犀呀,干啥都好像事先商量了一样,你想去哪儿我也想去哪儿,我喜欢的东西你也喜欢,多有意思!”

在谷雨的注目下,在南小南的监视下,黑枣儿一如既往地该干啥干啥。

“姐,你来舀醋。”

谷雨把专门舀醋的舀勺递给黑枣儿,黑枣儿知道这是谷雨在有意接近她,她很配合地把专用漏斗架在顾客自带的醋瓶子上,从缸里平平稳稳地舀出三勺醋,倒进漏斗里,正好是满满一瓶。谷雨赞许地冲黑枣儿微笑着,黑枣儿也笑了笑。

过了一个时辰,黑枣儿对谷雨和南小南说道:“谷雨,没啥事,我去买菜了。你在吧,小南。”

44

还有不到一个月的时间就要动身启程了,谷雨还没找到与黑枣儿单独接触的机会。

北上漠南蒙古的准备工作,杂货铺大半年的进货,家里的冬储菜、腌菜都在交叉进行着,南家上下忙得不可开交。一家人齐心协力为特别的下一年忙乱着,人与人之间错综复杂的关系——微妙的缝隙、人为的误会、尖锐的暗伤,似乎都被喧闹的忙碌掩盖住了。南妻很懂得“要让马儿跑得快,就得让马儿吃草”这个简单的道理,这两个月是南家最关键最较劲的时候,也是最需要劳动力的时候,所以黑枣儿和谷雨被南妻难得待见了一把。他们对南妻的突然大变脸见怪不怪,依然如故地本分地做着自己,做着活计。

南向前在准备去漠南蒙古做生意的货单上,着实下了一番功夫,他先去向老刘的小舅子了解、讨教哪些货物在当地紧俏、畅销,又根据自己的生活经验、

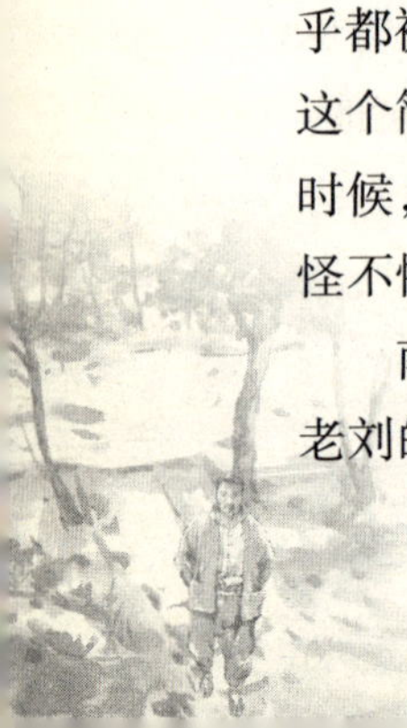

长期做小百货生意的经验以及这些年来对周围蒙古族同胞生活习惯的认识、渗透、融合，制定出一套独具特色的货单。并且在酝酿、筹备的过程中，与全家男女老少轮番探讨协商，从中汲取灵感，随时调整、补充。在这方面用的时间和精力最多，他尽量做到精准周全，万无一失。因为他知道货物选取到位与否，直接影响到生意兴隆与否。正所谓知己知彼，百战不殆。

“不管咋说，我们汉族人生活中需要什么，蒙族人也需要什么，按着这个大方向备货肯定没跑。但蒙族人有他特殊的生活习惯，我们了解得越多，就能把货物准备得越充足。砖茶、红茶多带些，其他茶叶不必带了。我们能带去的东西毕竟有限，所以我们尽可能地带去他们需要的、稀罕的货品。”

谷雨不住地点头。

“谷雨，你拉个杂货铺大半年的进货单，一两天咱们去货栈把带走的货和家里的货一起办了，货多，咱家的手推车不够装，再租一辆马车。记住把枣儿带上，让她熟悉熟悉，咱们走了以后，万一杂货铺遇到急需进货的情况，枣儿就能办了。”

“知道了，掌柜的。”

45

动身北上的日子一天天逼近，这一走最起码半年。谷雨想，今天说什么也得跟黑枣儿单独见一面，否则三天后他们就开拔了。南小南这些天几乎天天都腻在谷雨身边，令谷雨动弹不得。白天在杂货铺躲不开，一到晚上，谷雨就找借口到外面躲避南小南没完没了的纠缠，直到夜里才返回杂货铺。

黑枣儿吃过晚饭，趁南小南不在，赶紧把熬了几宿织就的粗羊毛线围巾、帽子、手套和袜子放在炕上，把毛巾蘸湿，平铺在围巾上。然后把在灶台上预热的烙铁垫了块厚布拿下来，她在上面吐了口唾沫，试了一下温度，只听“刺啦”一声，唾沫星子立即被烧热的烙铁吸干，并散发出烧干了的怪味，黑枣儿便知道烙铁烧好了，可以用了。她把围巾烙得平平展展的，就着烙铁的余热，接着又把帽子、手套和袜子烙展乎了，随后叠起来，用一块布包好。她想着这一两天就得交给谷雨。

窗玻璃上已结了一层薄冰，冰凌花在它水晶般的睡梦中恣意地纯粹着、空灵着……

有节奏的敲门声，敲醒了正在发呆的黑枣儿，她从炕上跳下来，趿拉着鞋跑去开门。

她看到谷雨站在门口:“快进来!”

谷雨两只手插在袖筒里:“姐,咱们出去走走,我跟你说个事。”

“哦。等我一下。”黑枣儿转身把棉袄穿上,把鞋提上,把炕上的小布包拿上,冲谷雨说道:“咱走。”

夜幕早早地降临了,光秃秃的树枝互相撞击着,啸叫着。

谷雨他俩一前一后地走出胡同,谷雨站住脚,待黑枣儿走上前,与他并排,他随着她步伐的节奏,共同往前走着。走了一会儿,谷雨开口了。

“这次去漠南蒙古,我想回来时拐到察哈尔右翼正黄旗,看一看我爷爷和你爷爷曾经做生意的地方。”

“哦。听奶奶说我爷爷和你爷爷去了两次,那里一定很美,钱一定好挣!不过,我没见过我爷爷。”

“我也没见过我爷爷,我爷爷去青格勒图草原时还没有我呢,那时我爹才两岁。”

“谷雨,我们离开家已经两年多了,时间过得多快呀!也不知爹娘现在咋样了?”

“熬过这半年多的时间,等我北上回来,我就带你回家。我想好了,这次陪南掌柜去漠南蒙古一定能挣上大钱,帮南掌柜挣上钱后,我们就可以永远离开这里,过我们自己的生活。”

“你和小南不是都那样了嘛,你怎么还要离开呢?”

“哪样?小南跟你胡说八道什么了?”谷雨意识到自己被卷进莫名其妙的漩涡里去了。他思索了片刻,他觉得有必要向黑枣儿把情况说明一下,否则黑枣儿会误解他和南小南之间的关系。

“我咋跟你说呢,姐,反正我是绝对不会跟她好的,我跟她不是一种人,我看不懂她,但她老去纠缠我,碍着你和南掌柜的面子,我又不能跟她撕破脸。但我告诉了她,我早就跟你好上了,让她死了那份心,可她还来找我。我觉得她是成心起哄、捣乱的,她看不起人,容不下人。所以我担心她会嫉妒你,找你麻烦的,她不是一般的麻烦人,跟她妈一样!等我回来,我们说什么也要离开这里,苦、累我都不怕,可我实在受不了她对我的骚扰,我……”

谷雨的脑海里又浮现出南小南对他放肆的撩拨、挑衅和蛮横、霸道的态度,那是一种阴沉、疯狂、屈辱的折磨,是一种可怕而贪婪的羞耻的余波。为了自己

完整的灵魂，也为了男儿的尊严，他一定要远离南小南。

“谷雨别说了，我相信你。”

“姐，我和南掌柜这一走就是半年多的时间，我担心南掌柜不在，她们会欺负你……”

“你放心去吧，姐这儿你别操心。”

“小南找你麻烦，排挤你，你别跟她一般见识。你一定要等我回来，我带你离开这里。”

“别说了，谷雨。拿着！”黑枣儿把包裹放到谷雨手里。

“这是啥？”

“给你织的毛线帽子、围巾还有袜子、手套，听说那里很冷。”

谷雨和黑枣儿穿过牛桥，拾阶而下，慢慢走出光亮。

一走进黑暗中，谷雨立刻抓住了黑枣儿的手，俩人默默地走着，轻盈协调的脚步踏在夜色中。

城市像一缕烟雾，在他们周围慢慢消失，夜色中，不时闪现出奇怪的光亮和声响，北风沙沙地吹动着路边的松柏，喧嚣的市井声渐渐地隐退。

他们紧紧地走在一起，两颗心紧紧地依偎在一起，他把她拉近，以一种细腻、隐藏着的而又有力的激情搂紧她，好像他们之间有一个秘密的约定，而只有在这无尽的黑夜中，这种约定才能得以实现。这神秘的黑夜是属于他们的世界。他的心好像紧紧地连着她的心，他们好像拥有同一个思想。

她只有在一种几乎催眠的状态下才意识到他是以一个男人的姿态挺立在她面前，而在她的正常感觉里，他是情同手足的兄弟存在于她的世界中。但是他一出现在她的视线时，那种清亮、坦荡、一派天然的神态和从容、潇洒、富有弹性的脚步，以及他看她时，眼神中所充满的那种镇定而发光的力量，那是一种如月光般坚毅热切的光焰，像一道摄人魂魄的符咒。

“姐，我跟你在一起的时间比跟爹娘都要长，从一生下来到现在寸步不离，已经有十五六年的光景了，这下要离开你大半年，我还真有些不适应、受不了！姐……”谷雨突然哽咽了。

“我也一直没离开过你，我已经习惯了有你的日子，不知道你不在的日子是啥样的，我害怕……”黑枣儿一看谷雨这样，自己也免不了伤感起来，抑制不住地轻声抽泣着。

黑暗在大踏步地挺进。谷雨不顾一切地把黑枣儿紧紧搂在胸前，他浑身颤

抖，几乎晕厥。他的嘴在急切地寻找她的嘴。他们流着眼泪，他们陌生而羞涩地亲吻着。逐渐，他们愈拥愈烈，亲吻越来越缠绵、微妙、默契。她像是被摧毁被击碎被湮没了似的，不停地战栗着，她的意志，她的灵魂已不知飞向何处。

夜色连绵。

他轻轻地咬住她洁净小巧的耳朵，“我必须在你的身边。我的身边不能没有你。”他像被施了催眠术似的喃喃说道：“因为我满脑子都是你！”声音是那么的令人肝肠寸断。

对他来说，她是一团使他销魂蚀骨的熊熊烈焰，火星舔舐着他的思想，火苗燎烤着他的手脚，火焰点燃了他的躯体，直到他被整个吞噬。

他说：“姐，我们结婚吧，像小时候那样，不，是真正的结婚，真正的在一起！”

他又说：“姐，你等着我，我要娶你！”

他还说：“姐，我要你每时每刻都在我身边，我要保护你，我要爱你，我长大了！”

黑枣儿哭了。

一阵北风吹拂着街边沉睡的树枝，吹拂着黑枣儿的脸颊。她咀嚼着与谷雨分离的痛苦和无奈，却永远不知道也没找到与谷雨在一起时最完美的感觉。

渐渐，莫名的困倦和沉重感侵袭着他们，一种意识在他们身上清醒了过来。他们逐渐意识到周围的苍茫夜色和紧锣密鼓的风声。

时间从他们的身边呼啸而过。

第十一章

46

归化城的冬天顽固得很，总是自作主张地往后拖延着，推迟着，因而春天总是被覆盖、忽略掉，归化人总是脱了棉袄就直接穿上单衣。北方的春天大抵就是这样，刚一露头，还没站稳脚跟，就被下一个热情洋溢、热气沸腾的季节替代了，匆匆退出时间的舞台，结束了自己的使命。

打烊前，黑枣儿把一天的收入点清，放入小木匣里。然后她拿着收入明细单开始逐个清点货物。因为站柜台撑门面，她把奶奶用麦芽色洋布做的斜襟短袄和长裙子隆重地穿在身上，袄的前襟和裙子的下摆处，绣满了红绿黄蓝黑五色大丽花。这套衣裙是奶奶在十年前为她做的，不仅在十年后不落伍、不逊色，而且让她有别于千篇一律的城里的姑娘，现在穿上竟然如此合身，奶奶仿佛为她量身定做一般。这让黑枣儿非常惊讶，奶奶竟然在她十来岁时，就估摸、预见到她十八九岁时的具体模样，她慢慢地体味着敬畏与忧伤。奶奶铺天盖地的爱就像漫天飘飘洒洒的槐花，浓烈的芳香浸染着、弥漫着。她想念家乡一地槐花平静的铺陈。

货物刚清点完毕，南妻和南小南就走进杂货铺。黑枣儿双手抱起小木匣连同手里的收入明细单，递交到南妻的手中：

“我刚好点完货，正准备把今天的收入和明细单给舅妈送去呢……”

南妻问：“今天的情况咋样?”

黑枣儿回答道：“挺好的，可能是周末的缘故，今天来买货的人比平时多

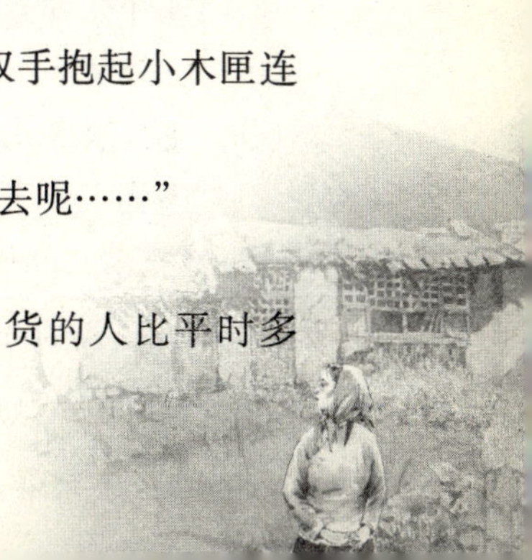

一些。”

南妻把手中的小木匣放在柜台上，当着黑枣儿和南小南的面打开盖，把里面的钱拿出来，飞快地点着。之后，她看了看收入明细单，又把手里的钱点了一遍。她冲黑枣儿晃了晃手里的钱，狐疑地质问：

“这是今天的全部收入？”

“是呀，我刚才点清后放进匣子里的。”

“给，你自己再点一遍！”

黑枣儿莫名其妙地看了看南妻，接过钱，坦然地点着。

“唉，咋回事？咋少了一半呢？”她低声嘟囔着。重新又点了一遍。

“不对，刚才明明是点清的，咋啦这会儿……”她一边说着，一边奔到柜台前，看了又看，翻了又翻，满脸通红，紧张得手心都攥出汗来。

“行了，别再给我演戏啦！你今天必须给我说清楚这到底是咋得回事？”南妻厉声斥责着黑枣儿。

黑枣儿嗫嚅着：“我，我刚才绝对是点清的，然后放到匣子里，接着我就点货，刚点完，您就来了，我……”

“小南，你搜她的身子！我就不相信钱长着翅膀自己飞了！赶紧！”

南小南款款地走到黑枣儿面前，用鄙视的目光上下打量着她：

“你这身衣服也是偷来的吧？咋以前从来没见过？怪不得一站上柜台，人就变得臭了，闹了半天，自视清高的乡下妞竟干一些偷鸡摸狗的勾当！人穷志短，家贼难防啊，别哪一天把我的衣服也偷了去！”

“你血口喷人，你诬陷好人，你——”黑枣儿气的话都说不利索了。浑身抖成一片。

南小南从黑枣儿身边绕了一圈：“是你自己脱还是我给你脱？”

“你，强盗！”黑枣儿使出全身的气力冲南小南怒吼着。

“强盗是你！”南小南不急不躁、不紧不慢地说道。

“我没偷！我就不脱！你要敢动我，我死给你看！”黑枣儿喊着。

“你吓唬谁呀？你要是没把钱藏在身上，你为甚不敢脱？还是你心里有鬼！小南，还磨蹭甚？把她摁倒，把她的衣服扒掉！”南妻臭烘烘的唾沫星子溅了黑枣儿一脸，黑枣儿用衣袖狠狠地擦着被污染的脸。

“还翻了天了你！我就不相信收拾不了个你！哼！”南妻说着走上前，她使劲拽着黑枣儿的肩膀往下摁。一个趔趄，黑枣儿被摔在地上，膝盖蹭破了一大块皮，血越来越快地往出渗着。

南小南一看黑枣儿的注意力都集中在她自己的腿上,趁机扑过去骑在黑枣儿的身上。黑枣儿挣扎着,推搡着,阻挡着,“啪啪”南小南两记清脆的耳光,恶狠狠地抽在黑枣儿的脸上。黑枣儿仿佛死过去一样,浑身瘫软地蜷伏在地上,任南小南在她的身上肆意妄为。南小南麻利地把黑枣儿的衣服全部撕扒下来,用她冷酷、刻薄、坚硬、嫉妒的眼睛,刀子一般一寸一寸剜着黑枣儿的冰清玉洁与凝脂雪肌:

“再得瑟,你也是小姐的身子,丫鬟的命!就你个乡巴佬、老姑娘也敢跟我争谷雨,也不撒泡尿照照自己的德行!你个不要脸的骚货!我警告你,谷雨是我的,没你啥事,你一边待着去!”

“行啦小南,你再去她的铺上搜一搜,钱兴许藏在那儿!”南妻冲闺女使了个眼色。

南小南会意地看了她妈一眼,快步走出屋门,一路小跑钻进她的房间,只见她轻车熟路地从犄角旮旯里翻出个粗布布包,提溜着,三步并两步返回杂货铺。

“妈,找到啦,她把钱藏在她的包裹里啦!”

黑枣儿无力地抬起头,一看,正是自己从老家带来的包裹,那里面包着她的全部家当,她一路从谷家庄背到归化城,这个小小的包裹就像是她生命的一部分,她当宝贝一样珍视、珍藏着。

“打开!”南妻威严地发号施令。

南小南把包裹放在柜台上,“噌噌”两下就把包袱皮解开,一件红色绸缎旗袍、一双红色绣花鞋赫然映入南妻的眼帘。南小南拿出一只绣花鞋,从鞋壳子里掏出一叠钱,递给南妻。南妻数了数,冷笑着:

“我们南家没诬陷你吧,你把偷的钱藏在你的鞋壳子里,你胆大包天,现在你还有甚可说的?”

“妈——”南小西从外面一把推开虚掩的门,冲着南妻愤愤不平地嚷嚷道:“我看见钱是大姐放进枣儿姐包里的——”话还没说完,就被南妻推出门外,门“啪”地被关住,只听南妻压低嗓门恶狠狠地说:“你个死丫头,你再敢胡说八道,我撕烂你的嘴!把你看到的统统给我烂在肚子里,听见没?”

黑枣儿一下明白了,这场人为的“偷钱事件”,是这娘俩精心设的一计,俩人一唱一和,狼狈为奸地表演着卑劣的双簧,趁她验货不备,从钱匣子里偷出钱藏在她的包裹里,嫁祸于人,目的就是羞辱、挤兑、赶走她。她是她们的眼中钉肉中刺,是她们的绊脚石;她挡南小南的道了;她碍这对母女的眼了。就因为谷雨在乎她、喜欢她、爱她、要娶她;就因为她是孤儿,寄人篱下,穷得叮当响。真是

应了谷雨的那句话,谷雨担心的事终于发生了!

黑枣儿冷漠的沉静正在她的精神上生长着。她身上冻结了一种幻灭,一种残酷的怀疑感,她的身体已经变得冰冷默然。这实在是太深太残忍的伤害,她承受不起。她仰起不屈、倔强的脖颈,蔑视着眼前这对卑鄙无耻的母女,嘴唇紧紧地闭着,高傲地沉默着,以无声的愤怒,抗议着正在发生的惨无人道的、侵犯人权的、摧残人性的暴行!

黑枣儿对她们不屑一顾、不共戴天的态度激怒了南妻,她勃然大怒。

"咋啦?你偷了钱还有理啦?也不知你硬个甚?你别以为你舅护着你,你就不把我放在眼里。我告诉你,这个家我说了算,到头来,你舅还得啥都听我的!你给我放老实点儿,就凭你还想跟我诈刺,你算老几?"南妻用手指戳着蜷曲在地上的黑枣儿,扯着嗓门继续叫嚣着:

"你个白眼儿狼!你个狼心狗肺的东西!我白养了你两年多,你吃我的喝我的住我的,到头来还偷我的,我上辈子造了甚孽呀,居然让你这么个八竿子打不着的亲戚找上门来讹住。我该着你啦?还是我欠着你啦?我咋这么倒霉呢?"南妻越骂越生气,越骂越来劲。

"就凭你还想从小南手里抢谷雨,你哪点儿比小南强啊?是比小南年轻漂亮,还是比小南有文化、见识多?你倒是给我理直气壮呀!你哑巴啦?"

随后,她把旗袍提溜起来,前前后后,里里外外看了个仔细,看了个够。

她看到一只灵动的金凤凰在红艳艳的绸缎旗袍上栩栩如生地翩飞着,她看到两只娇憨的小凤凰悠然自得地盘踞在红艳艳的绸缎鞋面上,鞋子与旗袍配套,质地考究,做工精良。

"你想嫁给谷雨都想疯啦!连婚礼服都提前偷来了!我问你,旗袍和鞋子是从哪儿偷来的?"

"是我奶奶给我做的!"

"你奶奶不是早死了吗?"

"是奶奶死前做的!"

"你就骗人吧!一个没见过世面的乡下老妣儿咋能做出这样的好东西!你哄鬼呢?"

"是我奶奶做的!我穿的衣服都是我奶奶亲手做的!"

南小南把被自己扔在地上的麦芽色洋布斜襟短袄和长裙子捡起来,平摊在柜台上,袄的前襟和裙子的下摆处,绣满了红绿黄蓝黑五色大丽花。

"这上面绣得是甚花?土里土气的!"

“我家乡的大丽花!”

“哼!”

南小南故意把绚烂高洁的大丽花一把划拉到地上。

南妻顺势把手里拎着的风雅绝妙的金凤凰摔在地上。

娘俩一前一后,扬长而去。

47

黑枣儿强忍住的眼泪在这时候像决堤的河水,“哗”地奔涌而出。她把衣服捡起来,把上面的土抖掉,颤颤巍巍地把褂子和裙子穿上。她跪在地上,把脸深深地埋在旗袍里,全身抑制不住地抖动着,凄惨、绝望的哭嚎声从衣服里闷闷地传出来,还有一声声“奶奶,奶奶”委屈、悲凉的呼唤。她的脑海里清晰地浮现出奶奶亲切的身影和慈祥的笑脸。她把一辈子的泪水都流尽了。

她的生命就这样被践踏,被摧毁,被弃之一边。她感到在自己的生活中来往穿梭的这一对母女,不是有血有肉的人,而是一个个披着人皮的狼。在归化城,在舅舅家,在如此充满敌意和硝烟弥漫的空间中,她再也没有重获新生的勇气和力量了。她不禁浮想联翩:“我为什么不饿死在谷家庄?为什么要来到这儿?”苦海无涯,何处是岸?她毫无知觉地瘫倒在地上,久久地沉浸在自己凄凉悲苦的心境中,直到她的头脑变得一片漆黑,因乏力而失去知觉。

过了好久,她挣扎着慢慢地摆脱了痛苦而紧张的抽搐,虽然每动一下她都要经受剧烈的疼痛,腿又酸又麻。她一只手支撑在地上,慢慢地移动着死气沉沉的身体,坐了下来。她把旗袍放在腿上仔细叠好。然后活动着僵硬、麻木的双腿,直到有了知觉。她缓缓地从地上晃晃悠悠地站起来,突然眼前一黑,一阵眩晕,她赶紧用手扶住墙壁。过了好一会,逐渐恢复过来,苍白虚弱的她已是满头的细汗。她拿着旗袍走到柜台前,把掉在地上的一只鞋子捡起来。她庄严凝重地把旗袍和一双鞋子放在包袱皮上,牢牢地系住并留出两条带子,围在自己的腰上打了个死结。

她平静如初地迈出南记杂货铺的门槛。

她深深地呼出一口气,浑身顿生一股解脱后的轻松感和一种令她欢喜的自由感。在深沉、宁静、空旷、无疆的夜里,她感到现在,就是现在,她才抵达了自己的内心深处,才是她真正的自己。

48

天色将白时,黑枣儿走出归化城。

黑枣儿斜穿过青葱的田野,沿着小路惆怅满腹地走着,心中一片茫然,她毫无目的往前走,任脚步把自己带向远方。走,不停地、疲惫地走下去,是她生命的符号,是她的存在,是她的命运,是她的人生。所有的坚毅和力量都蕴藏在她的脚步里了,她的脚步就这样一次又一次为她蹚出一条条活路。

她感到奶奶在天上看着她呢,无论她孑然一身还是孤苦伶仃,只要一想起奶奶,一想起奶奶无所不在的灯塔一样的目光,她的心中就会顿生温暖和活下去的勇气,她仰起头久久地举目天宇,她相信此时在荒无人烟的旷野里,在空茫的天与地之间,她的目光一定与奶奶的目光对接上了。她在心里对奶奶也在对自己说,她必须坚强勇敢地活下去,她是黑家唯一的幸存者,她还肩负着重要的使命——寻找十几年杳无音讯、生死未卜的她的爹爹黑赛虎,是死是活,她都要找到。这样,她才能告慰自己的内心,告慰天上的奶奶的英灵。

她又想起相依为命如亲弟弟一般的谷雨,她知道这一走,今后就再也见不到谷雨了,她的生活中就再也没有谷雨这个人了,她得耗尽心血才能适应这个残酷的现实。十六七年的姐弟情谊就这么被生生地撕扯开了,那段说不清道不明的似是而非的情缘就此中断。从此天各一方,各行其是。想到这里,她心如刀绞,眼泪扑簌簌地掉了下来。

难道生离死别是她的专利吗?难道颠沛流离是她的特权吗?老天爷为什么不待见她?为什么给她安排了如此悲惨的命运?无论她怎样的勤快、努力,无论她怎样的与人为善、与世无争,无论她怎样的忍辱负重、委曲求全,老天爷都看不在眼里,仍然嫌她受制不够,受的苦难不够?她实在想不通,想不明白啊!

她完全沉浸在自己的思想里,从而看不到周围的任何景象。她不知道自己走了多少个时辰,她机械、盲目地迈着沉重、凄凉的脚步,她只知道走,才能有活路,才能改变现状。她只知道在天黑前,必须走到一个村落,自己才能平定安全,才能不被荒野所啃噬。

寂静而偌大的旷野,加重了她的孤单感和恐惧感,她加快前行的脚步。嗓子眼仿佛冒烟了一般干痛,饥肠辘辘,每迈一步都使出全身的气力。她有了生理上最本能的感觉,才意识到自己已经一天一夜没喝水没进食了,她的脑子里全是黄澄澄黏糊糊的小米粥,白里透绿、绿里泛白的榆钱儿蒸菜,以及垂涎欲滴的清炖羊肉汤，香酥脆软的焙子……

她的双脚仍然不停地向前挪动着，她看到浅淡的山谷中，光线形成一条通道，透过纷纷的雨丝，在白蒙蒙的雾气中隐隐约约显现出的海市蜃楼一样的村庄。雾气一会儿散开，一会儿聚拢。她喜欢这雨的熨帖和神奇。她微微地张开嘴，让纷扬的雨丝滴落在龟裂的嘴唇和口腔里。迷蒙的细雨，浸湿着肌肤魂魄，那种滴落的抚慰，像串起的思念与爱的回味。这一切真是太妙不可言、太自由自在、太无拘无束了。

她面前的泥泞道路畅通无阻，一直通向隐约可见的远村。穿过前面那片耕地，就能够从荒郊野岭的自然世界走向井然有序的人类世界了。她百般纠结着，她怕有人群的地方，她怕与人打交道，她被谷雨娘、南妻、南小南这样的人折磨怕了。

她让雨淋了个透湿，她越来越艰难地跋涉着，时不时在泥泞的路上打着趔趄，她强撑着，不让自己停歇下来，她知道只要自己停住脚步，就再也站不起，走不动了。她一鼓作气地走着，走着，她的腿脚仿佛已经不是自己的腿脚了，步履越来越无力，越来越僵硬，越来越不听使唤了，她的双腿几次险些跪在地上，她的精神和身体都快崩溃了……这时，男女声对唱的高亢、凄婉的曲调渐行渐近，从前面的村庄执着地飘进她的耳畔，她神奇般地加快了脚步，她逐渐听清了——

女声：哥哥你走西口
小妹妹我有句话儿留
手拉着那哥哥的手
送哥送到大门口

男声：哥哥我走西口
小妹妹你实在难留
手拉着那妹妹的手
送哥送到大门口

女声：紧紧地拉着哥哥的袖

男女声：痴心的话儿说不够
只恨妹妹我（你）不能跟你（我）一起走
等着哥哥回到家门口

女声：哥哥你出村口
小妹妹我又句话儿留
走路走那大路口
人马多来解忧愁
汪汪泪水扑沥沥地流
只恨妹妹不能跟你走

男声：哥哥我出村口
小妹妹你别担忧
将咽下那离别愁
劝妹莫把眼泪流

女声：紧紧地跟在哥哥身后

男声：难舍难分我不忍走

男女声：虽有千言万语也难叫你（我）回头
等着哥哥回到家门口

女声：哥哥你走西口
小妹妹我苦在心头
这一走要去多少啊时候
恨你也要白了头

男声：哥哥我走西口
小妹妹你别难受
无论要去多少时候
妹妹总在哥哥心头

男女声：紧紧地拉着哥哥（妹妹）的手
汪汪的泪水肚里流
岁岁年年我（你）也要等你（我）到白头
身死也要回到家门口

屏息聆听这首热辣辛酸、荡气回肠的民歌小曲儿，黑枣儿的脑海里清晰地浮现出谷满仓彪悍而真切的身影。在这两年半流离失所的生活中，她还是头一次这么刻骨铭心地想起谷满仓，她才知道自己根本没把他忘记！他仿佛根深蒂固地长在她的生命里。除非她死掉，对他的记忆才会消失，对他的情感才会消失。

《走西口》仍然余音缭绕在她的耳畔，她愁肠百结，悲痛欲绝。

她忍不住号啕大哭，眼前金星迸溅，一头栽倒在地上。

49

当黑枣儿醒来时，已是第二天的晌午。

黑枣儿发现自己躺在跑风漏气的破庙里，残垣断壁上布满了蜘蛛网，身下是一堆干草，散发着一股熟悉的好闻的气味，她挣扎着想坐起，一阵眩晕，不得已又躺下，她用手往腰间一摸，脑袋"嗡"地大了，那系在腰间的包裹不翼而飞了。

黑枣儿那苍白憔悴的脸更显得憔悴苍白。

这时一位慈眉善目的中年女人从外面走了进来，手里端着一只破碗，她用很好听的声音对黑枣儿说：

"咦，你终于醒了！我的妈呀，整整昏睡了一天半！闺女，我给你要了碗义粥，赶紧喝了。你是饿昏、累昏的。可怜见的！"

说着她走到黑枣儿跟前，蹲下，把碗先放在地上，用一只手臂把黑枣儿的上身扶起，另一只手端起碗，伸到黑枣儿的嘴边。黑枣儿看到那碗粥，眼睛都蓝了，她倚在那女人的怀里，双手扶住碗沿，使出吃奶的劲儿，把碗往嘴边拽着，她恨不得一口就把碗里的稀粥吞进肚里。那女人一直控制着那只碗，舒缓地往她嘴里递着，"慢点喝，朝心呛着！"黑枣儿哪顾上这些，急不可待地把手伸进碗里，用手扒着稀粥送进嘴里。

"别急别急，看把你饿的！哎，这是啥世道嘛？战乱、饥荒的，叫咱穷苦人咋活嘛？"

不一会儿的工夫一碗稀粥就进了黑枣儿的肚里，黑枣儿却仿佛什么都没吃，感到胃里空空如也，但她的身体渐渐有了暖和气儿，嘴唇有了血色。

"真是不好意思，这碗粥都让我喝了，婶子还没喝吧？"黑枣儿羞赧地说道。

"我在送义粥那户人家里已经喝了，我对他说，庙里还有个饿昏了的闺女，

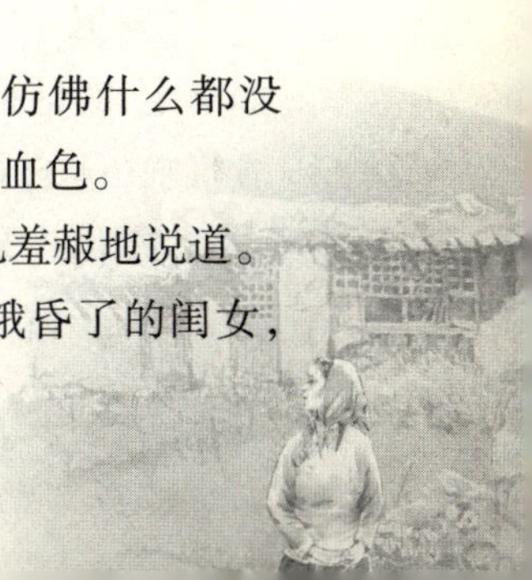

好心人又给盛了一碗。一看你就是好闺女,为旁人着想,知冷知热的!”

那女人轻轻地把黑枣儿放在干草堆上,把碗放在一边,走了出去。一会儿手里拎着黑枣儿那件红旗袍和那双绣花鞋走了进来。边用手抻展,边说:

“昨个都淋湿了,我拿出去晒晒干,省得发霉,多好看的旗袍呀!”她把旗袍叠好放在黑枣儿的身边。

“婶子,谢救命之恩!”黑枣儿跪下,头“嘣嘣”地磕着地。

“快起来闺女!谁叫你跟我们佟家班儿有缘分来着,也该着我们救你!呵呵……”那女人把黑枣儿从地上拉起来。

“昨个傍晚,我们演完戏,在回这座破庙的路上见你昏死在村口,满身满脸的泥泞,我当家的就让云四胡把你背到庙里,掐你人中,给你放出的血都是黑的,把咱庄户人的土办法都用上了,你还是昏迷不醒。我当家的说,你要是造化大没准哪天就醒了,造化要是不大说不定从此就睡过去了……”那女人快人快语。

“这不一大早他们就进村里演戏去了,我留下来,一是不放心你,再就是把东西拾掇拾掇,这村儿演得差不多了,想明个走下一个村子呢……”那女人一边叨唠着,手里还不停歇地忙乱着。

“你再躺一会儿,身子太虚了。看样子你走了不少路,是从归化城那边来的吧?”

“是。婶子你们从哪儿来的呀?”

“我们是从归化城西边的土默特右旗来的。听口音,你不是当地人?”

“我是河北人。两年前,从张家口那边逃荒来到归化城投奔我舅舅……”

“哦,你是从你舅舅家出来的?看你这样子像是出走,嗨,这舅妈人好还好过些,要是容不下人,就没你的好日子喽!寄人篱下的日子不好过呀!”

黑枣儿的眼泪夺眶而出,她一五一十地把在南家的遭遇说给了她的救命恩人。

“苦命的闺女……”那女人唏嘘不已。

“少见!这样的灰女人真是少见!那你舅舅回来后该着急了吧?”

“舅舅老实巴交的又能咋样?他只能左右为难,我迟早都是个离开,迟走不如早走,对他也是个解脱,舅妈一直不给他好脸子看,我走了,舅舅也不再受窝囊气啦,日子也好过些……”

“那倒也是!唉,都是苦命人!”

“婶子你……”

“你多大啦？叫甚名？”

“19 岁。黑枣儿。”

“黑——枣——儿，我闺女叫小红枣，我闺女要是活着，也 19 岁了，咋这么巧哩！”

那女人放下手中的活计，激动地双手拍着巴掌。随即，她的脸黯然失色，声音低沉了许多：

“我闺女两年前病死了……”

停顿了片刻，她继续絮叨着：“从此以后我们两口子，跟村里几个爱唱戏的庄户人搭伙组成了戏班子，走村串乡，四处流浪，唱戏糊口。戏子，被人瞧不起，下九流啊……”

黑枣儿觉得身上有了点力气，慢慢地坐了起来。

“婶子，我会做饭，啥活儿都能干，也能吃苦，你要是不嫌弃我，就让戏班子收下我吧。就冲你们唱：‘岁岁年年我也要等你到白头，身死也要回到家门口’，真是唱到我心坎儿里去了，我愿意跟着你们，伺候你们！”

“敢情你听到佟家班儿唱的打玩艺儿（二人台的前身）啦？”

“在村口听到的，听得我哭得死去活来的，以后就啥都不知道了……”黑枣儿如是说道。

“婶子我做不了主哇，等下午他们收了工，我帮你跟我当家的说说看。不过，黑枣儿，我们戏班子不收女的。别看我是女的，我只是给他们做做饭、打打杂而已。”

“可我明明听到女的在唱呀！婶子。”

“哦，那是男的扮得女的，唱旦的。佟家班儿的打玩艺儿都是由男人唱的，一旦一丑，俩唱戏的；笛子、四胡、扬琴，仨伴奏的。”

“是这么回事呀，那男的咋唱得跟女的一样？这些胡琴我还没见过呢，婶子，你们佟家班儿真了不起！”

“看你说的，穷唱戏的混口饭吃呗！人，实在没办法啦，才做戏子的。”

黑枣儿从干草堆上站起来，头重脚轻，紧点儿跌倒。她在原地站了一会儿，直到站稳。

“黑枣儿，你把裙子脱下。”那女人从一包裹里取出一条干净裤子：“先将就着把我的裤子穿上。”

“咋啦，婶子？”

“风餐露宿的流浪日子，你个大姑娘家穿裙子不方便。”

“谢谢婶子,你给我穿,那你就没替换的啦。”

“我还有替换的。我现在就把裙子给你改成裤子。在路上裙子穿不住!”

不由分说,那女人不知从什么地方掏出针线笸箩,把黑枣儿脱下的裙子平铺在地上,嘁里喀喳用剪刀先剪出裤样,接着穿针引线,飞速地缝纫着,并且不无自豪地说:

“佟家班儿的戏服都是我做的,我是个不错的裁缝。我闺女在时,穿的衣服都是我给她做的,臭得很!”

黑枣儿目瞪口呆地盯着那女人飞针走线的巧手,心中佩服得不得了。

“你这裙子和那件旗袍,我一看就知道是好裁缝做的。”

“哦,是我奶奶做的,我从小到大穿的衣服都是我奶奶给做的,不过奶奶不是裁缝。奶奶死前,把攒了一辈子的积蓄,都给我做了衣服。奶奶说,丫头得有衣服穿,没衣服穿的丫头,心会荒凉的,心气会矮人一等的!”

“你奶奶说得在理!我一直也是这么琢磨的,不管家里多穷,我都尽可能把我闺女打扮得干干净净、体体面面,即便补补丁,我也要把补丁补得像花像草似的。”

“婶子,你真好!你闺女有你这么个好妈妈,真是她的福气!”

“只可惜我闺女命短呀!我当家的可宠我闺女啦!”说着话,那女人把一条裤腿缝起了。密密匝匝、整整齐齐的针脚既匀又直,一看就是行家里手。

“黑枣儿,你老家还有亲人吗?”

“一个亲人都没有了,要不我咋会走口外投奔舅舅来着!”

“可怜的闺女!命真苦哇!咋女人的命都这么苦哪?”那女人唉声叹气道。她把手里的针在自己的头发上刮了刮,在用裙子修改的裤子上飞快地缝着,缝着。

黑枣儿有一种直觉,她今后的日子与搭救她的婶子有着密不可分的联系。

50

黑枣儿走出庙宇。

金黄的晚霞铺满了一地,远处传来水车模糊的声音,黑枣儿站在破庙前的杨树下,面对着暮色,平坦、坚实的土地在她的面前真实地存在着,一群绚丽斑斓的白嘴鸦呱呱叫着排着队飞回家去。黑枣儿被宁静如归的傍晚的景色所打动。

——哥哥你走西口

小妹妹实难留

有几句痴心的话

哥哥你记心头

走路你走大路

不要走小路

大路上的人儿多

拿话解忧愁——

一曲《走西口》唱段，嘹亮在浪迹天涯的苍茫时分。

“葛旦唱的。我当家的他们回来了。”不知什么时候，那女人已经站在黑枣儿身后。

黑枣儿双腿跪下，额头紧紧贴在地面。任那女人怎么拽，黑枣儿都不起来。

“你们回来了，今儿个辛苦啦！”只听那女人说道。

“不辛苦。师母，这是咋回事？跪在地上的是谁呀？”柳扬琴推车走在前面，车上放着扬琴和扬琴支架、四胡、笛子、几只木头板凳以及扇子、手绢、霸王鞭等道具。另外四人走在后面，戏服还没脱，妆还没卸。

“哦，就是咱们昨天在村口救的那闺女，咋叫都不起来。”

“辛笛子，你把这闺女扶起来！”

黑枣儿没等来人扶，“咚咚咚”就地磕了三个响头。

“黑枣儿谢佟班主搭救之恩！小女愿意伺候佟班主和婶子一辈子！”

佟班主咳嗽了一声：“闺女，站起来说话。恭敬不如从命哦！”

“哎。”黑枣儿慢慢地站了起来。

那女人把佟班主拽到一边，低声说着什么。

佟班主回头对戏班子的几个人说道：

“葛旦，你们先去卸妆，歇息歇息，你嫂子要跟我说个事儿！”

“噢。走嘞——”葛旦他们往破庙走去。

“……这闺女是个孤儿，十九岁了，叫黑枣儿，跟咱小红枣同岁。我瞅着这闺女跟咱挺有缘分的，还喜欢咱的打玩艺儿，咱把她带走吧，也不缺她一口饭吃！这兵荒马乱的，一个姑娘家，叫她咋活呀！”

“佟家班儿多会儿收过女的？你又不是不知道！”

“让她帮我做饭、洗衣、打杂呗，要不咋呀？”

“你先别急嘛，让我想一想。”

过了一会儿,佟班主说道:“收下她行,但咱戏班子都是大男人,这时间长了,男女攒在一起会生出是非……”

“咱收她为干闺女,就省去是非麻烦了不是。”

佟班主思谋片刻,说:“只要你心里舒坦,这事就依你!”

随即,佟班主面朝破庙喊道:“伙计们出来一下,外面亮堂也凉快,我给大伙宣布个事!”

“明儿早咱们就开拔,大伙把自己的行李收拾一下。黑枣儿,你也过来——”

佟班主等黑枣儿来到跟前,说道:

“从现在开始,我收黑枣儿做我的干闺女,这以后呀,我这干闺女就是咱佟家班儿的人啦! 来,黑枣儿,叫干爹、干妈!”

黑枣儿赶紧跪下。

“干爹,干妈,请受干女儿一拜!”

黑枣儿朝佟班主夫妇磕了两个响头。

“闺女,起来。干爹给你介绍一下咱戏班子的师傅——”

“唱旦的叫葛旦,也叫抹粉的,你看他这一身行头和装扮就知道他是男扮女装,咱佟家班儿一直以来都是由男人唱旦;打扬琴的师傅叫柳扬琴,吹笛子的师傅叫辛笛子,拉四胡的师傅叫云四胡;干爹是唱丑的,也叫滚边儿的,脸上涂一白方块就是唱丑的扮相。这是咱们佟家班儿的叫法,形象、亲切。你干妈是咱佟家班儿的管家兼打杂。黑枣儿啊,从今往后你就跟着你干妈干活。咱七个人各尽所能,各司其职;有难同当,有福同享!”

“黑枣儿是新人,今后还望各位师傅教我!”黑枣儿跪下,双手抱拳。

“黑枣儿姑娘嘴真甜! 嗓音不错嘛!”

“又多了一个人,咱戏班子更热闹更有活力啦!”

“恭喜师傅师母,又得一千金大闺女!”

“咱一家人不说两家话,一门心思地唱戏糊口,那个糊口唱戏啦!”

佟家班儿的所有成员你一言我一语,七嘴八舌,好不热闹。

夜幕四合,轻柔温馨的空气,盘旋舞动的树影,陌生而又熟悉的土地,使黑枣儿觉得自己置身于一个更为坚固结实,更为美丽精彩,更为超凡脱俗的世界。

黑枣儿的人生旅途正待揭开新的一幕。

第十二章

51

佟家班儿一直往西走，每走一个旗县、村镇都要停下来，少则待一天，多则待上三两天。穷乡僻壤的只能混口饭吃，情况好的可能给上一小袋子炒米、白面、莜面，或者自家地里种的各种菜蔬，或者刚挤下来的牛奶、羊奶；情况差的也可能是一人一碗奶茶或者一人一个野菜团子、土豆韭菜馅儿的莜面饺饺，有时候遇上周六周日能赶上一顿义粥。破庙、坟地、打谷场、地窖等都是他们的眠床。遇到刮风、下雨、下雪等恶劣天气，他们只能怠工，他们面临着挨饿、受冻、得病、遭人白眼等险恶处境，苦不堪言。趁这个时候，他们一边停歇休整，一边琢磨新的唱段，把所见所闻都编成打玩艺儿。当地蒙汉杂居的农牧民的生活状态、劳动场景、感情生活、民俗习惯、精神寄托、向往追求等，以及山西、陕西、河北等地的农民为生活所迫，远赴口外垦荒、拉煤、拉骆驼、做小生意，他们命运的苦、存活的难，都成为佟家班儿的打玩艺儿的内容。

这些个居无定所、流浪行乞的日子，对于黑枣儿来说不算什么，她长途跋涉走口外的苦都吃过，寄人篱下、遭暗算被撵出家门的难都受过。一路流浪，一路卖唱，虽然艰辛、艰苦，但黑枣儿自在无比，欣悦无比，因为她处在一个被人关心被人疼爱被人视为知己的大家庭里，大家互相支撑着、帮衬着，有福同享，有难同当。

黑枣儿不仅眼里有活，而且干活勤谨，趁师傅们苦思冥想编新戏的档，黑枣儿冒雨跑到野地里挖野菜根根、拾山药蛋蛋，捉麻雀捉野兔捉老鼠，绞尽脑汁、因地制宜地为佟家班儿做着山野味十足的饭菜。也有巧妇难为无米之炊的时候,在大雪天、大风天里,黑枣儿和佟师母则分头挎着个竹篮子为大伙挨家串户的讨吃要饭……

经过一段时间的朝夕相处,佟班主夫妇更加喜爱黑枣儿,视她为己出,黑枣儿也当他们夫妇为自己的再生父母,尽心尽力地侍奉、伺候着;黑枣儿与师傅们也处得融洽、和谐,尊老爱幼,待人实诚厚道,师傅们也待谨小慎微、勤劳自律的她为自家姐妹。在这个大家庭里,黑枣儿感到如鱼得水般的快乐与自在。

闲暇之余,黑枣儿是一位最忠实的观众,场场不落地观看师傅们表演的打玩艺儿,甚至他们在台下练功,她也次次不落地瞩目着。她不仅注意师傅们的唱腔、动作、表情、服装,更加关注曲调和戏里的内容,往往沉浸其中,久久不能自拔。她发现自己的所思所想、生活经历、喜怒哀乐和他人的所思所想、生活经历、喜怒哀乐,居然能够通过打玩艺儿这样的民间艺术表演形式表现出来,而且能够得到他人和自己的认可与共鸣,太神奇了!太令人振奋了!她满心喜欢且敬畏佟家班儿的打玩艺儿。

黑枣儿偷偷地学会一些打玩艺儿,譬如《走西口》、《打樱桃》、《五哥放羊》、《挂红灯》、《对花》等有关爱情的曲目。她时常在心里翻来覆去地哼唱着,回味着,甚至在睡梦里也唱着。

黑枣儿不由得想起远在老家的谷满仓,她带着一种难以解释的情感重温关于谷满仓的记忆,他几乎成了她的生活的一种象征。她迷恋记忆中的谷满仓,然而她不能用发展的眼光去梦想他,他的确只是一种记忆。

回忆过去对她来说是痛苦的,一切都随着自己的出走而消逝了。她明白曾经的自己已经死去,也知道它葬身何处。在她的内心深处,始终有一种冷冷的绝望感,而且从来没有改变过。

她仍会活着,仍要继续活着,可是她不会再去爱人,闪烁着的微弱的欲望和火焰已永久地在她胸中熄灭了,那孕育着真实自我和真正爱情的稚嫩而活泼的胚芽已被扼杀了。

她还会像植物一样继续成长。

她绝不会屈服于任何一个人。

52

到了包头，佟家班儿的第一场演出获得了意想不到的成功，随后有三家商号提前预约了佟家班儿的演出。佟家班儿人人摩拳擦掌，个个跃跃欲试，台下不放过每一分每一秒的时间刻苦排练，精益求精，以十足的热情和底气，迎接下一场演出。他们知道只要照这样下去，他们的戏班子就会在包头站稳脚跟，他们的打玩艺儿有了立足之地，他们的生活才有保障，他们的一家老小才能过上吃饱穿暖的好日子。

佟师母和黑枣儿也不敢有半点懈怠，她们力所能及地做着后勤服务工作。黑枣儿把师傅们的戏服洗得干干净净，佟师母把烙铁烧热，一边把戏服烙得展悠活水，一边叨咕着：

“咱戏班子要是在包头打开局面，首先得给他们每人做一身新戏服，现在的戏服也太陈旧太老气了，俗话说人是衣服马是鞍，这戏服也能给佟家班儿撑门面呢！枣儿，把你的旗袍拿来，干妈给你烙烙，趁烙铁还热着。”

“不用啦，干妈，反正在包袱里，又不穿，就那么放着吧。干妈忙乎了半天，快歇一会儿吧。”

佟师母放下手中的烙铁，从黑枣儿的包袱皮里掏出那件旗袍，边烙边说：

“在包袱皮里揉戳了这么些年，真是糟蹋了这件旗袍，隔段时间得拿出来拾掇拾掇，稍稍晒一晒，通通风，要不会让虫子嗑了，或是捂霉了，这可是上等的丝绸料子，整天窝屈在包袱皮里，可惜了老人家的手艺和心意。虽然不穿，但把它打理展乎了，看着就舒服！我看着你这旗袍呀，就想着你奶奶一定是个慈眉善目、精明贤惠的美人！”

“干妈你猜对了，我奶奶就像干妈说的那样，是天底下最勤谨最友善的好人，奶奶长得很美，老了还那么美！”

黑枣儿的心又飞回谷府，她的眼睛因遐思而显得更加亮晶晶湿润润的，她满怀深情对佟师母说：

“每次一看到干妈拾掇衣服做针线活，我就想起我奶奶。干妈的神态和奶奶那么一样，当然干妈要比奶奶年轻多了，干妈也那么美那么好！奶奶和干妈是我这辈子见过的最好最美的女人……”

“要不说咱娘俩有缘呢，闺女的每句话都说到干妈的心坎上了，这老话说得好呀，闺女是妈的小棉袄，干妈后半辈子有你这个贴身小棉袄暖和着，这辈子也算有个交代,也就知足喽!”

佟师母和黑枣儿的这一番话都说得彼此心里润湿润湿的,她们的感情在彼此的目光中升华着,升华着……

在商号的大院儿里,乐器已经各就各位;佟班主黑色小褂配红色灯笼裤,脸上涂一白色方块,手执霸王鞭,扮相威风凛凛、风流倜傥;葛旦身着红袄绿裤,头上包一花布绢子,手里捏着花布四方手绢,扮相俊俏活泼、妩媚袅娜。

佟班主看大伙都准备完毕,干脆利索地说道:

“今儿个这场戏演得好坏,决定着佟家班儿在包头这个商城能否打响、久留,大家伙都要打起十二分的精神,一场戏一场戏扎扎实实地演好,今儿个这场戏演好,就会有更多的商号富贾请我们去演,捧我们的场,弟兄们谁也不许在关键时刻给我掉链子!”

“好嘞!”柳扬琴、辛笛子、云四胡异口同声地应道,并且在各自的乐器上吹、拉、打出一个只有佟家班儿的人意会的音节。

佟班主把询问的眼神递给佟家班儿的重要人物——唱旦的葛旦。

只见葛旦涨红着脸,急死急活地用手比划着什么。

“葛旦失声啦,这可咋办呀?”

“完了,完了,完了,唱旦的不能唱了,剩下个唱丑的和我们三个伴奏的,还叫什么打玩艺儿嘛?”

“别嚷嚷!嚷嚷有甚用?大家赶紧想对策才是正经的!”

“兄弟,刚才不是还说话好好的,咋一转眼就发不出音啦?”佟班主拍着葛旦的肩头,和蔼关切地询问道。

葛旦急得眼泪珠子都快蹦出来了,双手急火燎辣地比划着,双脚沮丧懊恼地跺着地。

“干爹,我能把《走西口》整个唱下来!我替葛师傅上台演出!”黑枣儿冲到大伙面前。

佟师母拎着黑枣儿的旗袍和绣花鞋也相跟着跑了过来。

佟班主不动声色地看了看黑枣儿,又看了看大家伙,最后用疑惑的眼神盯住佟师母。

只见佟师母微微地点了点头。

“好,赶紧换服装!”

佟师母拉着黑枣儿换衣服去了。

佟班主咳嗽了一下，语重心长地说道：

“谁也有个病呀灾呀的时候，谁愿意这时候生病呢？可是病不长眼睛不由人！弟兄们说是不是？还是那句话——有难同当，有福同享！只要大伙齐心协力，没有过不去的坎儿！”

佟班主用他炯炯有神的眼睛一一地看了看大伙，接着，镇定自若地安排着：

“乐器和我都要跟着黑枣儿的音调和节拍，听她唱两句再伴奏，大家伙随机应变，一定要把这场戏对付下来，成败在此一举，只能这样了！你说呢，葛旦？”

葛旦涨红着脸，使劲点着头，双手抱拳以示歉意和谢意。

佟班主又给大伙递过去一个笃定与鼓励的眼神。

“好嘞！”云四胡、辛笛子、柳扬琴异口同声地应道，并且齐刷刷地拨弄出一个他们耳熟能详的音节。

商号的人端来了茶点：“佟班主，准备得咋样啦？”

“一切准备就绪，照常进行。”佟班主舌头毫不打结地应道。

“好！师傅们喝点毛尖润润嗓子！还备了一些小点心先垫补垫补！”

“谢啦！”

黑枣儿穿着奶奶在十年前为她做的结婚礼服——红绸缎旗袍和红绸缎绣花鞋，如她胸前的金凤凰，婀娜翩跹地走了过来。柔肩、酥胸、纤腰都恰到好处地凸现着、张扬着。翩若惊鸿，婉若游龙。清亮柔美的脸颊，文彩鲜艳的衣装，舒展优雅的举止，举手投足之间都透着别样的清纯与妖娆。所有人的眼睛都看直了。

那只用金丝线绣的凤凰，栩栩如生、翩翩欲飞得从她的左前胸斜着往上盘桓，一直缠绕到右肩，千般袅娜，万般旖旎，而它天真可爱、妖冶妩媚的尾巴则被甩在了背后，乖巧地匍匐在她纤柔秀挺的腰肢上。而鞋子上两个对称的娇憨的小凤凰，是从鞋帮斜卧到鞋头，缠绵悱恻、风姿绰约的样子，与旗袍上的大凤凰遥相呼应，美轮美奂，美不胜收。

佟师母在帮黑枣儿换旗袍巧梳妆时，吻了她光洁晶透、挺阔白皙的额头：“我闺女不光救场，还把婚礼服都搭了进去，赶明儿个啊，干妈给你做一套跟你身上一模一样的礼服，到你大婚时，想穿哪套就穿哪套。闺女，行不？”

黑枣儿开心地说：“我才不结婚呢，我要一辈子都守着干妈干爹！再说啦，这旗袍十年后终于派上用场，奶奶在天上看着不知有多欣慰多高兴呢！你说呢，干妈？”

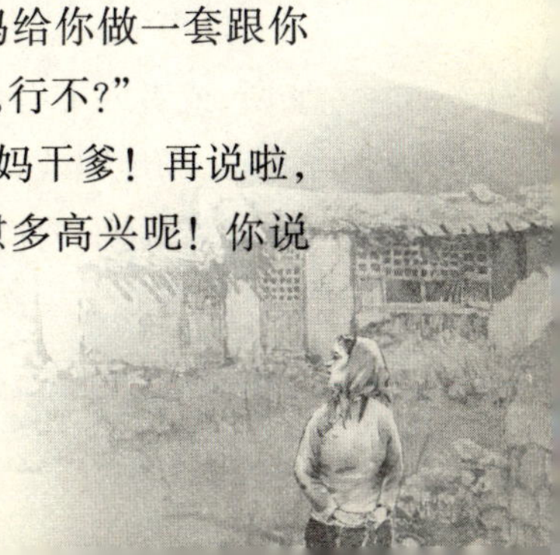

“哎！哎！我闺女咋这么懂事，这么让人心疼呢！”佟师母感动得眼泪都掉了出来。

葛旦直勾勾地盯着黑枣儿，脚下生风般不停地舞动着，这是打玩艺儿最基本的舞步——十字步，与秧歌步有些相似。黑枣儿也随着葛师傅的舞步，不断地有节奏、有弹性地舞动着自己的脚步。

佟班主在一旁言简意赅地传授着技艺：“一会儿，干爹先上场说‘呱嘴’，‘叫门对子’这一环节就免了。啥时叫你上场，你再上场，接演正戏。你唱你的，伴奏会跟着你。唱的时候，身体要放松，跟着曲调自然地扭动身子就行，不用做什么动作，光对唱就行了。还有，你唱的时候眼睛要自然地直视前方，与干爹对唱时，眼睛要看一下干爹，好像有所交流。放松、自然，把你会唱的都原原本本唱出来。枣儿，你一定能行！别紧张，有干爹呢！”说罢，他轻轻地拍了拍黑枣儿瘦削、窄小的肩膀。

葛旦身体稍微前倾，头骄矜地抬着，翘起兰花指捏着手帕，脚后跟着地，快速地挪动着碎步前行，葛旦循环往复地做着旦角上台亮相的动作。黑枣儿也相跟着有模有样地模仿着，一遍又一遍。

葛旦嘴角上翘，做了一个微笑的姿势。黑枣儿意会地点了点头，嘴角上翘微笑着。

葛旦朝黑枣儿竖起大拇指，并且抱拳以示拜托、祝福。黑枣儿也双手抱拳，莞尔一笑。

佟师母笑眯眯地为葛旦和黑枣儿每人递上一杯温茶水。

“枣儿，别管台下有多少观众，全当啥都没有。只当平时你自己在心里唱那样，唱给自己，只唱给自己听！啊？”

“哎！”黑枣儿会心地点着头。

53

黑枣儿不知自己是怎么捏着红绸方绢走上台的。

黑枣儿一点都不怯场，她在唱戏的时候，甚至不认为戏台子是一个表演的场所，或者底下有什么观众，她觉得她是在进行一种她自己的仪式，她在她心里的那个场地唱戏，她在跟天上的奶奶对话，她会觉得她的嗓音和情愫无限地延伸，她体验到一种在现实中达不到的极其美妙的感觉。

黑枣儿头一次听到她自己放开喉咙演唱的声音，她满含激情地与唱丑的干爹对唱着，随着剧情的发展自然而然地交流着眼神、动作，她的身体语言虽然不是正规的打玩艺儿的舞蹈动作，但自然舒卷、优美协调，符合剧情的内容和人物的身份，加上佟班主心领神会、珠联璧合的配合，使他们的表演那么完美无缺、浑然天成。偶尔，她还会与伴奏的三个师傅对视一下，他们的配合默契自如、相得益彰。她的扮相清新俏丽，她仿佛是专为打玩艺儿生就的。那一腔一调、一招一式无不透露出她惊人的演戏天赋，充分揭示出她是天生的唱打玩艺儿的料。她的这种表现，激发出其他参演者的表演灵感与激情，他们如痴如醉、精湛纯熟的表演，把佟家班儿的打玩艺儿的精髓发挥到极致。他们赢得了此起彼伏、经久不衰的掌声和喝彩声，和一个又一个富贾、商号的排队邀约。

佟班主粗略地统计了一下，演出场次已经排满了半个月。此商号又在后天加演了一场，并点名唱旦的非黑枣儿莫属。照这么演下去，佟家班儿在包头站稳脚跟绝对不成问题，但要加紧对黑枣儿的速成培训，赶紧给葛旦治病。佟班主的脑子飞速地转着。

这真是个奇迹！黑枣儿、佟家班儿、掌声、荣誉、财富接踵而来。佟班主为自己的冒险行为深深地呼出一口气，启用从未唱过戏的黑枣儿在包头这个大戏台子上演出，就像一场赌博，赌输了，佟家班儿全军覆没，打道回府。然而他终究是赢家，他靠的是智慧、信任、魄力、锐不可当和佟家班儿集体的力量。佟班主来不及回味刚才的演出盛况，便大步流星到后台找他的队伍去了。

黑枣儿被师傅们热气腾腾地围在中间——

“这些日子从没听你唱过，这一开口就能把《走西口》唱完整喽，你咋那么神奇呢？”辛笛子好奇地问。

“师傅们在台上唱，我在台下看，看久了，就记住了。”黑枣儿如实应道。

“你以前从没唱过？”辛笛子又问。

“没唱过。”黑枣儿娇憨羞涩地答道。

“你胆子够大的，以前从没唱过，只是平时自己哼唱一番，就敢登台，在那么多人面前演唱，不怯场不忘词儿，真是了不得，让人刮目相看哪！”柳扬琴感叹道。

黑枣儿手里还捏着红绸方帕，她逐渐缓过神来，刚才惊险且精彩的一幕在她眼里迅速地过了一遍。由于自己的无知，才有了如此无畏之举，真是不知天高地厚，真是初生的牛犊不怕虎！黑枣儿愈寻思愈羞怯，愈寻思愈紧张。

“刚才万一演砸了，那可咋办呀？我，我……咳！我现在都后怕死啦，柳

师傅。”

佟师母递给黑枣儿一块小点心:“先垫补垫补,一会儿商号还请咱们吃饭呢!”

佟师母接着对大家说:“我一眼就瞅准咱枣儿是干打玩艺儿的料！趁没人时她偷偷地做‘打闪’的动作,在梦里还哼哼着唱呢！对咱打玩艺儿这么着迷这么投入,肯定唱着一副好嗓子！平时说话就跟唱似的,这唱起来呀肯定差不了!”

“干妈——”黑枣儿娇嗔道。

“管袅的,黑旦！这开天辟地头一回唱,就唱红了包头的半壁江山！不过,师傅跟你说呀,你有三处音没唱准,头一回登台难免哈!”云四胡扯着大嗓门诙谐地嚷嚷着。

“云师傅,哪三个音没唱准,你快告诉我呀!”

“不急,完了再说,完了再说啊!”云四胡得意着自己的得意。

“黑旦！……云师傅刚才叫我黑旦?”黑枣儿异常激动地追问。

“不叫你黑旦叫啥？你是唱旦的嘛！哈,哈,哈……”

这时,坐在一旁低声商量着什么的佟班主跟葛旦走了过来。

佟班主习惯性地咳嗽了一下,“大家伙静一静,我说两件事。”他那略带笑意的犀利的目光,在每个人脸上停顿了一下。

“第一件事,商号和富贾定了咱佟家班儿九场戏,已经排到月底。咱戏班子在包头小试锋芒,初步打开局面,这是大家伙共同努力的结果……”话还没说完,就被一片欢呼声打断了。

“太棒啦！咱就快发财喽！噢,噢,噢,噢!”云四胡拍这个一巴掌捶那个一拳头,张着个大嘴咧咧着。

“今儿个表现最好的要数黑枣儿,要是没有枣儿的救场和出彩儿的表演,就没有这样的好收成！当然葛旦的开局演出为今后的局面奠定了牢实的基础,所以我佟丑要正儿八经地谢谢弟兄们,尤其是我干闺女！下一场演出,人家点名要黑枣儿上台。我还要谢一个人,那就是咱佟家班儿的这位老娘娘,如果没有她的首肯,就没有今天的黑枣儿,也没有这九个场次的预定!”

“行啦,当家的,别酸文假醋了！快说那第二件事!”佟师母嘴上这么说,心里早就乐开了花。

“这第二件事嘛……”

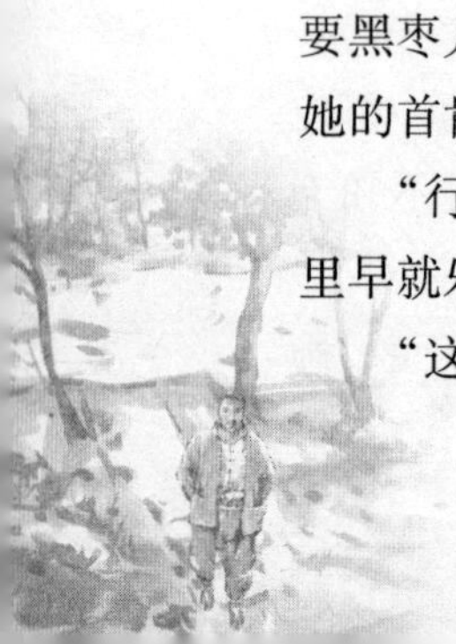

佟班主看了看葛旦，葛旦朝他点了点头。

“我和葛师傅决定，从今儿个起正式收黑枣儿为徒弟，打破佟家班儿不收女徒弟的传统。咱戏班子现在亟须做的两件事：这第一是给葛旦看病；这第二呢，就是速成培训黑枣儿。训练这事主要靠葛师傅了。枣儿你过来，给葛师傅磕头拜师。”

黑枣儿跪下，郑重其事、规规矩矩地先朝葛师傅磕了个头，又朝佟班主磕了个头。

佟班主说待哪天消停了，他们将举行一个正式的收徒拜师仪式，因为收女徒弟在佟家班儿历史上还是第一次，所以有着划时代的重大意义。

“黑旦”这个班名从此在佟家班儿叫了起来，后来成为黑枣儿的艺名。这是后话。

54

葛旦能发出音了，但嗓音是哑的。一边喝着佟师母给熬的中药调理，一边起早贪黑地对黑枣儿实行“填鸭式”训练。先从动作表演开始，从教授黑枣儿打玩艺儿的最基本的身段、眼神、表情、手势、碎步到特有的舞蹈程式，他样样身体力行、形象生动、不厌其烦、毫无保留地一个步骤一个步骤地示范、讲解，再示范再讲解。什么“大圆场”、“大半月儿”、“套月儿”、“风旋门”、“里外罗城”、“药葫芦”、“搬门”、“天地牌子”、“大十字”、“蜂儿扑瓜”等等。此外，旦角还有一种叫作“打闪”的舞蹈动作，即右腿别于左腿上，两臂画一弧形，身子稍斜下蹲，这个招牌动作，是在秧歌舞步基础上，吸收戏曲旦角“卧鱼”身段而创造，为其他剧种所罕见。

葛旦非常严格，是个彻头彻尾的完美主义者。每个动作都要求做到位，做到最协调最精确最出神入化。黑枣儿的动作稍有偏差，或力度不够、柔韧性略显不足，葛旦便用手中的折扇敲打一下黑枣儿，“重来！”他敲打的程度也分为轻重缓急，黑枣儿身体每每挨一敲打，她便知道哪个动作欠缺和不到位，她顾不上疼，打起十二分的精神一遍又一遍地练习，循环往复地做着一个动作，汗流浃背，满身酸痛难忍，甚至伤痕累累，直到葛旦朝她竖起大拇指。

接下来的环节是唱功的传授，葛旦就如何发声、运气、吐字，如何说方言、念白、对答逐一进行了讲解和示范。师傅耐心地教，徒弟虚心地学。黑枣儿按照葛师傅的方法，越唱嗓音越透亮，越唱气息越充足。葛旦还教会黑枣儿一种气

功,采取一种特殊的方式进行呼吸,有助于声音的张力和持久性。

葛旦还不断地教会黑枣儿一些新的剧目,比如《打秋千》、《牧牛》、《打金钱》、《捏软糕》、《打连城》等。

葛旦每天都要组织排练,直到旦角、丑角以及伴奏互相配合得天衣无缝这才罢休。

这种“葛氏填鸭式训练”,使黑枣儿在演出时把所学的本事立竿见影地派上用场,正所谓临阵磨枪,学以致用。

“立马就见效,葛旦,你真有两下子!”佟班主亲热地朝葛旦的肩膀上给了一拳。

“现在起码能应付‘硬码戏’的表演,再过一段时间就可以演‘带鞭戏’了。没想到黑旦的可塑性跟领悟能力这么强,而且她的身体的柔软度和韧性也不是她这个年龄的人所有的,她就是到了四十岁也能做出劈叉的动作,横劈、竖劈都行;她的嗓音条件也不错,音色很美,音域很宽;她还有超凡的意志力和忍耐力,这是干咱这一行必备的。总之,在她身上处处体现着奇迹!天生的戏胚子!太让人惊讶了!”葛旦沙哑的嗓音透着非常的欣喜和欣慰。

“等你嗓子好了,你和黑枣儿轮番上演,观众的审美喜好不同,各取所需吧!”

得着空暇,佟班主如数家珍一般向黑枣儿传授、介绍打玩艺儿的常识。

打玩艺儿有着浓厚的地方色彩和乡土气息,有它独特的艺术风格和舞台语汇,是庄户人家在生产和生活中创造出来的。

打玩艺儿起源有两说:一说清光绪年间,在内蒙古西部土默特旗一带,在“蒙汉民歌”和曲艺“丝弦坐腔”的基础上,吸收民间社火中的汉族舞蹈,创造了一丑一旦,载歌载舞的表演唱,取名“蒙古曲儿”;另一说是清末叶,由山西河曲民间演唱小曲的“打坐腔”与秧歌中“踢股子”等舞蹈动作结合发展为歌舞表演唱。之后,留传至内蒙古西部,吸收蒙古族歌曲而进一步成长起来。打玩艺儿最初只是庄户人家在劳动余暇自我娱乐的一种化妆表演形式。经过历代打玩艺儿艺人的不断丰富和发展,成为有剧情,有角色,有数板,有念白,有器乐伴奏且短小精悍、载歌载舞、粗犷泼辣、豪放细腻、优美抒情等较完整的综合性艺术形式。它与当地人热情、朴实、豪爽的性格特点、生活习惯、风土人情、文化渊源是分不开的。有什么样的风俗习惯、性格特点,便有相应的艺术形式。

早期打玩艺儿的表演形式比较单一,角色是一丑一旦,服装也很简陋,道具

只是手帕、折扇、霸王鞭。乐器伴奏是笛子、四胡、扬琴、四块瓦(或梆子)。唱得多是五更、四季、十二月一类的小曲,如《红云》、《十段锦》、《十对花》等。舞蹈的身段也和秧歌大同小异,多以第三人称进行演唱,情节简单,少有鲜明的人物形象。

民国以后,随着打玩艺儿的向外传播,在演出中,艺人们对打玩艺儿进行了改革和创新,特别是从民歌中汲取素材,并加以改编,如《走西口》原是以第二人称对唱的形式,改编后成为第一人称进行表演,加进了情节和人物的小戏。

打玩艺儿的音乐是以当地山曲民歌"社火玩艺儿"中的秧歌小调和道情戏中的部分乐曲为基础,又吸收了内蒙民间小曲以及陕北民歌中的一些曲调的特征而成,具有浓厚的地方色彩。打玩艺儿的音乐分唱腔和牌曲两部分,唱腔多承用民歌曲调,有些经过各种速度的变化处理,已走向板式化。牌曲部分,基本是民歌基础上的器乐化。此外还吸收、借鉴了古牌曲、民间吹奏乐等,使其越来越丰富。音乐具有优美、清新、秀丽、明朗等特征。

打玩艺儿的传统音乐唱腔比较丰富,多数是在一些民歌小调的基础上发展而成的。最基本的曲调有"爬山调"和"烂席片",此外,还吸收了其它民歌调子和其他剧种的一些曲牌,以丰富其表现力。

打玩艺儿分硬码戏、带鞭戏与对唱三大类。

"硬码戏"注重唱、念、做,是以唱为主的情节戏。舞台表演比较接近生活,但也有一些虚拟、夸张的动作,如旦角的摸鬓、走碎步、开门、关门,丑角的出场亮相等。唱词、数板、完场诗、道白中的串话,都讲究合辙押韵,因完全用当地方言,故与普通话的声韵不同。分为中东、衣齐、江阳、灰堆、尤求、波梭、川板、言前、姚条、发华、出入和小字(小人辰儿、小言前儿)十二道辙。语言通俗易懂,形象生动,常用比兴的手法,形成的曲调、唱腔别有风味。

"带鞭戏"注重舞蹈表演,是一种载歌载舞的表演唱。起舞时,折扇二人共用,霸王鞭由丑角专用,有时舞双鞭,分上、中、下三路套数,舞姿犹如蛟龙盘柱,上下翻飞。手帕系旦角专用。不论哪种歌舞,都由慢转快,形成高潮后戛然而止。"对唱"由旦角与丑角交替演唱。

55

彻底搞懂、学会打玩艺儿还真不是一朝一夕的事,学无止境,艺海无涯。黑枣儿像一块海绵吸取着吸收着吸纳着,乐此不疲且充实无比。名师出高徒,再加上黑枣儿自己的刻苦努力、聪明好学，她的表演日臻完善、渐入佳境，与佟家班儿演出的场次成正比递进着。百分之七十的观众点名要看黑旦的演出。到目前为止，在包头（包括附近旗县）的演出已经排满半年。大街小巷到处都贴着佟家班儿打玩艺儿演出的戏报子。佟家班儿的打玩艺儿在包头彻底打开了局面，“黑旦”这个艺名在包头家喻户晓，已成为街头巷尾、茶余饭后人们议论的话题，更是各商号富贾把请女艺人黑旦演出作为抬高身价的一个砝码。黑旦红遍了包头。

葛旦与黑枣儿交错地演了几场之后，嗓子又发不出音了。大夫说他经常失声是常年唱戏落下的毛病，再要唱戏，超负荷地用嗓子，会永远失声甚至要了性命。葛旦无限悲哀地结束了自己的演艺生涯。

“你不能走！你不能离开佟家班儿！你忘了咱哥俩搭建戏班子的初衷了吗？有难同当，有福同享。现在咱佟家班儿的情况越来越好，你咋能走呢？”佟班主语重心长地劝说葛旦。

“我唱不了戏了，待在戏班子还有啥意思嘛？竟拖累你们！”葛旦用暗哑的嗓音道出自己的无奈与悲凉。

“兄弟，你给我培养新人啊！你调教出黑旦，还得调教出唱丑的接班人，我年龄大啦，唱不动了，也跳不动了，还操持着这么个大家子，真有些力不从心啦！再说，观众爱看年轻新鲜的面孔，我们已是老帮菜喽！长江后浪推前浪，青出于蓝而胜于蓝，势在必行啊！咱都得面对这个现实。”

“可是……”

“就这么说定了。咱一边养病一边教黑枣儿唱戏，她还得学会一些新的剧目，要不不赶趟啦。另外，我琢磨着咱再编一些新玩意儿，现在戏班子越来越多，竞争也越来越大，咱得出奇制胜啊！”

“我这病不好治，得花不少钱……”

“再花多少钱，咱也得治病！葛旦你放心，咱这回挣了一些钱，你就踏踏实实地治病。就算是没钱，哥哥我砸锅卖铁也要给你治病！‘有福同享，有难同当’这是佟家班儿的宗旨。你给我说一遍，兄弟。”

“有福同享，有难同当。”

“唉，这就对了！你嫂子不知从哪儿弄来个偏方，正在给你熬药呢，你先歇上一会儿哇。”

“黑旦还在练着，我得去瞅瞅。她的腰有点儿扭伤，‘打闪’总是做不到位，

还有她有个音老是唱不准。另外,一会儿得跟伴奏合一下。”

“走,咱哥俩一起去!”

边往外走,佟班主跟葛旦边商量着,伴奏现在还缺个梆子(四块瓦),葛旦表示此事如汤沃雪,他就可以敲梆子。

56

黑枣儿穿着佟师母给她做的新戏服——红袄绿裤,又把路过一家大门上贴的对联撕下一小条,照着镜子,把那一小条红纸用嘴唇轻轻一抿,立刻成了红嘴唇。

一上戏台子,黑枣儿就变成另外一个人,光彩夺目,神采奕奕,激情四射,浑身上下都是戏,她把自己完全融入到角色里,她仿佛就是那剧中人,自己都分不清到底是黑旦还是剧中人。她用生命演戏,演戏就是她的生命。她思剧中人所思,想剧中人所想,角色被她赋予了生命,站得起,立得住,深入人心。她唱功、做功入流,她的表演浑朴纯粹,几乎到了炉火纯青的地步。

掌声响起。

这是她生命中最好的时光,这是她活得最有人样的时候。奶奶此时此刻一定在骄傲着她的骄傲,无论她做什么、她怎么样,奶奶那无所不在的如炬的目光都照亮着她、温暖着她、指引着她。她在人世不敢有半点庸碌懈怠与随波逐流,她打起十二分的精神做人作艺。

“师傅——,有一个商人模样的人要找黑旦!”辛笛子疾步走到佟班主跟前。

“没说有甚事?”佟班主正在后台卸妆。

“没说。”

“那人在哪儿?”

“喏,在那儿!”

“走。”佟班主与辛笛子走了过去。

“我是佟家班儿的班主,请问先生,是您找黑旦吗?”佟班主毕恭毕敬地问。

来人说明来意,他要买黑枣儿头一次上场穿的那件旗袍。佟班主赶紧示意辛笛子把黑枣儿叫来。

黑枣儿已换上便装,素面朝天,普通的就像邻家的闺女。

“对不起先生,那旗袍我已经穿过了……”

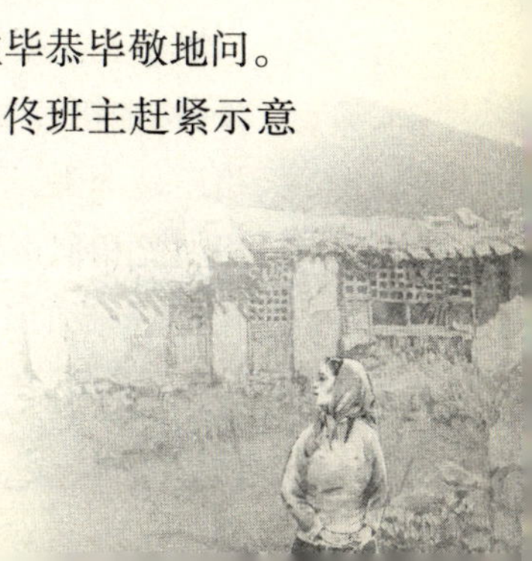

“我要的就是黑旦穿过的旗袍,那才有意义有价值呢！我出高价,或者你随便要价,都行。”

“按说先生这么欣赏那件旗袍,我理应送给您才是,可是旗袍是我奶奶死前为我做的,它跟着我走南闯北了十多年,就像我的护身符,每当摸着它,都感到奶奶手的余温还在上面,我……”

黑枣儿正说着,余光中她看到佟师母给她打着卖的手势,并且提醒她有一模一样的两件旗袍。她才想起,干妈兑现着自己的诺言,照葫芦画瓢为她做了一件与奶奶做的那件完全相同的旗袍。黑枣儿又想起,葛师傅治病得需要一大笔的钱。

“黑旦姑娘,你说的这件旗袍的来历,更让我下定拥有它的决心,那件旗袍太漂亮啦,简直就是艺术品,你的奶奶真是了不起,实在令人钦佩!”

“既然先生说到这份上,看来您不止一次给我们佟家班儿捧场,为了表示佟家班儿对您的知遇之恩,我就把这件旗袍送给您,不成敬意啦。”

“黑旦姑娘果真不同寻常,知书达理,女中豪杰,佩服佩服!”

黑枣儿说道:“我先把旗袍收拾熨烫整齐以示尊敬,不如明天先生派人来取。”

来人不住地点头:“黑旦姑娘做事讲究,佟班主教导有方啊!”来人冲他的手下点了点头,那手下立马朝佟班主递上一个厚厚的袋子。随即来人说道:“明儿个此时有人来取旗袍。”然后带着一班人马扬长而去。

佟师母说:“奶奶做的那件留下。把我做的那件给他,我再给你做。”

黑枣儿说:“还是干妈疼我,谢谢干妈!”

辛笛子说:“师傅快看看袋子里装的啥?”

佟班主说:“钱。我的妈呀,这件旗袍值天价!”

黑枣儿、佟班主、佟师母不约而同地说:“葛师傅治病的钱有啦!”

“我瞅着买旗袍那人来头不小,你赶紧打听打听去。”佟班主吩咐辛笛子。

“哎。”辛笛子刚要走,被一人彬彬有礼地拦住。

“买主是一家大商号的掌柜的,姓钱。”

黑枣儿正要帮佟师母拾掇堆放在后台的行装,被富有磁性的似曾相识的声音吸引,她扭转身朝前望去,立即被眼前这个人惊呆了。他像极了谷满仓,无论长相还是个头,只是体魄略比谷满仓强壮,年岁要比谷满仓年轻。世上竟然有长相如此相似声音如此相似之人!此人穿着一件浅灰色的长袍大褂,头戴深灰色礼帽,一脸的书卷气和从容、友好的微笑。他朝黑枣儿点了点头,开门见山地自我介绍着：

“黑旦，认识一下，我叫奈里木，做小本生意的。”

“你怎么知道我叫黑旦？”

“这不奇怪，全包头的人都知道你叫黑旦！我奇怪的是你的名字，看过你的演出后我明白了，你是唱旦角的，你姓黑，所以你有了‘黑旦’这个名字。我说的没错吧？”

黑枣儿点头同意。

“奈里木？你的名字才奇怪呢！你是蒙族人吧？”

“是，我是蒙古族。我的名字翻译成汉文就是谷穗的意思。”

“哦，谷穗？”黑枣儿若有所思起来。

“我的姥爷是汉族，我有四分之一的汉族血统。”

佟班主看黑枣儿跟这位看上去谦和斯文的小生意人聊得挺投机，便示意辛笛子随自己到后台帮佟师母他们忙活去了。

黑枣儿对奈里木有一种久违了的似曾相识之感，仿佛意犹未尽。

奈里木看到台上和台下迥异的黑枣儿，越发坚定了他对她的爱慕之情，并且毫不掩饰地表达出来。

“我喜欢你，希望能和你成为朋友。”

黑枣儿被奈里木率真的表达弄得不知所措。

“你师傅得了什么病？”奈里木及时转移了话题。

“老发不出音来，嗓子经常沙哑。”黑枣儿皱起眉头。

“哦。明天，我去绥远城送批货，过些天回包头找你，到时候你在吗？你住在哪儿？”

“在。我们在包头起码要待上一年呢。”黑枣儿毫无设防地说道，甚至把佟家班儿的住址也告诉了奈里木。

“台上的光艳迷人，台下的清纯可人。你在台下叫什么？”

“黑枣儿。”

“好可爱的名字！我发现我真的喜欢上你了，你喜欢我吗？”

“这么短的时间怎么会喜欢上一个人？你说笑话呢？”

“汉语中有一见钟情这个词，我就是在刚才你跟钱掌柜机智敏锐、豪爽大气、有礼有节对话的一瞬间喜欢上你的，对你萌生出我的人生中非同小可的一见钟情之感。就像钱掌柜说的那样，你的确不同凡响！”

奈里木又一语双关地补充道：“黑枣儿、黑旦这两个人我都喜欢。你在戏台

上真美,你在戏台下更美!”随后礼貌地告辞离去。

黑枣儿望着奈里木高大威猛的背影和走路的姿势,仿佛又看到谷满仓。

当晚,有个小后生来到佟家班儿的住地,送来一包东西和一封信,说是谷穗药店的掌柜的让送来的。

黑枣儿打开信——

黑枣儿:你好!

这几种西药都是治嗓子发炎的,让你师傅试一试,看哪种比较适合,然后告诉我。另外,这四瓶药是润喉利咽,保护嗓子的,你和唱丑的师傅平时要经常把药片含在嘴里。为了我,你也得爱惜、保护好自己的身体,懂吗?我会想你的。

问师傅们好!

奈里木

黑枣儿把信看了一遍又一遍,她惴惴不安起来。

第二天,钱掌柜派人送来几小匹颜色不同的绫罗绸缎,几套时髦女装,和胭脂、香粉、口红、香水等女人用的玩艺儿。看的佟家班儿所有的人都面面相觑。

黑枣儿对来人说道:“这些贵重物品我不能接受,请拿回去吧!”

来人接过佟师母递过来的用红绸布包得整整齐齐的旗袍,面无表情地对黑枣儿说:

“我只管把东西送到,拿走我要拿的东西。请您不要为难我!”

说罢,只见他手一挥,一行人一溜烟跑没了。

“呵呵,正好能为每个人做一套戏服!柳扬琴,你们把这些东西都给我拿到屋里去,赶紧的。”佟师母安之若素地吩咐着,随后对黑枣儿说:

“谁让你是黑旦!别愣着啦,继续练你的功哇!不要受这等闲事的干扰,有干妈呢!”

第十三章

57

谷满仓两岁那年他爹谷丰登就来到青格勒图嘎查，五年后得传染病疟疾而死，从此永远作客他乡。三十六年后，谷满仓重走他爹当年的路，千里迢迢从河北谷家庄来到他的第二故乡——内蒙古察哈尔右翼正黄旗青格勒图嘎查。谷满仓一行三人一进入口外便兵分两路，牛板凳和刘六六投奔到丰镇的亲戚家。

当谷满仓提着药箱，衣衫褴褛、步履蹒跚地迈进察哈尔草原的腹地时，他立刻被眼前的景色惊呆了，他眩晕起来，在梦里还是在天堂？他一遍遍地问自己。

一望无际的绿，漫山遍野的绿，铺天盖地的绿。视线被草原的绿色牵引，视野所及之处都是生机盎然的绿，蓬勃葱茏的绿，神秘清灵的绿，飘逸光鲜的绿。瞳仁仿佛亦被草原染绿了。然而草原的绿色却是短暂的，一年中积了四分之三个季节的养分与力量，就是为了在夏季绽放绿，彰显美丽的潜伏期未免过长！但正因为蓄谋已久，它的绿才格外浓郁，格外率真，格外张扬。

广袤无垠的大草原静得出奇，连小鸿雁振翅飞翔的声音，偶尔伴着风声和丝丝缕缕的蝉鸣都听得分外真切，甚至能够听到花草的心跳。山丹花、金针花、大丽花、百合、牡丹、芍药、雏菊、佩兰、刺玫等，还有一些不知名姓的姹紫嫣红的野花，随意裹挟在过膝的草里，率性地招展着生命的鲜艳华美，演绎着斑斓的梦幻神话。

青格勒图嘎查被无边无际的草原包围着，深处的山峦呈柔美的流畅的曲线，仿佛女人圆浑秀挺的乳房；云朵梦一般舒缓地飘移在湛蓝的天空；不远处，

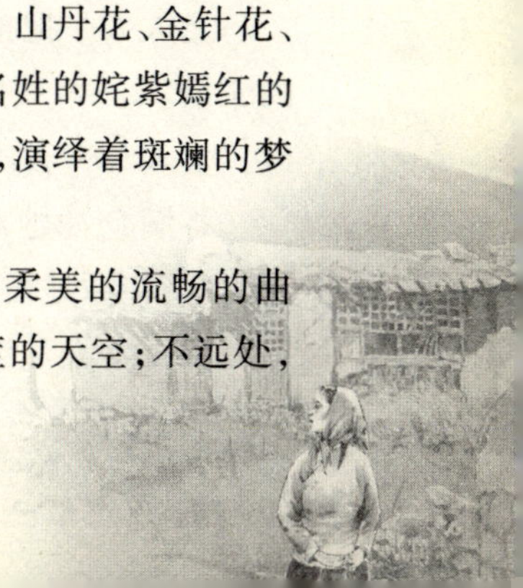

黄旗海慷慨地蜿蜒着它绵密缱绻的深情。大概是草原太辽阔太雄伟太壮美了，所以它周边相应的自然景观才呈现出母性的光辉，和谐完美，浑然天成。

花海无疆。绿野无疆。草原无疆。

谷满仓几次被泪水朦胧了视线，青格勒图草原太美了，美得无与伦比，美得无法形容。他久久地沉浸在梦寐里，任情感滋长着、彭湃着、发酵着……他因此而理解了他爹，狂放不羁的魂魄注定要为草原皈依，以至于两次流连忘返。

谷满仓不由得双膝跪下，朝着他爹的草原和他爹的在天之灵顶礼膜拜——爹，满仓来看你啦！满仓终于找到梦牵魂绕的察哈尔草原！满仓守着你，等找回你的孙子谷雨，和我兄弟黑赛虎，等挣上钱再建一座谷府，满仓就带你回家！他在心里默默地说着。

谷满仓被草原惊心动魄的美丽震慑住了，他不由得五体投地，用他的脸颊、胸膛和肢体切身感受着这片他爹曾经生活过的天堂一般的草原。他的思绪被拽回到从前过往的岁月中……花的草原覆盖着他、润泽着他、通透着他。他内心的辉光被思想点燃，生命的原始守望与自然契合，在时光的雕刻下美轮美奂。

突然谷满仓被一阵哭喊喧嚷声惊醒，他坐起身侧耳倾听，是从前面的蒙古包那里传出来的，他倏地站起来，提起药箱朝前方跑去。

在一座蒙古包前，一个十来岁的女孩儿躺在草地上，浑身发青、不断地抽搐、小脸也变成了紫色，不知过了多长时间，又抽搐了一会儿，好像就连呼吸也没有了。一位中年妇女和一位老太太哭着喊着却一点办法都没有，只能眼睁睁地看着孩子死掉。

谷满仓伸手试了试孩子的脉搏，发觉有隐隐的跳动，便大声喊道，“别难过，小丫儿没死！”然后从草地上采摘了一把野生花草，把花蕊连同根茎一同放到嘴里快速咀嚼成黏稠状的东西，用它给女孩子擦遍全身，之后，他捶了捶女孩儿的后背，又掐了女孩儿的人中，最后对女孩儿进行了人工呼吸。女孩儿“哇”地哭出声。忙活了半天，女孩儿终于救活了！

老太太一把把女孩儿抱在怀里唏嘘感叹着，嘴里不停地说着谷满仓听不懂的蒙语。

女人却一言不发，目不转睛地盯着谷满仓。

谷满仓冲她友好地笑了笑，正要转身离去，被女人脱口而出的一个字震住了，他站在原地没有动弹。

只听女人又说了一遍：“谷？”

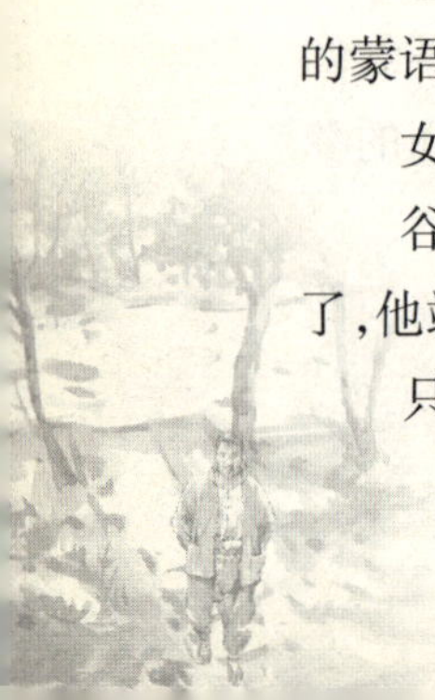

谷满仓猛然转过身，面对女人应道："我姓谷！你咋知道？"

女人迫切地追问："谷丰登？"

谷满仓疑惑不解地看着她："谷丰登是我爹！"

"我阿爸是谷丰登！"女人因激动，声音抬高并且颤抖着。

谷满仓听出女人的汉话略带河北口音。他更加狐疑满腹。

女人切切地呜咽着。

老太太和她怀里的女孩子都不知所措地看着女人和谷满仓。

片刻，女人稍微平静了下来，泪眼蒙眬地对谷满仓说："我 36 岁，你多大？"

谷满仓不置可否地回答："39 岁。"

"你是哥哥，我是妹妹。"女人破涕为笑，她欢快而骄傲地冲老太太说："额吉（蒙古语：妈妈），我找到哥哥了，我的亲哥哥！"然后她向前跑了几步，跪在草地上，仰起头冲着明净、宁静的蓝空高声喊道："阿爸，你快看呀，哥哥回来了！我的哥哥回到咱们家啦！"

哥哥回家啦！

哥哥回家啦——

她如泣如诉的声音在草原的每个角落此起彼伏地回荡着。

"回家！回家！"老太太高兴地用不太熟练的汉语简单生硬地表达着，热情地把谷满仓拉进蒙古包。

毡包里铺满纳绣的毡毯，老太太请谷满仓坐在毡毯上，然后麻利地从旁边搬过一矮腿的长方形的木头桌子，放在谷满仓的面前。这只矮桌很像谷满仓河北老家的炕桌。老太太从靠着东侧包壁的碗柜里取出各种各样的奶食品摆在桌子上，又取出一只木碗，倒满热气腾腾的奶茶，撕了几片奶皮子放进奶茶里，还在奶茶里放进几小块奶豆腐，放到谷满仓跟前："喝！"然后老太太在一个木碗里把炒米和卷肯拌匀，递给谷满仓："吃！"谷满仓先尝试性地用小木勺扒拉到嘴里一小口，咀嚼品尝了一阵儿，随即开始了狼吞虎咽，一眨眼的工夫，一碗卷肯拌炒米风卷残云般进了他的胃里。老太太笑眯眯地又把一盘切成小块的奶豆腐推到谷满仓面前，谷满仓一边吃着奶豆腐一边一碗一碗地喝着奶茶，豆大的汗珠从额头淌出。谷满仓终于从难堪的饥饿中初步解脱了出来。

编着满头小辫儿的女孩儿在一边好奇地打量着她的救命恩人。

这时，只见女人轻轻地走进毡包，从靠近包壁北面的八腿被桌上找出一摞干净衣服，放在谷满仓跟前。

“哥哥，这是五十七的长布衫、裤子和布靴，你一会儿把它换上吧。”她紧挨着谷满仓坐下。

“我叫娜娃，哥哥叫什么名字？”

“谷满仓。”

“哦。谷满仓，有意思的名字！这是我的婆婆都日玛。你救的女孩子叫果莉尔，是我的女儿。”娜娃把家人正式介绍给谷满仓。

“果莉尔，叫大舅！大舅是你的救命恩人！快叫大舅啊，羔酪（蒙古语：宝贝）！”

“纳格其（蒙古语：大舅）是谷！谷是纳格其！”果莉尔躲在都日玛身后调皮地叫着谷满仓，并朝谷满仓做着鬼脸。

谷满仓注视着天真烂漫的外甥女果莉尔，眼里充满了笑意和爱意。

“我的丈夫五十七出去放牧了，晚上回来。儿子奈里木在绥远市读绥远第一师范学校。我是蒙族人也是汉族人，所以我要让我的儿子读汉文书，说汉语。我的家人都能听懂汉语，但说得要差些，能够说一些简单的日常用语。”

娜娃一口气说下来。岁月虽然在娜娃的心灵和脸颊上留下沧桑的印记，她看着要比她的实际年龄大一些，但她却有着一种从容的自然的妥帖的美丽。

“五十七原来是妹夫的名字？”谷满仓不解地问。

“是的哥哥。蒙古人在生儿子时，恰好孩子的爷爷五十七岁，因此用爷爷的岁数当作孙子的名字是常有的事，蒙古人有这样的习惯。”

“哦，是这样的。”

接着，娜娃向谷满仓娓娓道来她的遭遇。

原来，三十多年前，谷丰登与黑子从谷家庄回到青格勒图嘎查才一年多，那场要命的疟疾就肆虐横行了起来，娜娃一家都遭此一劫而且都未幸免于难，包括娜娃的阿妈肚子里即将出生的孩子。五六岁的娜娃已经奄奄一息，正好被过路的寡妇都日玛救起。从此，娜娃在都日玛额吉一手拉扯下长大成人，15 岁时嫁给都日玛额吉的独生儿子五十七，16 岁便生下儿子奈里木。从那时起，都日玛一家便一直住在青格勒图嘎查，一直守候着娜娃亲生父母的在天之灵。娜娃以这样的方式祭奠怀念已经去世的父母，都日玛额吉和五十七默默地成全着娜娃的拳拳之忱跟赤子之心。

“哥哥，你长得太像阿爸了！就像是从一个模子里刻出来似的。连说话的声音都像！我的奈里木长得跟哥哥一模一样，以后你见到他就知道了。”

“奈里木有 18 岁了吧？”

“奈里木今年 19 岁了，是大小伙子啦，可神气着呢！”娜娃不无自豪地说道。

“比我儿子大三岁。”谷满仓若有所思着。

“哥哥家里的情况是怎样的?”

谷满仓把家里的情况简单地介绍了一下,娜娃听得涕泪纵横。

“阿爸要是两个人就好啦,既能陪着你娘,也能守在我阿妈的身边。阿爸没了,两个妈妈也没了,阿爸的两个家都没了,哥哥和我都成了孤儿。不过今天我不是孤儿了,我有了哥哥,我又有了亲人。这是阿爸在保佑我,是阿爸把哥哥给我找回来的!阿爸,我想我的阿爸!小时候阿爸经常抱着我骑在马上到处跑,阿爸有使不完的劲儿,阿爸是青格勒图嘎查最英俊最强壮的男人,还是最勇猛最彪悍的摔跤手,没有人能摔过他。阿爸带我到黄旗海游泳,给我洗澡洗头发。阿爸还给我讲故事,他说的河北话真好听。我爱阿爸!不知怎么,我今天特别想阿爸。”

谷满仓羡慕娜娃对爹有着这么具体、琐碎的记忆。对于爹,谷满仓没有任何记忆,爹头一次去草原是在他两岁的时候,三年后回家,不到半年的短暂的休整停顿后再走草原。对于爹的认识都是从小在娘不断的讲述中形成的,仅此而已。

傍晚时分,这家的男主人五十七放牧回来了。娜娃简明扼要地把今天下午谷满仓救果莉尔以及谷满仓就是她的亲哥哥一事告诉了五十七。五十七亲切憨厚地冲谷满仓叫了声“哥哥”之后,就忙着宰羊去了。五十七一家要把这特殊的、重要的一天当作节日来庆祝。五十七将绵羊宰杀剥皮后,按照头、脖子、胸椎、腰椎、四肢、五叉、胸茬等部位卸开。能进入术斯(蒙古语:手把肉)的部分是:肩胛两块、前臂骨两块、桡骨两块、胫骨两块、髋骨两块、股骨两块,共十二部分;骶骨、颈椎、胸椎共六节锥体;以及脊椎两侧的二十根肋骨、腰侧的六根肋骨,共二十六根肋骨。

由于家人不多,娜娃做了半羊术斯。在大铁锅里倒进凉水,把左前腿、右后腿、五叉、胸椎几个部位整个放进锅里,放适量咸盐和少许查嘎(蒙古语:酸奶),用文火慢煮。频频翻动,不生时(不能煮得太烂)捞出,放进木盘。肠肚、内脏、肝、肾等都要别锅另煮,否则下水的味道就会钻进肉里,使肉不香汤不美。羊头更要单煮。

五十七请来嘎查的一位长者,大家围坐在桌前,五十七用刀子麻利地把术斯卸成便于食用的小块,把羊头冲着长者摆放,然后谦恭地朝长者双手一摊,头一点。长者端起酒杯对谷满仓和大家说:“娜娃远方的哥哥谷回来了,让我们以最诚挚的心最热烈的情欢迎谷回家!我们青格勒图嘎查永远都是谷的家乡!

听说谷白天救了果莉尔，我们感谢谷！也希望谷救治嘎查里更多的牧民！拜托了！”长者把第一杯酒洒在地上，说是敬故去的先人；又用无名指从酒杯里蘸上酒，向上弹向下弹，说是敬天敬地；还蘸上酒在谷满仓的额头轻轻一抹，说是祝福年轻人感谢年轻人。然后一饮而尽。五十七和谷满仓也跟着一饮而尽。

吃完术斯，娜娃给每人端来一小碗肉粥。肉粥就是在煮术斯的汤中，加入大米、糜米，跟查嘎一起煮成稀饭。这种稀饭是典型的蒙古饭。不吃肉粥就等于没吃术斯。可想而知，肉粥有多好吃，在蒙餐中的地位有多高了。

同父异母的兄妹正式相认了，他们躺在蒙古包里不停地唠着，仿佛有说不完的话，像是要在一晚上都把它说完。都日玛额吉把谷满仓和娜娃的手和脚放在一起，比了又比，看了又看，连连说着“像！”然后用蒙语说道：“连手和脚都长得一样，不是亲兄妹又是什么？血缘真是神奇的东西，冥冥之中，它让两个陌生的人成为亲兄妹，它让你们打断骨还连着筋！愿佛祖保佑我的娜娃和她的哥哥，从此不再受磨难，从此过上好日子！”都日玛额吉动情地亲了娜娃的额头，又吻了谷满仓的额头，并且喃喃自语道：“一家人，一家人哪！”

58

不眠的草原之夜，伴着早起的黎明，翻开了日子的又一页。

初醒的草原清新、透明、神秘，仿佛珍珠仿佛玛瑙仿佛翡翠仿佛琥珀。晶莹的露珠打湿了夏天的眉睫，季节的霓裳斑斓了又斑斓。

谷满仓的新家建在一片还没有沙化的草原上，前边不远的地方是一个长满了红柳的挺高的沙丘，一丛丛红柳把沙丘簇拥得生机勃勃。他家西边不远处就是黄旗海——一个偌大的淡水湖，无边无际的湖水，时而风平浪静，时而波涛汹涌，也是一个巨大的渔场，盛产各种各样的鱼。他的家是坐北朝南的两座蒙古包，门外就是草原。这是个无院墙的人家！

所谓蒙古包，通常都是以“柳木组定硬圈，经用毡挞定，不可舒卷，车上载行，水草尽则移，初无定日。”这种毡包，高约三四米，包内壁以交叉的红柳条编成菱形网眼的“哈那”，包顶有天窗“套瑙”，包门坐北朝南，包顶和侧壁都覆有羊毛毡。

从远处望去，蒙古包就像是镶嵌在雾霭漫漫的绿草地上的珍珠。走近一看，天趣盎然。

蒙古人在制作毡包时,在顶毡、顶棚、围毡的边上根底,要用驼毛或马鬃马尾搓成细绳缝上去,这自然是为了保护毡片不起翘,当然在雪白的毡子上镶一条深棕色的边,煞是别致好看。尤其是围毡上箍紧的三条宽大的围绳,以及与其交叉的六条绳索,把蒙古包捆出一种独特的形状和美感来。在顶棚和围毡衔接的地方,为了防止风灌进去,要用皮条做成吉祥图案,转着包顶缠绕一周。另外,围绕蒙古包的根底,还有一圈墙脚围子,或用绣纳着祥云花纹的毡子制成,或用雕刻着花草的木头做成。别样的风情别样的韵味别样的文化就自然而然地从蒙古包淌流了出来。

喝完早上的奶茶,就有牧民求医了。娜娃和谷满仓相视而笑,嘎查的长者已经把宣传工作做到家了。在众目睽睽之下,行医十五六年的谷满仓对病人采取了传统的望、闻、问、切的诊疗方法。在“问”的环节上,娜娃称职地扮演着翻译的角色。谷满仓已经诊断出病症,该病人患的是气管炎引起的哮喘,他要为病人采药、配药和熬药,他让病人明天来取药。

谷满仓发现这里的野生中药材分布广泛,种类繁多,他看到了党参、黄芪、黄芩、知母、银柴胡、秦艽、茵陈、甘草、金银花等中药材几十种,他估计还会有很多没看到的。他的身影穿梭在草甸子、丛林、沙丘和湖泊之间……在满载而归的路上,他又捕获了一条蛇和一只蟾蜍。郎中手里没药就如同巧妇难做无米之炊一样尴尬,他偷偷地乐着,一出门就能采到药材,满山遍野的野花野草,满山遍野的野生药材。这些,将成就着他作为郎中的成就感。谷满仓真切地体会着如鱼得水般的快乐和自在。人的一生很短暂,能够扎扎实实地做好一件事情就不错了,这就需要给自己一个明确的定位,知道做什么对自己是最适合的,努力去做才能做好,才能问心无愧地活着。

回到家已是午后三四点的样子,他让娜娃找出一只泥罐子,洗干净之后把几种药材配在一起用文火煎熬着。他把蛇和蟾蜍的尸体放在一处不容易被人发现的地方风干晾晒着。他的药材快齐全了,还需要五毒中的其它三种——蜈蚣、蝎子、壁虎,他得让妹夫五十七帮这个忙。

那位得哮喘病的牧民抱着试试看的心理,喝了一个疗程谷满仓的中草药后,病情有了明显的好转,不仅能够躺着睡觉,而且能够骑马放牧,重新找回当年的雄风。他逢人便说,嘎查来了个汉人郎中,不仅治好他的顽疾,而且菩萨心肠,做善事,为穷人看病不收一分钱。来找谷满仓看病的牧民越来越多。很快,附近嘎查、村庄甚至附近苏木、乡镇的农牧民也跑到青格勒图嘎查慕名求医,只

要一说找谷,或说找郎中看病,本嘎查的牧民就会主动热情地把病人带到谷满仓的蒙古包前,还没进门就大声报告:“谷,来客人了!”

谷满仓发现牧区得气管炎、妇科病的人比较多。他分析可能正是因为草原上的寒冷和寂寞,滋养了牧人豪爽的性格和与烟酒相伴的习惯。而用水不方便、饮食相对单一、不注意经期卫生也是致病的原因。他为嘎查的牧民传输一些有利于身体健康的生活习惯、生活常识,譬如,少吸烟喝酒、经期禁止夫妻同房、注意个人卫生等。他熬制了大量的中草药,让娜娃给已婚的妇女送去,娜娃以自己的亲身体会告诉每一位妇女,把中草药兑上五倍的水清洗,能除去异味,还能防治妇科疾病,一定要当回事,得了女人的病是很麻烦的,也会死人的。

谷满仓还因地制宜,开垦了一片荒地,充分利用当地的可利用资源,培植再生野生中药材与沙葱、蘑菇、黄花、苦菜、和一些能食用的野菜野果,还种植了土豆、大白菜、萝卜、葱、蒜、豆角、青椒、西红柿等一些蔬菜。

娜娃一家的生活也得到充分改善,一家人相互适应,相互融合,相互渗透,他们很享受蒙汉合璧的生活状态。

吃完晚饭后,都日玛额吉跟娜娃开始做奶食品,以备来年冬春食用。

她们先熬奶皮子。把铁锅坐在火撑上,倒进鲜奶,用牛粪火烧开后,加少许砂糖,用勺子反复扬奶子。扬半小时以后,慢慢把火弄小,同时慢慢停止扬奶。待火势渐弱,在锅上搭根木棍,把锅盖放上去,便于让热气跑出来。等到第二天早上,熬过的奶子上面,结一层厚而多皱的表皮,就是奶皮子了。然后用铁勺从锅沿上把奶皮子划开,用细木棍从中挑起来,这样奶皮子就被折叠成一个半圆。将它们放在阴凉通风处晒干。最后把它们存放在一只特意编就的半圆形篓子里。奶皮营养丰富,能够滋补身体,调理气血。

接着她们将鲜奶放在瓦盆里,在阴凉处放大半天,上面就会凝固出一层黄色的油皮来,卷肯大功告成。卷肯拌炒米不仅非常好吃,而且很耐饿。

鲜奶做成卷肯以后,将卷肯撇出,所剩部分倒进锅里,加火煮熬。然后用笊篱,陆续舀出上面的酸水,剩下的稠物用勺头挤压,去掉水分,再包入白布中,上面压上石头,奶豆腐做成。用刀划成二三斤重的方块,便于储存。现吃或晾干了吃,都可。

谷满仓与五十七带着果莉尔去了黄旗海,或坐在堤坝上听蛙鸣,看星星月亮怎样掉进湖面,或下湖游一场惬意的夜泳。

大自然的美对每个人都是平等的，愈是自然的东西，就愈接近生命的本质。只要把心事放下，随时都可以在自然的怀抱中获得自在；只要把欲望放下，随时都可以在自然的馈赠中获得滋养。

59

谷满仓逐渐掌握了一些蒙语，日常用语基本上能听懂，语言能力不及听力，好在五十七也慢慢地能说一些汉语，所以他们俩在家居生活的交流上基本上没问题，遇到实在说不清听不懂的，就夹带手势，或者求助于娜娃。

娜娃说，自从见到谷满仓以后，她的汉语词汇不知不觉地从记忆深处和潜意识里蹦了出来，她惊讶于自己的这种本能。要知道四五岁以后，她基本上远离了汉语环境，但她认为只要自己还说阿爸教给她的汉语，才是对在天上的阿爸的最好的怀念，才能够证明自己还是汉人。所以她一直在家里说汉语，全家人蒙语汉语共用。

“告诉哥哥，前两天放牧时，在邻村的一个寺庙里，我发现了一位跟哥哥年龄相仿，说河北话的僧人。”

“不会是哥哥的兄弟黑赛虎吧？我得赶紧告诉哥哥去！”

第二天一大早，谷满仓就跟着五十七骑马来到青格勒图嘎查西边的一个寺庙。寺庙坐落在半山腰上，寺庙的建筑和格调古朴、庄严，在晨钟暮鼓和清音梵唱中，谷满仓和五十七切身感受到寺院的独特氛围。等到傍晚，他们也没找到有着河北口音的僧人，但他们打听到有几位僧人下山化缘去了，一两天才返回。谷满仓让五十七先回去，自己要守在这儿等待那位僧人的出现。过了两天几位僧人果真化缘回来，谷满仓定睛一看，其中一位果然就是十七八年失踪且杳无音讯的黑赛虎。

“赛虎，我找了你十几年，今天终于在察哈尔右翼正黄旗找到你了，老天真是不负有心人哪！我猜你一准是找到青格勒图嘎查，来到你爹和我爹升天的地方……”谷满仓激动的话还没说完，就被那僧人用一口地道的河北话客气地打断了。

“阿弥陀佛，对不起，施主认错了人！”

“你就是赛虎，我是你兄弟满仓呀！”

“对不起，施主认错人了！阿弥陀佛。”

“你就是黑赛虎，你仔细看看，我是谷满仓啊！”

“阿弥陀佛，施主认错人了！”

“我告诉你赛虎，你闺女黑枣儿也来到口外，她已经是大姑娘了！”

“阿弥陀佛……”

“难道你不想见一见你的亲骨肉吗？你黑家就留下这么一个后代了！”

“阿弥陀佛……”

“你娘我娘都没了，咱们的谷府也没了，现在咱们那一大家人就剩下你我和两个孩子。”

“阿弥陀佛……”

“赛虎，你抬起头来看着我，你看我一眼啊！”

“阿弥陀佛……”

“黑赛虎，我告诉你，我就在青格勒图嘎查等着你！”

“阿弥陀佛……”

黑赛虎就是不认谷满仓。

近在咫尺，却远在天涯。

谷满仓实在没辙了，打算过两天再来，给黑赛虎几天考虑的时间。谷满仓不懂佛教，知道黑赛虎如此这般自有他的道理。不管怎样，谷满仓相信，时间会改变一切。

60

第三天头上，谷满仓又来到寺庙，黑赛虎却不见了。小和尚交给谷满仓一张叠成四方形的宣纸，上面是黑赛虎用毛笔写就的行云流水般的草书，谷满仓很费劲地辨认出上面的内容：“世上的一切都是无常而虚妄不实的，如果我们将其妄执为有，妄执为常，就好比是作茧自缚。”反复读了几遍之后，谷满仓小心翼翼地把宣纸按原样叠好，揣在怀里。

谷满仓骑马到处找寺庙，到处找黑赛虎，半个月下来一无所获，黑赛虎好像在人间蒸发了。谷满仓垂头丧气，沮丧万分。马仿佛知道主人的心事，踯躅的、无精打采的蹄音在空旷的草原发出沉闷的声响。

“劳驾！蒙族大叔，打听个路，去青格勒图怎么走？”

又是河北口音！谷满仓抬起头，看到一辆马车跟他隔着一段距离并驾齐驱着，马车上坐着两个汉子，一个年轻人，一个中年人。年轻人坐在马车的左前方驾驭着马车，一身英武之气中透露着精明睿智，脸膛被察哈尔草原的紫外线晒得黑红黑红的，一脸的风尘仆仆和兴致勃勃。中年人坐在右侧，被年轻人挡着半拉身体,看不清面容。

谷满仓说了声:“跟我走!”便策马扬鞭在前面带路。

“嘚儿,驾!”年轻人赶着马车紧随其后。

纵马驰骋的谷满仓这时已是泪水纵横,他还没从寻找黑赛虎的沮丧心情中走出来,又巧遇了儿子谷雨。儿子离开他时才十三岁,三四年一晃而过,如今儿子已经是顶天立地的大小伙子了,现在就跟在他的身后。在察哈尔草原,在雾霭漫漫的察哈尔草原,在雾霭漫漫的父亲的察哈尔草原,儿子竟然叫他蒙族大叔,看来他真的是老得没样了,他低头朝自己扫了一眼,一身蒙古人装扮,扎腰带的宽松的蒙古袍,舒适耐磨的香牛皮靴,挽在额头上的头帕,难怪被儿子当成蒙族大叔!他又忍俊不禁了。儿子就跟在身后,像小时候一样生怕自己丢了紧紧跟在他的身后!

谷满仓拉紧缰绳,马听话地停在蒙古包跟前。

在“嘆”的指令声中,马车也戛然而止。

“谷,来客人了?”

“是呀,都日玛额吉。”

谷满仓一边拴着马,一边不动声色地说道:“到家了!”

“谷?”谷雨纳闷地自言自语,他看了看候在门口的都日玛额吉,又看了看耸立在他面前的宛如蘑菇一样的蒙古包,他一个健步蹿到谷满仓跟前,谷满仓忍不住开怀大笑起来。

“爹,是爹,真是爹!我不是在做梦吧?爹你掐我一下,快点儿!”谷雨激动的嗓音都喊岔了,他欢天喜地地迎接着他人生旅途中的第一次意外的惊喜。

“臭小子长这么大啦!个子比爹还高!”谷满仓开心地在谷雨墩实的屁股上拍了一巴掌。

“我不是在梦里!我和爹在一起是真的!我找到了爷爷的草原,还找到了我爹!青格勒图草原太神奇啦!噢,我太高兴啦!”谷雨兴高采烈地大喊大叫着,这份快乐传染着在蒙古包前驻足的每一个人。

“南掌柜,这是我爹!”谷雨冲站在马车旁的南向前大声介绍着。

“哈,哈,这就叫作无巧不成书啊!幸会,幸会!”南向前双手抱拳,朝谷满仓爷俩走来。

仅仅一袋烟的工夫,全嘎查的人都知道谷的儿子来了,他们把自家最好的食物都带上,有的是现成的,有的需要现做,有的干脆提着奶桶、牵着羊,自愿聚集在娜娃家门前那片宽阔平坦的草地上。他们要以草原人的方式向谷及其家人表达他们的感恩与祝福。

奶食品品种齐全，应有尽有；各式各样的香甜酥脆的炸果子；奶茶熬了一锅又一锅；刚宰杀的三只羊要做成烤羊背子，五叉手扒肉，灌血肠、肉肠，羊三样，高尔呼格汤等。男人和女人都忙碌起来，各尽所能。草原被欢声笑语、忙碌的人群所填充，草原沸腾了起来。

果莉尔也不闲着，她拉着谷雨离开喧嚷的人群，坐在草地的一角，她严肃认真、煞有介事地说：

"刚才大人们介绍时，把我拉掉了，真是不应该。现在让我告诉你我是谁，我的姥爷和你的爷爷是一个人，我叫你阿爸舅舅，你叫我阿妈姑姑，我叫果莉尔，我得叫你哥哥。你明白了吧？"

"明白了，果莉尔妹妹！"

"我早就听大舅说我有个谷雨哥哥，你听说过我吗？"

"没有。"

"我既是汉人也是蒙古人，蒙语汉语我都会说。"

"你真了不起！"

"那当然！"

"你教我奶奶、姑姑、姑父蒙语怎么说，好吗，果莉尔？"

"好啊！奶奶是额么，姑姑是阿布嘎额吉，姑父是阿布嘎胡日根阿哈。"

谷雨随手采了一把五彩缤纷的雏菊送给果莉尔。

果莉尔刚才被忽略的不快，转眼间已经烟消云散了。她的脸跟盛开的雏菊一同天真地绽放着。

那边，南向前跟谷满仓谈性正浓。

南向前说："这次带女婿到漠南蒙古做生意一走就是多半年，收获不小啊，带去的货一路上一销而空，还有好些订货的，我打算明年带谷雨再出来一趟，一回生二回熟，这条路子趟开了，以后谷雨就好做了。这小子天生是做生意的料！"

南向前喝了口奶茶继续说："这回来的路上呀，谷雨说想看看他爷爷曾经做生意的地方，这不，我就带他从北面直奔察哈尔右翼正黄旗。没曾想正碰上兄弟你也在这儿，这不是两全其美是啥呀？祭拜了爷爷不说，还跟朝思暮想的爹爹不期而遇，谷雨这小子是个福星，走哪儿哪儿顺，这一路上别提有多顺啦！哈，哈……"

谷满仓说："谷雨这些年多亏了老哥的照顾，这娃年岁小不懂事，南大哥你多费心了。谷雨,谷雨他结婚了?”

南向前说:“咱一家人不说两家话。我估摸着回去就给他们把喜事办了,谷雨跟我闺女好了一段时间了,我正要跟兄弟你商量这件事呢!我辛苦赚钱还不是为了孩子们,今年收成不错,收成不错哪!”

“哦。哦。”谷满仓不置可否地应承着。

“你姐呢?”谷满仓小声问刚刚走过来的谷雨。

“姐还在南家,对了,南掌柜就是姐的表舅。”谷雨如是答道。

谷满仓沉默了。

“爹,我娘身体好些了吗?你这一出来,我娘一个人该害怕了吧?”

娜娃急匆匆走过来,招呼着贵客:“哥哥,谷雨,请客人过来呀!大家都过来吧,烤全羊马上就好了!”

青格勒图盛宴一直持续到月亮爬上山冈。

61

夜晚的草原像水洗了一样干净,宁静。草原的夜晚很凉快,谷满仓禁不住打了个寒噤。远处,篝火冉冉,人们一下子簇拥了过去,围拢着渐烧渐旺的篝火唱起来跳起来,尽情抒发着对大自然的热爱之情、感恩之情、崇尚之情与敬畏之情。远远的温馨、远远的浪漫、远远的风情,在谷满仓渐近的目光里,弥散着恒久的魅力。

谷雨从热情洋溢、热闹非凡的人堆里好不容易逃脱了出来,举目四望,青格勒图草原天地相连,天人合一,阔远无比苍莽无比神秘无比寂寥无比。使他不由得想起不在身边的爱情。这次回归化城,一定要带黑枣儿来青格勒图嘎查,让她亲自感受一下爷爷的草原,亦是她的爷爷的草原。他暗自为自己的这个想法而振奋,他不由得握紧拳头在眼前用力地晃了一晃。这时,他看到一个人影在不远处不停地踱着步,借着月光,他隐隐约约觉得像是他爹,便跑了过去。

“爹——”

“雨啊,来,趴在爹的背上,让爹背一背!”谷满仓说着,弓着身子,半蹲了下去。

谷雨乖顺娇憨地像小时候那样趴在谷满仓宽厚的脊背上。谷满仓用力把儿子背了起来,在草地上转了两圈。

“好啦,下来吧,爹都快背不动你啦,你已经长成大人了!”

谷雨磨磨蹭蹭地从谷满仓背上蹴溜下来。

“雨啊，爹跟你说个事……你娘没了，谷府也没了，已经三年了……”

“爹你说什么？爹，你再说一遍。”

“你娘……已经没了三年了，我的儿子。”

谷雨懵了，在一天之内，大喜大悲从天而降，谷雨被突如其来的噩耗打倒了。谷雨不住地抽泣着，继而号啕大哭起来。不知过了多久，谷雨悲痛的哭声渐渐止住了。

谷满仓对谷雨说：“朝着东南方给你娘磕个头吧！你娘会知道的。”

谷雨面朝东南方向“嗵”地跪下。“嘣、嘣、嘣”一连磕了三个响头。随即擦干眼泪，跟在谷满仓的身后，朝他们的蒙古包那边走去。

62

翌日清晨，谷雨和南向前将启程赶路。

喝完奶茶，谷雨拍了拍肚子对都日玛额吉说：

“额么熬的奶茶真香，我都喝得走不动路了，明年夏天，我还来喝你的奶茶，额么要等着我呃！”

“好，好。额么等着乖孙子，下次把孙媳妇也给额么带来！听见没有？”

“听见啦！额么。”

娜娃递给谷雨一只精巧的手绣荷包，谷雨打开，里面装着一只银手链，中间镶着一枚如核桃一般大小的琥珀。娜娃告诉侄子，这只祖传的手链，是谷雨的爷爷送个她阿妈的定情物，手链是一套首饰中的其中一件，另外三件：项链给了奈里木；耳环准备给果莉尔；戒指，她自己留着。

“爷爷留下的东西，孙子要做个纪念，把它送给你爱的姑娘吧！”娜娃说着，亲了亲谷雨光洁的额头。

“谢谢漂亮的阿布嘎额吉。我会想你的。”谷雨的眼里闪着晶亮晶亮的光。他接着问道：

“哎，怎么没看见我的阿布嘎胡日根阿哈和果莉尔呢？”

娜娃指了指门外。

谷雨看到一匹枣红色的骏马静静地站在花的草原上，正用清澈的目光看着他，眼里仿佛蓄着泉水，那种润湿的忧郁，即刻跟他达成一个久远的默契。果莉尔像个骄傲的公主骑在马鞍上，“二哥，快上来呀！”姑父五十七朝谷雨努了努嘴，半蹲着，两手十指交叉掌心朝上做成一个强劲有力的支撑体。谷雨意会地一个健步跳在姑父的两手间，借助姑父支撑的力量和高度跃骑上马鞍，他一只手从后面把果莉尔紧紧搂住，另一只手揽住缰绳，踩着马镫的脚轻轻地触了一下马的肚子，枣红马立即风驰电掣般奔驰在绿茵如毯的草地上，果莉尔糖果一样的笑声悠扬在青格勒图草原的上空。

兜了一大圈风，枣红马站回原地。谷雨先从马背上跳下来，然后把果莉尔抱下来。

五十七笑眯眯地对谷雨说："它是你的了！"然后从怀里掏出糖块放到枣红马的嘴里，像对孩子说话似的对枣红马说道："跟谷雨去吧，行不，羔酪？"枣红马撒娇地用嘴巴在五十七的脸颊上轻轻蹭着。

"我会把它当伙伴的，谢谢阿布嘎胡日根阿哈！"谷雨向五十七抱拳作揖。

"它叫斧子！二哥你要把斧子当成你的弟弟，记住，斧子爱吃糖块！"果莉尔不放心地叮嘱谷雨。

南向前的马车上被娜娃装满了吃的，什么奶皮子啦，奶豆腐啦，炒米啦，油炸果子啦，烤羊腿啦，手把肉啦，还有一桶刚挤下来的牛奶。

"走吧，老哥！保重！"谷满仓对南向前作揖抱拳。

谷雨跃身马背，南向前驾着马车，谷满仓和五十七各自骑马相送，一行人浩浩荡荡走出几十里地后，五十七和谷满仓调转马头原路返回。

在回来的路上，谷满仓被两棵古老的榆树吸引住，他骑着马绕着两棵古榆转了两圈之后停住，他专注地凝视着斜插在草甸子上的两棵古榆，据五十七讲它们已有七八百年的历史了，此时正以葱茏的坚挺，守护着时空的隧道，见证着时代的变迁，穿梭于古今之间，梦寐中生命的流程流光溢彩、亘古不变。它们的心里收藏了纷繁世事、季节更替，它们守望着青格勒图草原，执着而忠诚，青格勒图嘎查不寂寞。它们以情侣的姿态站在对方的视线里，爱慕又保留着一定的距离。爱情的颜色经久不衰。它们爱抚、温暖着彼此的心灵，眼神宁静而笃定，恒久的爱恋、恒久的生命、恒久的守护、恒久的激情。两棵树为了爱情，展示着生命的倔强、自由、美丽和顽强。完美是一种境界，谷满仓看到了完美，爱情原来能够这样？他被两棵树的爱情感动着。

忽然间，谷满仓对爱情有了另一番认识和理解。

山居的时光，令谷满仓对生命的思考很有帮助，生活在自然的环境中，能使人变得淡泊而沉静，能使心处于比较空灵的状态。适当远离世俗生活，就能从一个比较客观的角度去观察生活、生命以及大千世界，比较容易认识人生的真相。

第十四章

63

南小西把黑枣儿三个月前离家出走的原委，一五一十地告诉了她爸和谷雨哥。南向前顿时口吐鲜血，晕倒在地。谷雨一边打理着颓败的杂货铺，一边同南小北和南小西照顾着南向前。南向前不让南妻跟南小南靠近半步。半个月后南向前从炕上坐起来，有气无力地对谷雨说：

“去把枣儿找回来吧。小南和她妈做出的野蛮事，简直可以说是惨无人道！她们这不是用刀子剜我的心嘛？太让我心寒了！真搞不懂这娘俩为甚要这样对待枣儿！一家人，又都是女的，咋能下得了手呢？说啥我也想不通！去把枣儿找回来，要不我这个当舅舅的就无地自容了。要不是看在小北小西的面子，我休了她妈的心都有！咳，都怪我家风不正、家教不严啊！这要是让街坊邻居知道了，还不戳破我的脊梁骨啊！我的脸都让这娘俩给丢尽了！”

“南掌柜，事情已经发生了，再生气也没用，您现在身子骨太弱，经不起劳神。我明天就动身去找枣儿姐。”

“把盘缠拿够了，这还不得找到啥时候呢！世道这么乱，她一个姑娘家，万一有个三长两短，我咋跟我死了的妹妹交代呀？小南母女这不是在作孽嘛！”

“估计不会走得太远。枣儿姐有时候像个假小子，小时候我们一起练过武功，她会保护自己的。”谷雨安慰着心力交瘁的南向前，也在宽慰着心急如焚的自己。

“唉——”

谷雨骑着姑父送给他的枣红马斧子，马不停蹄地穿行在归化城四周的每个村落，终无所获。

饥肠辘辘的谷雨和斧子被秋雨淋成落汤鸡，不停地打着喷嚏，打着摆子。谷雨摸了摸斧子脖子上湿漉漉的的鬃毛，“累了吧，斧子？咱们找个客栈填饱肚子，避避雨。”

客栈里尽是些南腔北调的过路客，他们一边喝着小酒等待雨停天晴，一边有一搭没一搭地闲聊着。

谷雨坐在靠窗的桌前，等候刚点的两碗回勺面。

窗外，雨不住地下着，谷雨看到几只憨态可掬的蘑菇藏在一片草丛中，它们亲密无间地挤在一起，好像在交头接耳地说悄悄话。

食客们的高谈阔论不觉入耳。

“……包头正时兴看打玩艺儿，大商号大富贾都争着抢着请戏班子唱戏，谁的场面铺张，谁请的要人多，谁才有面子！谁的谱才大！”

“他们是想借着请戏班子摆场，来抬高富贾的身价，证明商号的实力的呗。”

“可不是嘛！”

“唉，你们不知道吧，有个叫黑旦的女戏子，那才叫个火，那些富豪就是冲她才摆的场，黑旦的名气那才叫个大，在包头已经红得发紫啦！”

“想必老兄看过那女戏子唱戏啦？”

“那当然了。黑旦的扮相、唱腔、做派别提有多出彩儿了，哎，就像那出水芙蓉，那个鲜亮呀！女戏子还有这等阳春白雪，真是出人意料！”

“老兄很有眼福哦！咱哥几个哪天一块儿上包头瞭一瞭那个叫黑旦的女戏子去！咋叫这么个名字？稀奇古怪的！”

“可能是艺名吧。别把哥们拉下，咱也见识见识黑旦。呵，呵……”

谷雨站起来，走到邻桌。双手抱拳，问道：

“这位大哥，小弟打听个事儿，刚才大哥说的那个黑旦现在还在包头唱戏不？”

“在呀，我昨天还看了黑旦唱的打玩艺儿！咋啦，你也想去包头瞧一瞧？”

“哦，随便问问。谢啦！”

“哥几个，瞧见没，又有一个对黑旦感兴趣的主！”

“哈哈哈哈……”

谷雨心急火燎地吃下两碗回勺面，便从马厩里牵出斧子。

"斧子,吃饱了喝足了,咱继续赶路,这回咱直接去包头,黑旦有可能就是黑枣儿,咱们找黑旦去!"

黑枣儿从小爱看戏,早年有戏班子到谷家庄唱河北梆子,黑枣儿总是早早地搬着小马扎坐在最前面,直到曲终人散,她还坐在小马扎上痴迷地陶醉在刚才的戏里。爱看戏的黑枣儿,说不定现在自己唱了戏。谷雨如此这般地思谋着。

64

风雨兼程,谷雨来到包头。大街小巷到处都贴着佟家班儿打玩艺儿演出的戏报子。谷雨从马上跳下来,从怀里掏出一块糖放到斧子嘴里,"累了吧,斧子?奖励你个糖块!"

偌大的包头,怎么个找法,谷雨着实动了一番脑筋。既然客栈里的食客说了,商号富贾以请黑旦唱戏来抬高自己的身价,那就不妨从各大商号找起。谷雨即刻行动起来。功夫不负有心人,谷雨最终在一座富贾的豪宅庭院里找到正在唱戏的黑旦。

两天了,谷雨逐个寻访大商号。一商号的小伙计悄悄告诉谷雨,他家的掌柜正在自家摆场请黑旦唱戏。按照地址谷雨找寻而去,打玩艺儿泼辣真切的唱腔老远传来,谷雨寻着声音策马赶到一户豪门大院门前,石狮子左右坐守的两扇红漆大门板着阴森森的面孔,把他结结实实地挡在门外。谷雨蹲在墙根旁听着,他听出那发自心灵深处的天籁,是出自他最熟悉最爱慕的人的歌喉,他全神贯注地屏息聆听。斧子站在一旁,心领神会地看着它的主人,乖乖地不发出任何声响。

谷雨一直等到佟家班儿走出壁垒森严的豪庭。他看到长高了的黑枣儿窈窕曼妙的背影,一条粗粗的大辫子在纤柔秀挺的腰肢上活泼可爱地一甩一甩的,稍稍外八字的特有的走路姿势还是那么活力四射、动感迷人。他随手牵着马,追了上去。

黑枣儿边走边跟佟师母低声叨咕着什么,隐隐约约听到后面有人叫着"枣儿姐,枣儿姐",她猛一转身,看到一位英俊彪悍的后生牵着一匹马尾随于后,她定睛一看,是谷雨。

"哎呀,是谷雨!你咋找来了?"黑枣儿嗔怪道。

谷雨摸了摸后脑勺,不好意思地低头憨笑着。

黑枣儿看了看谷雨，又看了看都停下脚步正在疑惑地看着她和谷雨的师傅们，她跑到佟班主跟前，说道：

“干爹，我碰到了小老乡，你们先回住地吧，我跟他说几句话就回去。”

佟班主说：“既然是老乡，就一起回去呗，家里说话方便。”

黑枣儿说：“不了干爹，说说话很快就回去了。”

佟班主点了点头，冲谷雨挥手致意，随后带着大伙往前去了。佟师母不放心地又回头看了看。

一弯尖月挂在晚秋的苍茫暮色中，婆娑的树枝在半空中飘摇，树枝在微风中发出欢快的叫声。

黑枣儿和谷雨选了个僻静的小路，漫无目的地走着。他们撞破黄昏的霞光，朝前面的地平线走去。斧子清脆的蹄音有节奏地敲击着石阶路。谷雨看着身边低着头沉默不语的黑枣儿，此刻南小西关于黑枣儿被迫害赶走的讲述又在他脑海里重复了一遍，他的心又被狠狠地戳痛了。他内心深处仍然是一筹莫展。

黑枣儿扯回了迷茫的思绪，熨帖懂事地打破了尴尬沉默的气氛：

“你啥时候从漠南蒙古回来的？”

“回来半个多月了……南掌柜听说你被她们气跑了，一下子气病了，在炕上整整躺了半个月。我等他能坐起来才出来找你的。”

“舅舅身体不要紧吧？”

“估计再恢复个把月就能下炕了。”

“哦。那件事快别提了，太恶心、龌龊了！我思谋着咋能把它从记忆中抹掉。你看我现在挺好的，跟着佟家班唱戏，师傅们待我特别好，佟班主两口子还认我做了他们的干女儿，待我就像亲闺女一样。”

“姐，你戏唱得真好！你现在已是包头的名角黑旦，名气大得很！路上的人都在议论呢，他们一说黑旦，我猜就是你！”

“咳，什么名气不名气的，跟着戏班子混口饭吃呗。”

“对了姐，这是姑姑给的手链，说是祖传的。姑姑让我送给心爱的姑娘，我把它给你！”谷雨说着，把它戴在黑枣儿纤细的手腕上。

“姑姑？你多会儿有了姑姑？我都被你搞糊涂了！我不能接受这个手链。”黑枣儿说着就要取掉手链。

“别摘下来啊！姐。”谷雨把黑枣儿的手摁住，随后把她的手紧紧握住。

“你听我慢慢跟你说嘛!”谷雨拉着黑枣儿促膝坐在路边的一块大石头上,随后掏出水壶喂斧子喝水。

“让斧子歇一会儿,它跟我跑了一天了。”

黑枣儿伸手摸着斧子光滑闪亮的皮毛,赞不绝口:“它真乖,真帅,它叫斧子?多好玩儿的名字啊!你看它还不好意思看我呢!谷雨你倒是快点说呀,这到底是咋回事嘛?”

“是这样的——”谷雨把水壶放好。

“我和南掌柜从漠南蒙古直接去了我爷爷和你爷爷曾经做生意的地方——察哈尔右翼正黄旗青格勒图嘎查,在那里正碰见我爹在找你爹……”

黑枣儿万分惊讶,迫不及待地打断谷雨的话:“你爹也到了口外?找着我爹了吗?”

“是呀。找着了。你爹就在正黄旗出家当了和尚,你爹不认我爹,给我爹留了一个字条就不知去向。我爹就在找你爹的路上碰上我和南掌柜。你说巧不巧!然后就把我们带到我姑姑家。姑姑是老年间爷爷在察哈尔草原和一个蒙族女人生的孩子。这个手链是爷爷送给姑姑她妈的,姑姑让我留作纪念。对了,我还有一个哥哥一个妹妹,哥哥没见上,说是在绥远第一师范学校读书呢。”

“还有这样的事?咋从来没听大人们说过?我爹连你爹都不认,那他也不认我啦?为啥呀?我爹为啥要出家当和尚?”黑枣儿百思不得其解,儿时那种孤苦伶仃的悲凉感又涌上心头。

谷雨不置可否地摇摇头,“别担心,我爹还要继续找你爹的。”

“我奶奶在世时,老觉得我爹不仅活着,还出家云游,四海为家,这感觉多准哪!”黑枣儿自言自语道。须臾,她长长地吁了一口气:“那,娘呢?娘现在好吗?”

谷雨立刻红了眼圈:“我娘在三年前被火烧死了,谷府也烧没了。姐,我想娘……”

黑枣儿用手挽住谷雨的胳膊,她不知道该怎样安慰谷雨,反倒自己泪流满面以至泣不成声。突如其来的各种讯息令她一时理不出头绪。过了好一阵子,她努力让自己平静下来:“你饿了吧?姐带你去吃饭。”

“姐,我现在不饿,等一会儿吧。”

“南掌柜让我把你带回家,我的意思是……”谷雨鼓足勇气说着,他一定得在这混乱的困境中行进,仿佛光怪陆离的云霞在电闪雷鸣的天空中前行。

“别说了谷雨,我不会回去的。你转告舅舅,我现在很好,让他别担心。噩梦已经过去了，我很喜欢现在的生活。”

“不管咋说南掌柜对我们有恩。我的意思是回去报个平安，我就带你到爹那儿去，那儿的草原太美了，我们在那儿结婚，等挣上大钱，我们就回谷家庄盖一座新谷府！”

黑枣儿使劲摇头。

“那我直接带你去草原，姐，我要娶你，我要一辈子和你在一起！”

“谷雨你别这样，你听我说，咱俩这辈子不能结婚，只能做姐弟……”

“为什么呀？为什么你老是这样说？”

“谷雨，求你啦，别逼我。”

“我一定要知道到底是为了什么，你现在必须告诉我！”

“在舅舅家发生的那件事，就是因为你对我好，她们才伤害我，把我撵走的。我不想让舅舅从中为难，也不想让舅舅家从此不得安宁。反正事情已经过去了，就让它过去吧。怪我命不好。”

黑枣儿思索了片刻，最终还是无可奈何地把藏在心底的秘密说了出来：

“再就是，在老家时，我在心里偷偷喜欢上爹了，我很痛苦、茫然，也是因为这个缘故我才冒险来到口外，可是到现在这个心结还没打开，我还没有把他忘记……”

“别说了！”谷雨咆哮道。恼怒的他，“腾”地站起来，拉着斧子身上的缰绳就走，任黑枣儿怎么叫都不回头。他眼前一阵天旋地转，倚仗着缰绳的有力支撑，佝偻着踉踉跄跄地往前走着，突然，只见通人性的斧子体贴入微地半卧了下来，他的眼睛顿时湿了，一咬牙爬上马背，狂风暴雨般奔突出黑枣儿泪眼婆娑的视线。

65

谷雨不知道自己怎么回的归化城。

在一家酒馆前，谷雨昏头昏脑地把缰绳递给门前迎候的伙计，并跟着伙计把斧子送到后院的马厩，递给伙计一张票子并说：“把我的马喂好，它跑了一宿的路，快累死啦！”直到他看到斧子安静自在得吃着草料，喝上水，这才离开。

要了一壶白酒和一碟花生米、一盘猪头肉，谷雨悻悻地开喝了。他的心情空前得糟糕，此时他什么都没有了，一种完全的挫败感融进他所有的细胞中。一时间一切都失去了，他的心弦紧绷着，怅惘不振。他的脸覆盖了一层奇怪而

难看的灰白色，面孔僵硬，面无表情。他失魂落魄的灵魂蜷缩成一团，扭结在一起。一连串意外的打击，像是老天早就安排好的，他真有些承受不起了，他的心灵从未这样苍白贫瘠过。他内心的平静被彻底破坏了。烦恼潜伏在生命中，占据着他的心灵。

偶遇爹，娘猝然离世，黑枣儿匪夷所思的背离，姑姑一家的横空出世，狠狠地折磨着谷雨几乎崩溃的神经。繁复、纠葛、无常、纷扰，这些个令人生厌的感觉在他的血脉里交锋着、碰撞着、撕扯着，他的浆糊一样的脑子都要炸了，他的灵魂因备受煎熬而变得穷凶极恶。

让自己无所思无所想，没有感触没有知觉，这总可以了吧！酒能镇静精神，酒能麻痹神经，酒能解脱灵魂。喝，喝他个昏天黑地，喝他个一醉方休。什么都不曾发生，什么都如同从前。人生如梦，如梦人生中，生命的不屈永远与尊严并立。

“大姐——”南小东气喘吁吁地推开南小南的房门。“我在街口拐角那家酒馆看到谷雨哥，他喝得烂醉，酒馆要打烊，伙计让我把他带走，可我一个人弄不动他，还有那匹马呢！”

“快走！”南小南在夹旗袍上套了件外套，姐弟俩匆匆忙忙赶到酒馆。

谷雨上身趴在桌子上，脑袋沉沉地触在桌面上，鼻子都被压扁压歪了，一条胳膊耷拉在桌下，一条胳膊搁在桌上。桌上一片狼藉。花生米撒了一地。

南小南付了钱，姐弟俩把谷雨搀扶起来，脸色惨白的谷雨整个身体都倚在南小南身上。

“大姐你行吗？”

“不行也得行！小东你把马牵上。”

月光把他们长长短短、歪歪斜斜的变形的身影投在地上。谷雨深一脚浅一脚被南小南连拽带拉好不容易弄回了家，等南小东把马拴好，姐弟俩一起把谷雨扶进杂货铺。先让谷雨靠墙站着，他像皮影似的怎么摆动怎么来。南小南和南小东把谷雨的床铺铺好，把谷雨扶到床铺上。谷雨眼神涣散、空洞，不住地嘀咕着：“水，喝水，我要喝水！”

南小南对南小东说：“不早了，你先回屋睡去吧，我去给他倒杯水。”接着又嘱咐了一句：“不要告诉爸妈，太晚了。”

南小南把谷雨扶起来，给他喂水，谷雨“咕嘟咕嘟”把一茶缸水喝了个一干二净。南小南又到自己房间倒了一茶缸水，返回杂货铺。谷雨鼾声正浓地睡熟了。南小南把谷雨踢在地上的被子捡起来,重新给他盖好。

南小南的脑子飞快地转着,谷雨不是找黑枣儿去了吗?看样子没找到,否则他只身一人回来,而且在酒馆里喝了一天酒,要不是南小东碰见他,只不定被酒馆撵出来或是怎样呢!醉成这样,后果真是不堪设想。谷雨回来应先回家报个平安,而他却跑到酒馆灌了一天酒,他是拿钱买醉呢!她没想到黑枣儿离家出走对谷雨的伤害这么大,看来谷雨对黑枣儿的感情真的很深。

然而她喜欢谷雨爱谷雨,谷雨应该是她南小南的,她不能容忍谷雨在她和黑枣儿之间的感情砝码是偏向黑枣儿的,正因为这样,她才鬼使神差地把黑枣儿赶走。可那天事态的发展趋向有违她的初衷,她没想到自己失控不仅打了黑枣儿,还脱光她的衣服,这样有失水准的表现,过后她自己想起来都感到汗颜,她早就受到良心的谴责了。

从黑枣儿离开家的那天起,南小南就没睡过一天安稳觉,常常从噩梦中惊醒,而且遭到她爸对她的冷遇和无视,她爸自从出外做生意回来以后,还没正眼瞧过她,没跟她说过一句话呢。两个妹妹都躲着她,不理她。她妈则把同样遭冷遇和无视的怨气都撒在她身上,有事没事地当众把她数落、训斥一顿。只有弟弟南小东还一如既往得把她这个大姐当大姐看待。她的日子也不好过呀,简直就是从天堂跌入地狱!真是凤凰落地不如鸡呀!

不管是谷雨没找见黑枣儿也好,还是找见遭拒绝也罢,谷雨最终还是回到归化城,这才是最重要的!南小南比任何时候都更需要谷雨,谷雨回来不就是找她的嘛?谷雨回来不就是要跟她好的嘛?如果谷雨对她心存芥蒂,那他为甚还回来呢?这一回她一定要把他牢牢地控制住,彻底攥在自己的手心里。让他永远都属于她,永远都不离开她,永远都爱她。

南小南坐在床沿上,无限深情地凝视着谷雨的脸。

她看到了他脸上的月光,他的五官像是镀了银似的,显得那么温情脉脉且高深莫测,她的心头涌上一股炽烈的柔情蜜意。走了大半年,谷雨的变化尽在她的眼中。粗粝、沧桑、豪气、模糊的脆弱在谷雨身上出现,这是男人最具杀伤力的魅力所在。南小南忍不住用手轻轻抚摩着谷雨棱角分明且胡子拉碴的脸,不由得心驰神往、心旌摇荡,她俯下身子,把滚烫的脸贴在谷雨波动起伏的胸膛上,好久好久。

南小南小鸟依人般躺在谷雨的身边。

“姐,你回心转意啦?我就知道你会回到我的身边的,姐——”谷雨不知在

梦里还是在梦外，他翻了个身，一下子把南小南抱住，满嘴酒气地絮叨着。“谁是你姐？”南小南说这句话的同时突然顿悟，谷雨已经从与黑枣儿的关系中解脱了出来。他喝闷酒，不就是找黑枣儿遭到了拒绝。烂醉如泥、神志不清的他竟然把她当成黑枣儿了，这不是对她的羞辱又是什么？恼羞成怒的南小南想从谷雨的怀抱中挣脱出来。她越是挣脱，他抱得越紧。“姐，你别生气嘛！”她被他强硬的臂膀震慑住了，仿佛被魔法催眠了一般。

此时此刻，这个世界只有她和他。

南小南急不可待地解开谷雨的衣扣，尽情抚弄着他的身体，他坚硬结实的身体在她纤纤玉手的触摸下变得异常光润柔滑，好像在绝对俯首听命于她的奴役。她开始向他贴近，在他怀中蠕动着，她对他依依不舍，想要挤入他的体内似的。他的激情被彻底唤醒了，像火一般炙热而残酷。他热血奔腾，似乎要将她淹没。

后半夜谷雨口渴醒来，爬起来找水喝，突然看到南小南蛇一样赤身裸体地躺在自己身边，他心中有种说不出的恐惧；他再看自己也是赤身裸体，他万分惊诧。他以为自己在梦里。他绞尽脑汁也想不起他怎么会在杂货铺自己的床铺上，他只记得跟黑枣儿分手后，他去了一家酒馆，别的他一概想不起来，他醉酒后出现了严重的记忆断层。

屋子空荡荡地沉浸在清冷的夜晚，仿佛四周没有墙壁。谷雨把扔了一地的衣服捡起来，胡乱地穿在身上，他对所发生的一切茫然无头绪，他的心在懊恼、悔恨中哭泣着，他失魂落魄的灵魂在流着血。

烦恼不仅是痛苦的肇事者，它的本身就是痛苦。

他在柜台上给南掌柜留下一张字条，借着冷清的月光，他写道——

恩人南掌柜：

黑枣儿找到，现在包头唱戏。

晚辈带走您的恩情。

保重。致敬。

谷雨不辞而别

谷雨头重脚轻地走到仓房，把他的马从柱子上解开，带着如影随形的斧子谜一样消失在黑黑的夜里。

66

时间一个星期一个星期地过去了，南小南终日精神恍惚。心里充满着憧憬和希冀，可现实却不尽人意。

南小南怎么都想不明白，她那么爱谷雨，对他那么好，甚至把自己都给了他，他竟然会狠心地不辞而别，至今音信全无。她在心里细细地品咂回味那天与谷雨在一起的每一个细节，而他留给她爸的字条中明明写着找到黑枣儿，他却只身一人回到归化城，就已经说明了问题——他是为了她才回来的！她的自信心又找了回来。谷雨不辞而别肯定是一时没想好怎样面对她和她的家人，他需要时间想通一些事情，他需要时间从黑枣儿的阴影里走出来。他已经是她的男人了，这是谁也改变不了的事实，他终究会回来的。她这么想。

时间从她的指缝间悄然流逝。很久的一个冬天，她都在等待着某一个时刻的来临。

在思虑重重中又过了几个星期，突然她的全身猛地一震，那么剧烈，她觉得差点被击倒在地。她发现自己怀孕了！

她都干了一些什么？她怀上孩子！为什么她怀上孩子，而他却逍遥在外？她的身体一阵阵地战栗着，而她的心灵却感到一阵阵地作呕。肚子里的孩子就好比是烙印，清清楚楚地烙印在她身上，一览无遗地表明她变成了一个女人，她已经一无是处。继而她又为自己怀上谷雨的孩子而暗自窃喜，肚子里的孩子会让谷雨回到她身边，他应该回来的，他终归会回来的。她矛盾着她的矛盾，等待着她的等待。

等待谷雨，让她陷入几近发疯般的烦乱状态。她每天都在希望与失望，再希望与再失望的恶性循环中挣扎着，她每天都徘徊在现实与非现实之间不能自拔。她痛苦着，为她要依附于谷雨而痛苦，为她要属于谷雨而痛苦。她虚幻着虚妄着虚无着虚弱着。她整天把自己关在屋里。她像变了一个人似的。

“是谁的？”南妻恶狠狠地扯着嗓门大吼大叫。

南小南沉默不语。

南妻气急败坏地斥责着：“你一个大姑娘家竟然做出这样伤风败俗的事，看谁还敢要你！你让我这老脸往哪儿搁？你尽给我捅娄子！你爸到现在还抓住撵走黑枣儿这件事不放，从不搭理我，好像我根本不存在一样，还不都是为了你！你这个不要脸的死丫头，你看看你把这个家搅和成甚样啦！你还咋给弟弟

妹妹当大姐？你现在就去给我打胎，要不你就让使你怀孕的野男人娶了你，否则的话就当我没你这个闺女！我再也不想看到你！”

南小南把泪流在心里。

南小北在南小南赶走黑枣儿之后，还是头一次跟南小南说话。

“大姐，你怀的这个孩子是谷雨哥的吧？你想要这个孩子是不是？”

南小南几个月来紧绷的心弦终于崩溃了。她向南小北哭诉着心里的委屈和对既成事实的恐惧。她落花流水般倾吐衷肠。她的趾高气扬她的不可一世她的倨傲自满，随着时间和变迁而转瞬即逝。

“都快四个月了……可能打不了胎了。我想要这个孩子，我的孩子，这是我的孩子呀！我该咋办呢，小北？我好害怕！”

“这样吧，大姐。我的老师，就是谷穗，你见过的，现在包头做着地下抗日工作，他在绥远城的房子暂时空着，我已经跟他说好了，我带你去他那儿避一段时间，等把孩子生下来，我们再回来。爸的工作我来做，你别担心。”

南小北把南小南安顿好后，把情况向南向前做了个汇报。

“真是一波未平一波又起哟！这个惹事的小南，这回可把事惹大发了！她搅黄了好好的一对，自己也没落个好下场，这叫自作自受！”南向前差点背过气去。

少顷，南向前接着说：“我一直以为小南跟谷雨好呢，闹了半天，她是一厢情愿！我还纳闷谷雨这孩子既然家都回了，咋就不打个照面，留张字条就走了，这里面肯定有蹊跷，肯定有谷雨的难言之隐，没想到出了这么一档子事！哦，我明白了，谷雨回来只是要告诉我枣儿的下落的，他怕我担心，其实他早有离开南家的心了，都是让小南逼的。小南从小就蛮横霸道，可是感情这事是强迫不来、抢不来的，一个姑娘家咋跟强盗似的！你妈把她惯坏了，现在说甚都晚了，唉！”

南向前又说：“亏得枣儿没出啥事，我这心里头呀，还好受些。小南已经怀上孕，这是无法改变的事实，肚子里的孩子是无辜的，既然小南这么想要这个孩子，我们只能帮助她，如果我们家里的人都不帮助她，她可就没路可走了。以后啊，我们的日子再苦再难也要帮小南把孩子养大。你带你姐避开一段时间也好，这个家有你帮爸撑着，帮爸渡过难关，爸欣慰呀！爸没看错你，好闺女，好好照顾你姐！”

“爸，也许情况不那么糟，也许哪一天谷雨哥会回来，人非草木，何况大姐那么爱他……”

“唉，小北啊，你这当妹妹的倒像个姐姐，啥都让着你姐，你们姐妹俩都喜欢谷雨，在对待这件事上，你是让，而你姐却是抢，都是爸的闺女，咋就这么不同呢？爸这心里头呀亮堂着呢！”

“爸，这种事是要靠缘分的。我有时候倒是挺羡慕我大姐的，敢爱敢恨，只要自己喜欢，就敢去追求，活得不累。不像我……唉，不说了，不说了，还是我的缘分没到。”

“你姐倒是敢爱敢恨了，可结果又怎样呢？她简直就是个女土匪嘛！这次这个教训该让她明白她错在哪儿了，该让她长记性了！”

“我大姐怪可怜的，看她现在委曲求全的模样，我反而不适应了，我已经习惯了她耀武扬威的样子。爸，你说这人多有意思哈……”

在自我封闭的日子里，南小南没有一刻不在思考着，跟自己固有的想法较量着。

关于她自己和谷雨的问题仍在她的脑海里纠结着，太累人了，太让人负担重重了，太让人殚精竭虑了。然而她必须把这一切想清楚，只有把这一切都想清楚，她才能获得新生，才能做回自己，好在她始终有一种生存的坚强信念，有一种永生的强烈意识。这种深沉的，不可变更的意识始终坚定如一。

她必须属于谷雨吗？她必须依附于谷雨吗？既然她的爱得不到谷雨应有的回应和尊重，既然她的爱就这么轻而易举地被忽略、被遗弃，那她为什么要把自己和他拴在一起？如果为了肚子里的孩子，而孩子很快就要出世了，他现在又在哪儿，在哪儿才能找到他？

她难道不能自己拥有一个孩子吗？难道生孩子不是她自己的事情吗？她是因为爱一个人才和他在一起的，完全是她自己的事情，跟别人有什么关系呢？孩子在她自己的肚子里，是属于她的，跟谷雨又有什么关系呢？她会照看好孩子和她自己，她这辈子都不会去找谷雨。谷雨已成为她的过去，她已经把自己的过去彻底抛弃了。这种想法在她的脑海里越来越强烈越来越明晰。

她太疲惫了，是那种无法形容的疲惫，她摆脱不了也不可能摆脱了的疲惫。她多么希望能把自己解赎出来，能从困境中解脱出来，能从这个与她息息相关的世界的重负中挣脱出来，从她的亲人和熟人中摆脱出来！

那些远远的过去是她旧日的经历，一些过往是真实的，比如那个美丽动人的夜晚，而其余的一切却是虚妄的。在今天之前，一切都形同虚幻，而此时则成为不堪的现实。

她爱过了,这就够了!

不顾一切,不计后果的爱了,她不后悔!

这就是她的爱情,这就是她的人生。

她相信,人这一生,她的轨迹,她的宿命都是安排好的。

她禅一样地笑了。

她要用微笑迎接一个新的生命的诞生。她要用微笑迎接新的一天的开始。

孩子,她心中最澄亮的部位,一条河流中最清亮的细节。

67

南小北把南小南送到公教医院。拂晓时分,孩子降生了。一声声急迫而嘹亮的哭声,是他来到人世的宣言。一位修女从手术室跑出来告诉等候在外的忐忑不安、翘首以盼的南小北:

“小姐,是个男孩儿!”

“哇,太棒了!产妇好吗?”

“产后大出血,正在抢救。”

还没等南小北问清情况,修女已经跑回手术室。

抢救,这个令南小北惊骇的词语一遍一遍在她脑海里放大着,直到定格。南小北紧张、害怕得仿佛要窒息了,她不住地打着寒噤,不住地踱着步。她的脑子不会转动了。

不知过了多久,手术室的门被打开了,黄发碧眼的洋大夫从里面缓缓地走出来,站在南小北的面前。

“对不起,小姐,产妇因失血过多,抢救无效,已经死亡。我们尽力了,很遗憾!阿门!”洋大夫虔诚地在胸前画了个十字。

“生孩子还会死人吗?生孩子不是很自然、简单的事情吗?生孩子不是一种本能吗?我大姐她刚才还好好着呢,怎么把孩子生出来自己就没了呢?”南小北木呆呆地自言自语着。

修女随后把怀里的襁褓递给南小北:“孩子很健康,只是有点小,才三斤三两。”

南小北小心翼翼且陌生地抱着只有三斤三两的孩子,她在心里说:大姐,从现在开始,我就是孩子的妈妈,我会把他养大成人的,你放心吧。就叫他拂晓吧。他是拂晓出生的,他那么一小点儿!

第十五章

68

根据谷雨在大青山抗日游击队一年多智勇双全的出色表现，以及他曾经在归化城做过生意这一特长，上级领导派他到绥远市开一家药铺，作为地下抗日工作的联络点，并且取一批刚筹集来的紧缺药品。“谷雨同志，你今后的工作重心将转移到开展绥远市的地下抗日组织活动，当地的南小北同志会配合协助你的工作。希望你想尽一切办法，施展你的十八般武艺，因地制宜，尽快把药铺开起来。”

谷雨带着让他屡立战功的斧子，马不停蹄地赶到绥远城。按照指定的联络地点，他提前来到顺风茶肆，要了一壶毛尖，等候着与联系人南小北接头。两年后谷雨重返绥远市，有一种说不出的滋味涌上心头，这里给了他太多的记忆。

……

“先生，请问这个座位有人吗？”一个非常熟悉的清脆悦耳的声音打断他的思路。

谷雨一看手表刚好是十点。南小北手提皮箱亭亭玉立地站在他的面前。

谷雨不动声色地回答：“没人。呃，小姐请坐。”

南小北看了看周围的环境，顺手把皮箱放在谷雨脚跟前，然后在他对面坐下。

“谷雨哥，没想到是你！一年多了，一直没你的消息，我爸老念叨你呢。”

“南掌柜身体可好？”

“身体大不如从前，家里出了好几档子事，他一下子老了许多……”

“家里出啥事了？快告诉我！”

“一言难尽啊……”南小北说，“还是先说说你带来的任务吧，上级有什么指示？”

谷雨把上级的指示传达给南小北。然后他说：“我今天得先把药品送回去，我们受伤的将士们正等着这批药呢。后天还是老时间老地方见面，你先考虑一下开药铺的事，我们要争取一切能够争取的力量，想尽一切可以想尽的办法，尽快使工作步入正轨。”

南小北说：“好，我一定配合、协助你完成任务。”

谷雨说：“我给南掌柜带了一袋武川莜面，他爱吃这一口。”

南小北说：“你还记得我爸爱吃莜面？”

……

谷雨连夜把药品送往大青山抗日游击队。

过了一天，谷雨雷厉风行地又赶到绥远城，在顺风茶肆，他看到已经在那儿等候他的南向前。

“南掌柜，怎么是您？小北她……”

“拂晓发高烧不退，小北和小西一大早就带他去公教医院了，小北说到时间她要是赶不回来，就让我跟你接头。现在啊，我们一家子都是小北的兵，都在为她工作。哈哈，一年多没见了，你小子又长高啦！”

谷雨憨憨地笑了笑：“拂晓是谁呀？”

“唉，说来话长……”

“南掌柜您可是见老了，头发白了这么多！家里到底出了啥事？您快告诉我。”

“谷雨，你听我说，你已经当爸爸了，拂晓就是你儿子，现在已经六个多月了。”

“啥？南掌柜，您说啥？”

“拂晓是你和小南的儿子。当年，你走后，小南发现怀上身孕，她妈让她打胎，她硬是把孩子留了下来，一个大姑娘家大着肚子，处境多难啊！多亏了小北帮她，把她带到绥远城小北老师的空房子里，姐妹俩在那儿躲了半年。小南生下拂晓后，大出血不止，死了。小北一直亲手带着拂晓，如同己出。可是祸不单行呀……”南向前喝了口茶，接着说道：

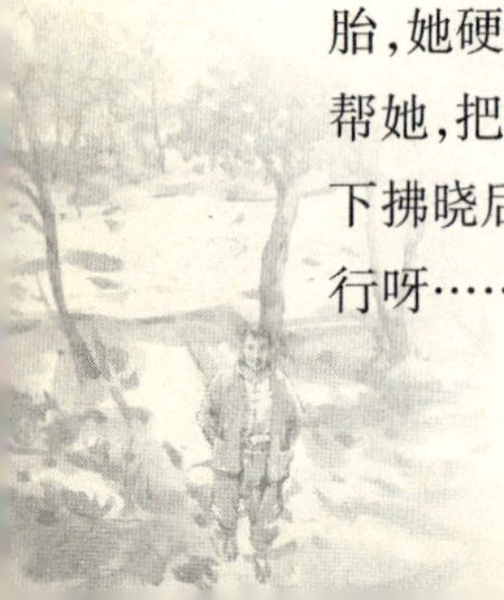

“有这么姓王的两兄弟在大南街挺有势力，一直开着赌馆，王老大早就看上小南，多次纠缠，都遭到小南的拒绝。他们不甘心，便设了个套，把小东骗出来打麻将赌博，先给小东很大的甜头，小东上了瘾，越玩越大，便让他妈从我这儿骗钱去赌，后来把家里的钱都偷光了去赌，最后把家里的房子也赌了进去。其实姓王的两兄弟的目的不是南家的房子，而是想通过房子要挟住小南。他们威胁小东，只要交出小南，他们就把房契还回来，小东告诉他们小南已经死了，他们一看没能得逞，就把我们撵出家门。小东她妈一看小南没了，房子也没了，急得脑出血，也死了……”

谷雨半天说不出话来，阴郁着脸，手指攥得咔吧咔吧响。

“那你们现在住哪儿？”

“住在小北的老师家，小北的老师在包头做地下工作，所以房子一直空着。”

“小东现在咋样？”

“这回老实了，天天窝在家里不出门。对了，谷雨，小东从小就崇拜你，你看多会儿有机会把他带走，让他走上正道，否则就彻底毁了。”

谷雨点了点头。

“好在有拂晓，我们这个家还像个家，这孩子给我们带来多少快乐啊！你跟我回家看看你儿子吧……”

“……改天吧，南掌柜，我手头有个急事要马上办。”

谷雨跟南向前分手后，立刻赶到归化城，费了好大的周折找到当年被他制服的窃贼张三。张三一看是几年前把他的胳膊卸下来又安上去的谷雨，连忙抱拳：

“张三早已改邪归正，多亏恩人的调教指点。恩人无事不登三宝殿，尽管吩咐，张三愿效犬马之劳！”

谷雨把南小东被姓王的两兄弟骗赌，害得家破人亡一事告诉了张三。

“张三，我知道你在归化城有路子。”

“你可找对人了，我不偷了，但我赌！靠本事吃饭。你知道我现在是谁吗？我是赌王张！你放心吧，不费吹灰之力，我就能把房子给你赌回来，把那两兄弟做了。那俩小菜竟敢在我的地盘上诈刺，哼！”张三做了个抹脖子的手势。

“把房子赌回来就行。人嘛，让他们离得越远越好。”

“听你的，留他们两条小命。三天后听我消息。”

三天后，张三把南家的房契和钥匙交给谷雨，连同一袋子钱。

"完璧归赵。恩人,这家不就是原来我偷的那家杂货铺嘛……喏,这是从姓王的哥俩那儿赢来的钱,把铺子再开起来哇,总得有个生计。"

"谢啦,张三,帮了我大忙!"谷雨抱拳致谢。

"有需要张三效劳的机会,一定要给兄弟我留着。"

"以后少不了往来。"

"一言为定。这是我家的住址,在这儿准保找见我。"张三给了谷雨一张字条。

谷雨随后回到大青山游击队,把情况汇报给刘政委。刘政委非常赏识谷雨的办事能力和效率:"哈哈,既把南小北家的房子要了回来,又解决了地下组织的联络点,真是一举两得呀!而且还自筹了开药铺的所有经费,只用了不到一星期的时间,你小子出手真快呀,我没看错你,真是个好苗子!年轻人好好干!"刘政委格外高兴、欣慰,朝着谷雨宽厚的肩头结结实实地给了一拳,命令谷雨尽快开张药铺,并让谷雨和南小北负责这个联络点。

谷雨把南小北约了出来。

"小北,你把眼睛闭上!"

"干甚呀,谷雨哥?"

谷雨不由分说,把她抱到马背上,"闭上眼睛,听话!我啥时让你睁开眼睛你才能睁开,知道吗?南小北同志。"

"知道了,谷雨同志。"南小北不由分说把眼睛闭上,她觉得谷雨有种威慑力,让她心悦诚服,让她甘拜下风。

谷雨飞身跃上马背,他从后面用一只手臂揽住南小北,另一只手抓住缰绳。不一会儿的工夫,斧子戛然而止。谷雨跳下马背,往南小北手里放了两样东西。然后把南小北从马背上抱下来。

"睁开眼睛吧!"

南小北飞快地睁开双眼,她看到一张房契和一把明晃晃的铜钥匙安然地躺在她的手掌上,她纳闷地看了看谷雨,又朝前方望去,她看到她家的门楼上横挂着一个醒目的牌匾——南北药铺。她一下子醒悟过来,她欣喜若狂地大叫着:

"噢,太幸福喽!我们的家回来了,我们的药铺也开上了,我儿子终于能回到自己家啦——"她好像意识到什么,不好意思地冲谷雨吐了一下舌头。

谷雨开心地笑了,他努了努下巴,示意南小北开门。

南小北挨个冲进每个房间,她看到谷雨已经按原样把每间屋子收拾得窗明几净。

“谷雨哥,你太伟大啦！你咋把房子弄回来的？我佩服死你啦!”

“想知道房子怎样失而复得,且听下回分解。哈哈……我的工作暂时告一段落,下面就看你的了,进货、布置药铺、学会卖药,一星期的时间够吗?”

“够了,够了。正好我的老师谷穗最近从包头送货回来,我请他指点、培训一下,他业务比较熟悉,他在包头开着一家药铺,也是我党的地下工作者。”

“好！咱们都安顿妥了再搬家,给南掌柜一个惊喜!”

“到时候,准保把我爸乐晕过去！小东小西也得高兴坏了……这一年真不知是怎么过的,要是没有谷穗老师把房子借给我们住,我们这一大家子还不得流浪街头啊！真是不堪回首……谷雨哥,谢谢你为我们家做的这一切!”南小北的泪珠在眼里闪烁,仿佛露珠颤动在花瓣上。

“小北,我也谢谢你为我做的一切,给拂晓当妈妈……”谷雨说不下去了。南小北看到他眼里的泪光,她的心紧紧地抽动了一下。

“你还没见过拂晓呢,他可爱漂亮极了,一见人就笑,他的笑跟你一样。他是拂晓时分出生的,刚生下来时才三斤三两,那么一小点！‘拂晓’是我给他起的小名,大名得由你这个当爸爸的来起!”

69

风长了透明的翅膀在时光里飞来飞去,在时光里飞来飞去的是长着透明翅膀的风。

南北药铺正常运行起来,南小北和南向前守着铺面,接头、会面,传递药品和信息,顺便照顾着拂晓,照顾着家;谷雨带着南小东不是神出鬼没得往大青山游击队送货,就是从其他联络点取货,再不就是为药铺进货,南小东很喜欢这份秘密而有意义的工作,他很有成就感,他觉得找到了自己做人的尊严和价值;南小西则在绥远女子师范学校读书,是品学兼优的高材生。

拂晓蹒跚学步了,满家、满院子乱跑,跌倒了,自己爬起来再跑,从来不哭。拂晓牙牙学语了,用胖胖的小手指着谷雨、南小北和他自己,无不自豪地说:“爸爸 ,妈妈,儿子。”说的南小北在谷雨异样的目光里羞赧起来。

“拂晓不许管妈妈叫妈妈!”南小北嗔怪道。

“不叫妈妈叫什么,是不是拂晓？叫妈妈!”谷雨意味深长地说道。

拂晓过一周岁生日时，谷雨说：“南掌柜，小北让我给拂晓起个大名，我琢磨了很久，就叫谷南北吧，您看咋样？”

“好！这个名字有多种寓意。这第一呢，跟咱的药铺同名，意义重大；这第二呢，南字既是我南家的姓氏，又是小南的名字，有双重含义；这第三呀，北字非小北莫属，意义当然非同一般喽！从这个名字上，我读出你的心意。”南向前不无动情地对谷雨说道。

“爸，不就是一个名字嘛，哪有那么多的说道呀！”南小北极力掩饰着自己的意会，又极力强调这般说法，心里蜜一样的甜。

“你别插嘴。你带谷南北回房睡觉去，瞧我外孙的眼皮直打架哩！呵呵，这小人人又困了。”

“谷雨，把酒倒上，咱爷俩今儿个好好叨唠叨唠！”

“谷雨哪，今天咱们打开天窗说亮话。从你来南家的第一天起，我就把你当儿子看待。你和我们南家有缘哪，我的两个闺女都喜欢你，一个抢一个让，我这个当爸的都看在眼里。说实在的，小北她妈在时，我俩都希望你能成为我们家的女婿，小北她妈可能更希望你成为小南的女婿。我哪，一直觉得小北和你比较般配，却不知道你和枣儿的关系。结果中间被她娘俩弄了这么一出不尽人意的糗事。现在事情已经过去了，我们活着的人还要好好活着。我看得出来，你对小北有意思，而且志同道合，更何况你们一个是拂晓的爸爸，一个给拂晓当妈妈。拂晓一天天地长大了，你们理应组成一个真正的家庭。我哪，想知道你的真实想法。”

谷雨说：“您的意思我明白。对于枣儿姐跟我的关系，一直是我单方面的想法，我俩这辈子只能是姐弟关系，这一点我已经想明白了。通过这半年多的接触和一块儿工作，我也觉着小北更适合我，她很喜兴很透亮，我和她在一起很自在很舒服，而且她能让我活得更是个大男人！再有，拂晓是我儿子，是您的外孙，我绝不会让这种关系复杂化的……”

南向前猛地拍了一下大腿：“我要的就是你这句话！臭小子，喝酒！”

南向前给谷雨和南小北办了个简朴却隆重的婚礼，谷满仓和娜娃一家都被南向前接到归化城，两家人共同见证祝福了谷雨和南小北的好日子。

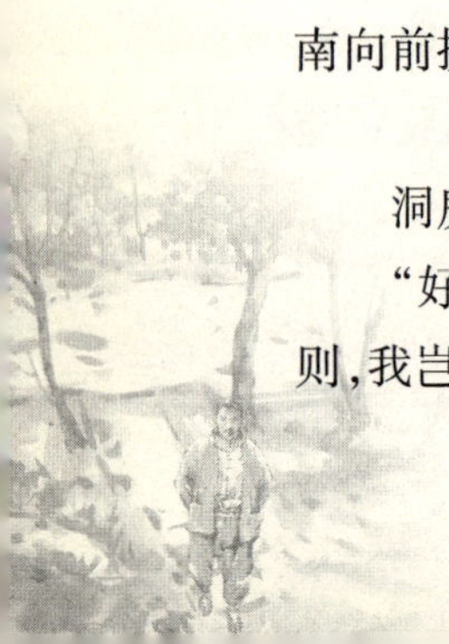

洞房花烛夜，谷雨一家人有这么一番对话——

“好郁闷呀，这辈子还没尝过恋爱的滋味就结了婚，我要你跟我谈恋爱，否则，我岂不是亏透了！”

“谈恋爱和结婚不是一回事嘛?”

“怎么会是一回事嘛！恋爱是恋爱,结婚是结婚！你得追求我,你得跟我说甜言蜜语,你得说你爱我,这才叫恋爱。”

“抱都抱了,亲都亲了,还不算恋爱?”

“你得说你爱我,大哥哥。”

“大哥哥要是不爱你,能亲你抱你吗？傻丫头!”

“我不管,我要你说嘛!”

“我爱你！这总行了吧?”

“嗯,这还差不多!”

“妈妈——”

“拂晓,你怎么进来啦?”

“我趁姥爷上厕所,偷悄悄跑来的,别告诉姥爷哈!”

“好,妈妈不告诉姥爷。”

“妈妈,爸爸跟你结婚,我也要跟你结婚!”

“臭乖乖,你咋能跟妈妈结婚呢？你是妈妈的宝贝儿子!”

“爸爸能结,我咋就不能结?”

“因为爸爸爱妈妈呀!”

“我也爱妈妈!”

“来,让妈妈抱抱!”

“噢,妈妈抱拂晓,爸爸抱妈妈喽!”

“别喊,小心让人听到。”

“我要妈妈抱我睡觉!”

“爸爸也要跟妈妈睡觉!”

“那就爸爸抱着妈妈,妈妈抱着我,一起睡觉!”

“哈哈哈哈……”

“对啦,大哥哥,我可不要孩子!”

“为什么呀?”

“人家怕生孩子嘛！再说我都有儿子了!”

“随你。到时候你的想法会变的。快看看拂晓睡着没？跟他睡完觉,该跟大哥哥睡了吧!”

“讨厌！你——”

70

“钱掌柜要给他闺女办生日宴会，请咱佟家班儿去钱府助兴，说是还请了位尊贵的客人。估计今天的客人少不了。钱掌柜没少给咱介绍商号富贾，没少给咱撑面子，咱一定要把今天这场戏演好，大伙的行头、化妆今儿个也讲究一些，好吧？”佟班主把大家召集在一起吩咐着。

“好嘞！”葛梆子、辛笛子、云四胡、柳扬琴异口同声地应道，并且齐刷刷地拨弄出一个只有佟家班儿的人听得懂的音节。

黑枣儿朝佟班主会心地一笑，跑到后台化妆去了。

佟师母一边给黑枣儿编着花辫子，一边跟黑枣儿闲聊着。

“枣儿呀，谷穗药店的掌柜的，叫什么来着……”

“奈里木。”黑枣儿正在往脸上涂脂抹粉。

“对，奈里木，看我这记性！我老是叫不好他的名字。最近咋没看见他来找你呀？”

“哦，他去了巴彦淖尔盟，要在那儿开一家谷穗药店的分店，估计快回来了。”

“这后生挺能干的，人也挺正，可我咋觉得他挺神秘的，你说他一个药店的掌柜的三天两头得往外跑，这家里的生意还咋做嘛？”

黑枣儿一边换戏服一边愉快地向佟师母介绍着奈里木：

“奈里木从小生活在牧区，受他妈的影响在家里一直说汉话，他妈执意让他到绥远市上汉文学校，因为奈里木的姥爷是汉人。奈里木一看周围的同学大都叫着汉名，为了方便起见，他给自己起了个汉名谷穗。从出来读书直到现在，他一次家都没回过，他把所有的时间和精力都用在学习和工作上。他说好男儿志在四方。我真的很敬佩他。”

“哦，闹了半天，谷穗药店的名字实际上就是奈里木的汉名。枣儿呀，干妈看那后生挺喜欢你的，把他的事儿都告诉了你，实诚、厚道、靠得住，人还怪英俊、诙谐的……你对他有那个意思没？”

“看您说到哪儿去了！怎么可能嘛？干妈——”

台下，座无虚席，黑压压的一片，只有中间三个位置空着。

这时只听到一阵喧哗，佟师母拉着黑枣儿的手朝台下望去，钱掌柜带着一

位妙龄女郎跟一位中年男人入场了。只见那妙龄女郎挽住钱掌柜的手臂,天女下凡一般款款前行,黑枣儿的旗袍很合体很风雅地穿在女郎身上,女郎的一侧则是一位矮墩墩的中年男人,光头,戴着金丝边眼镜,一身笔挺的西装,一脸的不可一世。一看便知,妙龄女郎是钱府的千金大小姐,而那位矮墩墩的男人就是钱掌柜特意请来的尊贵的客人。

佟师母用胳膊肘捅了捅黑枣儿,顺着佟师母手指的方向,黑枣儿看到在一个角落里正襟危坐的奈里木。黑枣儿与佟师母不约而同地笑了。

大幕拉开,演出开始。因为知道台下的观众有奈里木,黑枣儿格外地表现了一番,仿佛只演给奈里木一人。唱腔璞玉浑金般醇美、纯粹,舞姿行云流水般舒畅、优美,她的一颦一笑,她的一张一弛,她的一举手一投足之间无不透露、张扬着打玩艺儿的艺术魅力、黑旦的艺术魅力。她把自己的思想传输出去,她把自己的情感传输出去,她把自己的美丽传输出去。她太爱打玩艺儿这门艺术了,她仿佛与打玩艺儿合而为一了,她淋漓尽致地演绎着剧中的人物,淋漓尽致地演绎着女人的美好与不可或缺。她在舞台上把她想说的话都说了出来,她感到不可名状的欣悦、自在。

大幕合上,演出结束。

震天动地的掌声、喝彩声。

佟家班儿的人卸了妆正准备打道回府,佟班主被钱掌柜的人叫住,说是钱掌柜请佟班主前去商量个事。佟班主让葛旦他们先回住地,自己随着来人去见钱掌柜。

钱掌柜先递给佟班主厚厚的一沓子钱,说是定金,是那位尊贵的日本客人给的,日本人邀请佟家班儿后天到日本商号演出;还说尊贵的日本客人看上优伶黑旦,明晚专为黑旦举办了一个隆重盛大的宴会,请黑旦明晚务必赴约。

佟班主把定金放在钱掌柜跟前的茶几上,站起来,义正辞严地说:

“早知道钱掌柜请的尊贵的客人是日本人的话,我们佟家班儿是不会来为钱掌柜捧场的。打玩艺儿是中国人的艺术,佟家班儿绝不会演给日本人!黑旦也绝不会参加日本人的宴会!”说罢,佟班主径直离去。

钱掌柜在佟班主背后不紧不慢地说道:“我钱某人已经仁至义尽了,佟班主不识抬举,那就后果自负吧。”

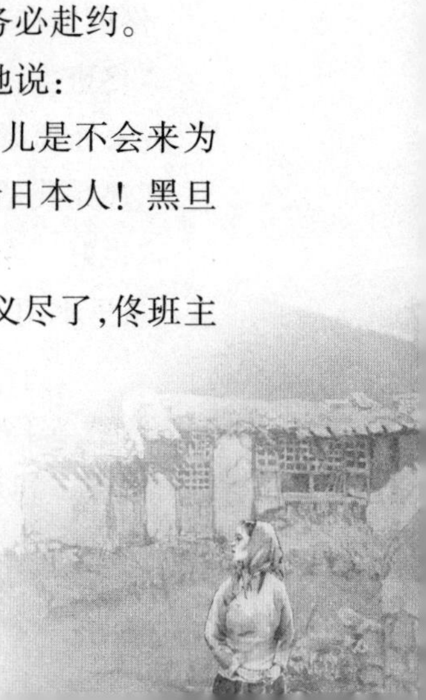

71

佟班主从钱府出来直接来到谷穗药店。

奈里木听完佟班主的叙述，意识到事态的严重性，决定当晚让佟家班儿离开包头。他让人准备好马车，他在一张纸上匆匆地写着什么，然后从一隐蔽处拿出一只皮箱。

“佟班主，咱们现在就去接黑枣儿他们，我送你们马上出城！”

马车拉着他们赶往佟家班儿的住处，在街口遇到躺在血泊中的葛旦，奈里木一只手为葛旦把着脉，一只手试了下葛旦的鼻息，“还有气！快，把葛师傅抬上车，返回药店！”随即与佟班主、车夫一起小心翼翼地把葛旦抬到车上。

到了谷穗药店，奈里木立即拨打电话：“邱大夫吗？我这儿有个急救病人，外伤，请你马上出诊！”

不一会儿的工夫，邱大夫赶到，仔细检查着伤口：“右眼眼球脱落，胸口的伤口流血过多，怕是挺不过去了……”

“大夫，你一定救他呀，他可是我的结拜兄弟！日本人太恶毒了，竟连这么个老实本分的唱戏的都不放过！……我日小日本他大爷的！我日他小日本八辈祖宗！”灯光下，佟班主清晰地看到葛旦不忍目睹的惨状，他的眼珠子都快瞪出来了。

邱大夫冲奈里木摇了摇头，做了个遗憾的手势。

“把他的伤口处理干净。用纱布把他的眼睛蒙上吧。”奈里木沉重、冷静地吩咐邱大夫，又低声对车夫说：“小贾，把我那套干净衣服拿来。”然后对佟班主说：“葛师傅……他走了……”

佟班主在奈里木的协助下，为葛旦换上奈里木的一套干净衣服。

“佟班主，你看这样行不，葛师傅的尸体暂时留在我这儿，把你们送出包头后，我来处理葛师傅的后事……”

“还是我把我兄弟带走吧，我要带他回家！”

“也好。”奈里木又调来一辆马车。几个人小心翼翼地把葛旦的尸体抬上马车。奈里木用一块干净的白布连头带脚把葛旦盖住。

两辆马车疾速来到佟家班儿的住地。

佟班主和奈里木一脸沉重地走进屋子，只见所有的东西都打包收拾妥当，

所有的人一副整装待发的样子。

“佟班主,你终于回来了！见到葛师傅了吗?”

“当家的,到底出啥事啦?”

“干爹,刚才钱掌柜的人把我师傅叫走了……”

大家围着佟班主和奈里木七嘴八舌地焦急地打问着、分析着。

原来,他们在家等候佟班主期间,来了一伙人说是钱掌柜要见佟班主,云四胡刚要说不在,被葛旦捂住嘴。他们看到其中俩人还穿着和服。刚才在钱府就叫走了佟班主,佟班主到现在还没回来,怎么又来找佟班主？大家正纳闷着,只见葛旦用沙哑的声音高声应道:“稍等片刻,换件衣服就来!”然后低声对大伙说:“我出去探个究竟,看样子大事不妙,凶多吉少！大家伙记住,我不回来,谁都不兴出去!”一家子人左等右等,不见葛旦与佟班主的踪影。柳扬琴从墙根儿操起一把斧头,说:“我估计出大事了,我出去看看。你们赶紧把行李收拾好。”

一片沉寂。

佟班主阴沉着脸,悲切地说道:“葛旦是替我挨的枪子。葛旦被日本人和钱掌柜这帮走狗打死了,现在在车上。详细情况路上再说。奈里木给我们都安排好了。我们现在就走,马上离开包头!”

柳扬琴、云四胡和辛笛子在各自的乐器上轻轻地拨弄出一个佟家班儿心领神会的音节,只不过这次是在低音部,随后他们收起乐器,拎起大包小包放到车上,一起围坐在葛旦的遗体旁。

“上车呀,枣儿。”佟师母催促着一直傻站在一旁的黑枣儿。

“哦。等一等,我师傅的药忘拿了,师傅的药得按顿吃——”

只见黑旦身体稍微前倾,头骄矜地抬着,翘起兰花指好似捏着手帕,脚后跟着地,快速地挪动着碎步跑进屋里取药。

在场的人无不被她的痴情感染,唏嘘声声,泪水涟涟。

出了包头,两辆马车徐徐停下。奈里木跳下车,佟班主一行人也跳下车。奈里木把一只皮箱和一个信封交给黑枣儿,“这箱药代我送到归化城南北药铺,拜托!”然后跟佟班主握了握手,朝其他人抱拳一一告辞:“后会有期!”说完,转身朝相反的方向快速跑去。

佟班主在颠簸的马车上把事情的来龙去脉讲了一遍,佟家班儿一班人义愤填膺,仇恨难忍,纷纷表示:小日本擅自闯到中国的地盘上杀咱的兄弟,是可忍孰不可忍,咱不仅要为葛旦报仇,而且要把十恶不赦的侵略者从咱的家园上

赶走！

黑枣儿泪眼蒙眬地借着月光和云四胡划亮的火柴，逐字逐句地念着奈里木写的信——

亲爱的黑枣儿：

请把这箱药送到归化城南北药铺，跟药铺的人说，你们是谷穗老师的朋友，他们会妥善安排你们的。没想到你我是这样的一种离别，我还有重要的话没来得及跟你说！这条祖传的项链送给你，它代表了我的心声。我们很快就会见面的。

爱你的奈里木

黑枣儿从信封里掏出银项链，项链上吊着一枚宛若核桃大小的不规则的晶莹剔透的琥珀项坠。黑枣儿痛哭流涕。

佟班主双手抱住黑枣儿瘦削单薄的肩膀，对大家说道：

“奈里木对我们太好了，他是共产党人，他不声不响地为我们做了那么多，还安排了一切。这样吧，咱兵分两路：黑枣儿去归化城送药，奈里木交代的事耽误不得，这一箱子药能救多少个抗日将士的生命呐！咱们几个回咱土右旗老家，先把葛旦兄弟安葬了。兄弟们离家两年多了，也该回去安顿安顿一家老小……咱随时联系，你们看这样的安排行不？”

辛笛子他们都重重地点了点头。

黑枣儿擦干眼泪对佟班主说：“干爹，安葬我师傅，我得参加……”

佟班主说：“只有你熟悉归化城，你去送药！奈里木如果不急咋会让咱把药带出来呢？等到了土右旗的路口，你给你师傅磕个头送送他就行了。这都啥时候了……”

黑枣儿说：“那好吧，我听干爹的。送完药我就去找你们！”

佟班主让黑枣儿记了个地址。

车到了土右旗地界。

佟班主一声吼：“葛旦兄弟，我们回家啦！”

“葛旦回家啦——”佟家班儿所有人异口同声地高喊。

黑枣儿跪在地上。黑枣儿磕着响头。黑枣儿五体投地……

“哥哥我走西口
汪汪的泪水肚里流
岁岁年年你也要等我到白头
身死也要回到家门口……”

佟班主高亢悲凉的绝唱，唱亮了土默特右旗的曙光。

72

上午的阳光明艳地撒在南北药铺，和坐在药铺里的两个年轻女人的身上。她们静静地欣赏着对方，感觉着对方。永远不倦的清新，阳光得没有一丝尘俗。她们在彼此的目光里都成为对方的风景，都多了一份深切的感悟：灵性而单纯，深切且智慧，不失恬淡的雍容，小女人大风范。

岁月流逝，时光荏苒，她们仍有着不倦的诉说与倾听，也许这该是她们之间最好的一种解读。

“……抛开小南和谷雨比较特殊的例子，就说广义上的男女之情吧。发生在男人和女人之间的事情，感触最深切的却是女人，承受生命之重的也是女人。欢爱过后，女人在生理和心理上，要独自面对和承受男人想象不到、体会不到的压力、痛苦和困难，身体不适，社会舆论，离群索居，众叛亲离乃至生命代价。女人还要背负着生育，以及由生育所带来的无穷后患的十字架，女人只能被动地承受这一切，到老到死。女人随时还要面临被厌倦、背叛和离弃的不幸。对于女人的悲哀，女人自己却不知所措、无可奈何，甚至麻木不仁、习以为常……”

南小北就爱情这个古老而又永恒的话题，言简意赅地阐明自己对女人在爱情中的角色的看法，继而引发了她自己的生育观和爱情观。

“哎呀，不说了，这个话题太沉重了，说得我自己都浑身发冷。我是不准备要孩子的，反正已有拂晓。”

“谷雨赞成吗？”

“我能影响他。我想，我能决定这件事，因为子宫长在我身上。如果用生育来考验、维系爱情，那这种爱情是岌岌可危的。我会让我的爱情之树常青，我会用一辈子的时间精心培植、灌溉。我会让我的爱情长成参天大树。”南小北自信至极。又补充道：

“我很满意我和谷雨现在的状态，举案齐眉，比翼双飞。”

“在爱情面前，男女应该是平等的。男女平等，还应体现在方方面面。”黑枣儿紧跟着亮出自己的观点。

“对呀枣儿姐，你道出了问题的关键！所以说女人要自爱、自强、自立。我们不谋而合地想在一起，我们在有些方面真的很像哦！待以后世道太平了、时间充裕了，我们得好好聊一聊。”南小北意犹未尽地感慨着，想到谷雨曾说她与黑枣儿在有些地方很相像,她不由得会心一笑。

“好呀小北,跟你聊天,真长学问、长见识!”

“枣儿姐,听谷雨说,你在包头唱戏,很有造诣、很有名气的。”

“谈不上造诣和名气,只是混口饭吃罢了。”

“包头那边有情况吗?谷穗老师没事吧?”

“我师傅昨晚被日本人打死了,在奈里木的帮助下,我们戏班子今早都回到土右旗,先让我师傅入土为安。我呢,就直奔归化城代奈里木给你送药。”

“……奈里木?”

“哦,奈里木就是谷穗。对了,奈里木和谷雨是兄弟,我也是今天早上才知道的。”

黑枣儿在赶往归化城的路上,发现镶有琥珀的银质项链和手链的背面都刻着“谷”字。

“他俩是兄弟,太让人意外了!真没想到谷穗老师原来就是奈里木呀!”

“这两件首饰是祖传下来的,替我还给谷雨和奈里木吧……”

南小北接过项链和手链,沉吟了片刻:

“……我明白了。虽然我不很愿意帮你这个忙,但现在国难当头,大家聚少离多。如果是我,我也会把不能接受的东西退还回去。”

“算枣儿姐欠我一个人情啦!”南小北适时诙谐了一把。

之后,她又自言自语道:“我爸给大青山抗日游击队送药去了,估计明天才能回来。南小西这两天考试,住在学校。我带着孩子怎么去取货呢?急死我了!”

“哇,没想到还小北人情的机会这么快就来了!我替你去!到哪儿取货?”黑枣儿笑眯眯地对南小北说。

“那就谢谢枣儿姐啦!”南小北也笑眯眯道。

“去乌兰察布盟……对了,谷雨就在乌盟。上级领导很满意谷雨在绥远市的工作,所以又派他到集宁开一家药铺,作为地下抗日工作的联络点。谷雨把小东也带了去,准备让小东负责那个联络点。”

“哦,都这么有出息,我这个当姐姐的真为你们高兴呀!我要是也能出一些力就好了……”

“枣儿姐,你代谷穗老师及时把货送来,又去乌盟取货,就是在为正义出力,为民族出力,为国家出力;就是在做着非常有意义的事情。国家兴亡,匹夫有责!”

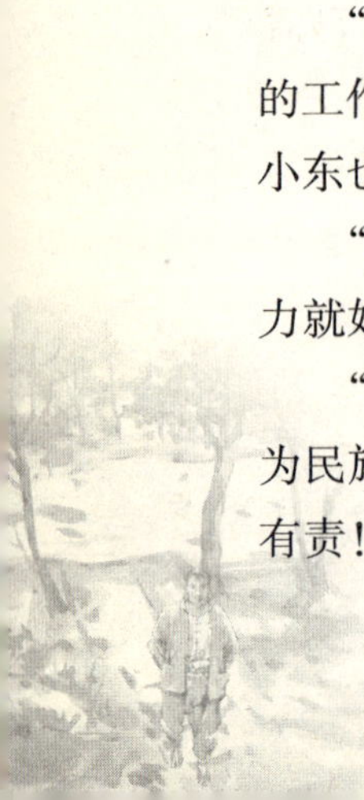

“那是！是个人就得这样做！小北你总能讲出大道理来，我真佩服你羡慕你！那我现在就走了。谷南北，让大姨抱抱！”

“大姨你真好看！你还来我家吗？”拂晓用小手摸着黑枣儿的脸。

“来呀，大姨取上货就来，你乖乖地在家等大姨好吗？”黑枣儿亲了又亲拂晓青笋一般的手指和红苹果一样的脸蛋儿。

黑枣儿从袖珍绣花手提袋里，掏出一沓子钱塞到小北手里。

“我孝敬舅舅的。给谷南北买个玩具什么的吧，算是我这个大姨送外甥的见面礼。”

“拂晓，快谢谢大姨呀！”

“谢谢大姨——”

拂晓让黑枣儿蹲下，抱住黑枣儿的脖子，在她脸上猛地亲了几口。

擦着被拂晓弄在脸上的口水，黑枣儿咯咯地笑着，开心死了。

南小北递给车夫一张纸条和一个布袋子：

“小贾，麻烦你按这个地址把枣儿姐送去，辛苦啦！路上注意安全。袋子里是你们路上的干粮。”

并把刚配好的一包药交给黑枣儿：“把货带去。枣儿姐一路顺风！”

73

在进入乌兰察布草原腹地时，黑枣儿才知道她去送货的准确地点。她一下子悟道，她暖暖地接纳了南小北的心意。

那是一个她永远都不会忘记的地名——察哈尔右翼正黄旗青格勒图嘎查。老年间她的爷爷曾经住过这个地方，二十年前她的父亲出家做佛教徒选择了这个地方，现在她少女时代暗恋的男人就住在这个地方。这个宿命的地方对她又意味着什么呢？这个地方已经不再遥不可及，即刻就能触手可摸。

黑枣儿一遍又一遍在心里默念着令她心驰神往的地方：察哈尔右翼正黄旗青格勒图嘎查。黑枣儿一遍又一遍在心里对她朝思暮想的亲人们说：枣儿来了，你们的枣儿来看你们了！

站在刚刚返青的草地上，黑枣儿泪如泉涌。

“枣儿姐，就是这座蒙古包！”车夫小贾提醒着久久沉浸在念想之中的黑枣儿。

黑枣儿赶忙用手背抹去眼泪，平稳住心绪，从小贾手里接过那包药，低头走进包门。

“你们是来看病的吗?”正跪在毡毯上写字的果莉尔抬起头问黑枣儿和小贾。

黑枣儿说:“不,我们是来送药的。小妹妹,你家大人呢?”

“你们坐下等一等,纳格其一会儿就回来。”果莉尔把矮桌上的书、纸、笔收拾到一边,给黑枣儿和小贾一人倒了一碗奶茶,并从柜子里端出奶豆腐和奶皮子。

黑枣儿坐在毡毯上,环视着包内。突然她的目光被挂在对面包壁上的木制药箱牢牢地吸引住,她的心狂跳不已,她用颤抖的嗓音急切地询问:

“我能看看那个药箱吗?”

果莉尔认真、探究地看了看黑枣儿,随后谨慎地点点头。

黑枣儿打开药箱,她看到了她再熟悉不过的、久违了的珍宝——一个装有祖传药方的镶有镂花玉片的紫檀盒子,一把铿光发亮的弯月形小刀,两本线装古书《本草纲目》、《黄帝内经》,一个翡翠簪子和一个用红头绳拴住的雕龙的玉镯。

果莉尔在一旁介绍着:“这是纳格其的东西。”

“纳格其?”

“哦。纳格其是蒙语大舅的意思。我的大舅是谷。”

“那你就是奈里木的妹妹喽?”

“对呀,我叫果莉尔,你怎么知道的呀? 你是谁?”

“我是你哥哥奈里木的朋友。我叫黑枣儿。谷……他在哪儿?”

“昨晚他为一个伤员做了手术,从身上取出两颗子弹,今天一大早就为伤员采药去了。”

“果莉尔快告诉我,去哪儿能找到他……谷?”

果莉尔把黑枣儿拉到包外,指着西面:“看见了吗? 往西直走就是黄旗海,过了黄旗海就是原始森林,谷就在那儿!”

黑枣儿拔腿就跑。

羚羊一样轻巧、迅捷。

“你等着,我用车拉你去!”小贾追出去,冲黑枣儿的背影喊着。

“不用。你在包里歇着吧——”黑枣儿回过头喊道。

晚春的风吹拂着黑枣儿那稍稍仰起、满含向往而热烈的脸,吹散了她又黑又粗的发辫,她就像一团绚丽奔突的火焰,腾跃在辽阔无边的旷野上。她卓尔

不群的气韵注定要为宿命的草原飞扬，她心灵深处的天籁注定要为宿命的草原长歌。她不再掩饰自己的千般怀恋万般思情，她叛逆了自己的静默，她的爱情初见锋芒。

——谷，我来了！

——我来了，谷！

她跑着，喊着。

她喊着，跑着。

一片闪烁着的耀眼的晶亮夺目的河水，仿佛跨过阳光的那匹骁骏，打着喷天响鼻，撒着欢儿，张开手臂把她的行踪拦住。紧接着，一股巨大的潮湿的气息和着铺天盖地的巨浪扑面而来，惊心动魄的律动，仿佛鹰隼在劲风中的奋力搏击。她被震慑着，她不能自已了，她听到自己与之共振的激烈的心跳和大声哭泣。

蓝天、白云、清风，皓日当空。河水越变越清，越变越蓝，清凌凌的，仿佛能把人的灵魂洗净。

她惊讶，她年幼时在梦里邂逅过这条河，她在这条河里预见过自己的人生和爱情。

她拜谒着心有灵犀的黄旗海，她追逐着旷日持久的爱情。

她像鱼儿一样畅游在河里，自由自在，无拘无束。她奋力向对岸划游着，河水渗透进她的身体、她的思想，与河水忘我地交融，让她骤然变成了一尾美人鱼，自由自在、游刃有余地驰骋在自己的世界里。她可以跨越千山万水，她可以穿梭时空隧道。她无怨无悔地漂流，义无反顾地游弋，在峰底浪尖的律动中，去寻找激越和辉煌，用至真至纯的追求，滋润恒久的信仰。

黄旗海与黑枣儿梦里那两条鱼的河重叠了。

黑枣儿走了不大一会儿，谷满仓采药回来了。

果莉尔告诉他，有一个叫黑枣儿的漂亮的大姐姐在找他。

"她现在在哪儿？"

"她去黄旗海那边了！"

谷满仓放下手中的药材，暴风骤雨般跃上马背，风驰电掣般奔驰到黄旗海边。他看到清凌凌的河水里有一人影鱼一样游动着。他拍了拍白马的脖子，让它等候在岸边。随后甩掉靴子，一个猛子扎进冰冷刺骨的波涛汹涌的黄旗海里。他飞速划游了一会儿，随即冒出头，朝着前头撕心裂肺地大喊："枣儿！

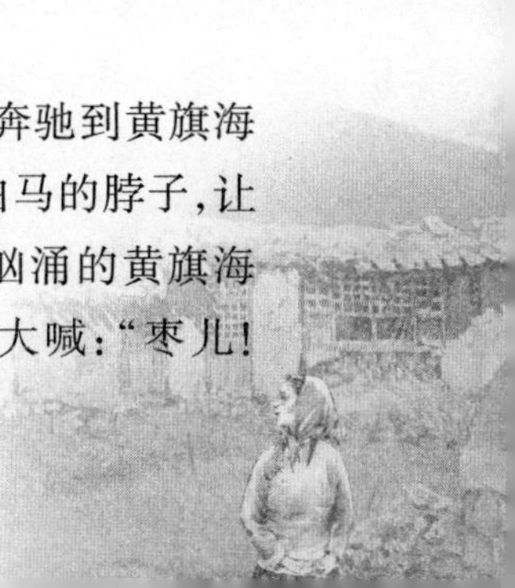

枣儿——”

黑枣儿从余光中瞥见自己的左后侧，有一个身影箭一般飞速地追赶着，难道是他？她猛地一百八十度急转弯，一个巨浪打来，水花溅满一脸，挡住了她的视线。

她感到他也变成一条美丽潇洒的游鱼，酣畅淋漓地在水面上激情舞蹈。她一下子悟觉到那条鱼的心事，她感慨着他的感慨，欢愉着他的欢愉，踩着海浪的潮汐，她漂移、腾跃、翱翔、激荡。她高兴地舞动着尾鳍，身下的浪花翻腾着、鼓荡着，她看到那条鱼也兴高采烈地穿梭在跌宕起伏的朵朵浪花之中，乐不思蜀，乐此不疲。

这条空灵的河因了两条鱼的莺歌燕舞而魅惑起来。珊瑚、海草、海蚌和鹅卵石忠实地守护和见证着这两条鱼的梦想。

2010 年 2 月 9 日——5 月 9 日写于呼和浩特

2014 年 6 月 30 日——7 月 5 日二稿于呼和浩特